30050650

COLLECTION FOLIO

Roland Dubillard

Les nouveaux diablogues

Gallimard

© Marc Barbezat. L'Arbalète, 1988.
© Éditions Gallimard, 1998.

RÉPONSE À UNE ENQUÊTE
SUR LE LANGAGE

Le LANGAGE n'est pas un insecte ; n'est rien de bien précis ; on ne peut le montrer du doigt. Le LANGAGE n'existe que si l'Homme se charge de lui : en parlant, en écrivant (en sifflant) n'importe quelle langue, sur (ou sous) n'importe quel air. Alors on reconnaît le LANGAGE à ses traces, vocales ou écrites. Cet instrument, cet outil, peu maniable, souvent insaisissable, l'Homme à sa naissance le reçoit tout fait ; il en saisit d'emblée l'utilité, qui est de le faire communiquer avec ses semblables : le LANGAGE rend l'individu communicatif : il touche les êtres proches de l'individu ; là où il n'y avait que l'individu, il crée l'Homme ; approximativement comme la bicyclette crée le Cheval.

Tel est le LANGAGE.

Toute différente est la LANGOUSTE.

La LANGOUSTE est peu communicative ; ce que son mutisme suffit peut-être à expliquer. Pas même capable de se nommer toute seule, son nom lui vient d'un insecte : la LOCUSTA des Latins, qui est notre sauterelle, dite aussi LOCUSTE.

Par sa nature, donc, la LANGOUSTE, plutôt qu'avec le LANGAGE, voisinerait avec l'ANGOISSE, que les Italiens appellent : l'ANGUSTIA.

La vue d'une LANGOUSTE ne nous incite pas à la parole ; plutôt à la suffocation. La vue d'une LANGOUSTE cuite, peut-être, favorise les propos de table ; pas celle d'une LANGOUSTE crue ; d'une LANGOUSTE vivante. Celle-ci nous imposerait, si c'était possible, le SILENCE ; nous prenant la gorge de l'intérieur, l'étreignant à distance par une contagion d'ANGOISSE ; paralysant les mots, les gelant dès leur source ; nous rendant muets et paralytiques ; et cela par son seul aspect ; car elle ne fait rien qui puisse nous effrayer : pas méchante ! la LANGOUSTE. C'est sa présence et rien d'autre qui nous étrangle. C'est à un resserrement de notre gorge que nous reconnaissons l'ANGOISSE spécifique de la LANGOUSTE. J'ai dit : « sa Présence »... Mais que serait cette Présence sans cet air absent qu'elle prend, sans cet air, aussi, profondément solitaire, que lui vaut son absence de pinces ?...

Donc, serrés à la gorge nous sommes devant elle ; et comment en serait-il autrement ? La LANGOUSTE n'aime à vivre que dans les gorges serrées, celles des roches sous-marines ; ces anfractuosités dont elle raffole, qu'elle explore avec lenteur et où elle se cache petitement, au risque même d'y rester coincée pour la vie. Elle demeure là, vivant pour ainsi dire entre l'écorce et l'arbre, comme la sauterelle sa marraine ; mais pas dans l'air ! où la sauterelle trouve son expression sonore, son langage, semblable au bruit des scies, bruit SEC d'un être dont on comprend tout aussitôt que c'est de soif qu'il meurt. La LANGOUSTE, elle, c'est dans l'eau ! qu'elle stationne ; cette eau où respirer n'est pas permis ; où la seule voie ou voix praticable est celle de l'étouffement.

La LANGOUSTE, donc, habite dans les ANGLES. La LANGUE, elle, habite dans la cavité buccale, du côté de l'ANGINE, dangereusement ! au bord du précipice toujours vertigineux de la gorge ; cavité sujette à des étranglements parfois, qui pour un peu la déglutiraient, cette LANGUE, si agile pourtant que c'est en vain qu'on voudrait lui reconnaître une forme permanente ; cette LANGUE qui, fût-elle ANGLAISE, se dérobe à toute forme qui serait sa vraie forme et son naturel. Mobile, oui ! la LANGUE ! et vouée à l'Information ! mais, paradoxe, elle aura beau articuler, siffler, claquer, lécher, sucer, zozoter, triste LANGUE ! et s'étirer vers le dehors entre des lèvres étrangères — non ! elle restera dans sa bouche, prisonnière à vie. La LANGUE et la LANGOUSTE ont cette vocation commune de vivre à l'étroit, dans l'ANGUSTUS LOCUS des Latins ; traduisons : le lieu de l'ANGOISSE.

Certes non ! la LOCUSTA n'est pas LOQUACE. La LOCUSTA ignore les LOCUTIONS. Elle n'est pas liante. Mais parfois, peut-être, tandis qu'entêtée comme un pou quelque goulot de rocher l'étrangle, oui, peut-être, dans sa carapace, confortable en son intimité intérieure, la LANGOUSTE parfois, éprouve-t-elle sa solitude comme une sorte de LANGUEUR légèrement sucrée au GOÛT (GUSTUS.) Et c'est ce qui nous pousse à l'ingurgiter, son intérieur ! son contenu ! si doux, si riche, si secret qu'il nous convainc — avec la complicité de notre LANGUE servile, toute courbettes, tortillements et sécrétions — que la LANGOUSTE est LANGOUREUSE.

La LANGOUSTE est-elle, sous le couvert de sa douceur, une empoisonneuse, dont le désir profond serait de nous endormir à jamais ?

LOCUSTA, ANGUSTIA LOCUSTA ! Empoisonneuse célèbre, elle vécut à Rome sous le siècle d'AUGUSTE, je m'en souviens comme si c'était hier !

N.B.

Langouste, ou locuste, vient de la racine indo-européenne LOK, qui signifie : sauter. C'est pourquoi « Locuste » veut dire : sauterelle, petite sauteuse. La langouste, elle, ne semble plus guère sauter que par étymologie. Ou, peut-être aussi, par ce coup de queue dont nous la savons capable, qui ressemble à une ruade à l'envers, ou au célèbre « coup de pied à la Lune ». Le coup de queue de la langouste est assez facilement observable hors de la mer, lorsque, vivante, on la plonge dans une marmite d'eau bouillante.

PEINTURE FLAMANDE

UN : Et ça, qu'est-ce que c'est ?

DEUX : Ça ? C'est le portrait de ma femme.

UN : Comment... Vous m'avez dit tout à l'heure que votre femme était en Hollande.

DEUX : Et alors ?

UN : Eh bien si votre femme est en Hollande, ce que vous me montrez là, ça ne peut pas être votre femme.

DEUX : Je ne vous ai pas dit que c'était ma femme, je vous ai dit que c'était le portrait de ma femme.

UN : Oui. C'est la même chose.

DEUX : Ah ? Vous dites ça ?

UN : Oui. Je le dis.

DEUX : Eh bien moi je vais vous répondre une bonne chose : ce tableau, même si c'était ma femme, jamais l'idée ne me viendrait de l'introduire dans mon lit. Ni de lui faire des petites miniatures.

UN : Ce tableau, non, mais... Hé ! Hé !...

DEUX : Hé ! Hé ! Surtout, tenez, quand on le voit de dos, côté fesse. Regardez-moi ça. Si ça vous tente, allez-y.

UN : Soyez correct. Je parle de Madame votre

femme à l'endroit, pas à l'envers. Allez ! remettez-la comme il faut. Dans le bon sens.

DEUX : Ma femme n'a pas de bon sens.

UN : Je la préfère à l'endroit, c'est tout.

DEUX : Alors allez-y, rincez-vous l'œil.

UN : Voilà. En Hollande, hein ?

DEUX : Qui ?

UN : Vous savez très bien de qui je parle. Et ça, là ! tout autour ! les arbres, les feuilles. C'est pas le bois de Vincennes, ça ?

DEUX : Si.

UN : Alors ! Au bois de Vincennes, comment ça pourrait être votre femme puisque votre femme est en Hollande ?

DEUX : Est-ce que vous chercheriez à m'énerver ? Bon. Tournez-vous par ici. Là. Vous voyez ? Qu'est-ce que c'est à votre avis ?

UN : C'est votre portrait, non ?

DEUX : Oui. Le personnage de gauche dans le champ de tulipes.

UN : Dans un champ de tulipes ?

DEUX : Oui.

UN : Alors ça ne peut pas être vous. D'ailleurs ce n'est pas vous. Vous ne vous êtes jamais battu en duel.

DEUX : Si. La preuve.

UN : Dans ce cas-là, c'est du cinéma.

DEUX : On m'avait demandé de poser, figurez-vous. Ça s'appelle : Duel au pistolet, par Van Houten. Un Flamand.

UN : Van Houten ? Ah ça m'étonne pas. Toujours dans les tons chocolat. C'est bien sa manière. Ah c'est beau. Vous avez dû souffrir, hein ? Vous mourez, somme toute. Au pied de cet affreux cyprès vert chocolat.

DEUX : Oui. Je meurs.

UN : Le personnage de droite, féroce, hein. Son pistolet fume encore. Quand même, vous savez, finalement, non. On n'y croit pas. Qu'est-ce que c'est que ce pistolet ?

DEUX : C'est un pistolet.

UN : À amorces, non ?

DEUX : Oui, à amorces.

UN : C'est idiot. On ne tue pas les gens avec un pistolet à amorces.

DEUX : La preuve, c'est que vous voyez bien que j'agonise.

UN : Oui, oh ! c'est facile, en peinture, de tuer les gens avec un pistolet à amorces.

DEUX : Vous savez, ce ne serait pas plus difficile avec un vrai pistolet !

UN : Justement ! Pourquoi n'avoir pas peint un vrai pistolet ?

DEUX : Mais mon ami, même en admettant, personne n'a jamais tué personne avec un pistolet en peinture, vrai ou faux.

UN : Quand même, vous avez reçu une balle dans le bide, oui ou non ? Or un pistolet à amorces est incapable de lancer une balle, dans le bide, hors du bide, où que ce soit.

DEUX : Mais voyons, cette balle, même s'il pouvait la lancer, ce pistolet, il n'aurait pas pu, ce peintre, la peindre, cette balle. Une balle ça va trop vite.

UN : Oui, mais s'il avait peint un vrai pistolet, on pourrait IMAGINER la balle.

DEUX : Et la détonation du pistolet à amorces, son bruit, vous pouvez l'imaginer ?

UN : Je peux, parfaitement.

DEUX : Pourtant il ne FAIT PAS de bruit ! S'il en faisait, ce pistolet, du bruit, dans mon tableau, moi qui ne supporte pas le bruit, il y a longtemps, ce tableau, que je m'en serais débarrassé ! Alors, si vous pouvez imaginer le bruit qu'il ne fait pas, ce pistolet, vous pouvez bien imaginer la balle qu'il ne lance pas.

UN : Pas pareil.

DEUX : Dites plutôt que vous ne supportez pas la peinture.

UN : Ce pistolet à amorces me gêne.

DEUX : Mais de toute façon, pourquoi ce peintre aurait-il peint un vrai pistolet, puisque ce duel ne sera jamais un vrai duel : regardez-le, et la date sous la signature ! Depuis le temps ! Dans ce tableau, il y a longtemps que je serais pourri !

UN : Je n'insiste pas. Vous penseriez que je vous veux du mal. Bon. Et sur l'autre mur ? Ça, qu'est-ce que c'est ?

DEUX : Ça ? Ce n'est pas un tableau. C'est une pendule.

UN : Et qu'est-ce que ça représente ?

DEUX : Ça représente une pendule.

UN : Oui. Mais quelle sorte de pendule ?

DEUX : Eh bien, cette pendule-ci, précisément.

UN : Alors elle ne sert à rien. Elle devrait représenter quelque chose. Par exemple, une autre pendule.

deux : Oui. Mais alors, ce ne serait plus une pendule.

un : Ce serait quoi ?

deux : Un tableau. Un portrait de pendule.

un : De toute façon, il serait midi vingt ?

deux : Non, ça dépendrait de l'heure.

un : Qu'est-ce que c'est qu'un portrait de pendule qui dépend de l'heure ?

deux : C'est une pendule.

CHERCHE, MON CHIEN, CHERCHE...

UN : Je n'ai rien dit de semblable.

DEUX : Pas forcément un cheval. Pour me reposer ; je marche peu.

UN : Vous trouveriez facilement un cheval qui ne marche pas.

DEUX : Non. Ce qu'il me faudrait, c'est un chien. Un chien pour me reposer, me sortir de moi, m'asseoir. Un chien qui me servirait de fauteuil. Pas pour m'asseoir dedans, bien entendu. Qui serait mon compagnon, rien de plus, quand j'aurais envie de m'asseoir. Je n'ai pas de fauteuil. Si j'en avais un, du reste, je ne m'asseyerais pas dedans, je m'asseyerais plutôt à côté. C'est une détente plutôt morale que je cherche. Dans ce sens-là un chien fera beaucoup mieux mon affaire qu'un fauteuil, pour m'asseoir à côté. D'autant que : attention ! vous parlez d'un fauteuil ! Mais qui parle d'un fauteuil, c'est nécessairement d'un fauteuil mort, qu'il parle. Car. Et s'il y a un point sur lequel je me montrerai inflexible...

UN : Alors faites-moi signe, quand vous aurez

décidé ça, de vous montrer, là ! sur un point, debout ! Et inflexible en plus. Sur un point. Inflexible. Je ne voudrais pas manquer ça.

DEUX : Je sais me montrer inflexible, quand je sais ce que je veux. Et sur n'importe quel point que vous voudrez, à condition qu'il soit solide.

UN : Quel point ce doit être, pour que vous teniez tellement à vous montrer inflexible dessus ?

DEUX : Ce point le voici. J'ai dit un chien. Je ne dis pas un chien n'importe comment. Le chien que je veux, il est absolument indispensable que ce soit un chien vivant. C'est un chien vivant que je veux...

UN : Ça se trouve. Je pense même qu'il est beaucoup plus difficile de se procurer un chien mort qu'un chien vivant.

DEUX : C'est une mauvaise idée que j'ai eue, de vous faire venir. Quand j'ai quelque chose à dire, il vaut mieux que vous ne soyez pas là.

UN : Je vous écoute. Un chien vivant. Pourquoi cette préférence ?

DEUX : J'ai besoin d'un chien vivant, parce que j'ai besoin de me reposer de vivre, parfois. Voilà. À l'opposé je ne veux pas, vous m'entendez ? Je ne veux absolument pas d'un chien qui dorme.

UN : Non.

DEUX : Je le regarderais dormir, tandis que moi, forcément, je ne dormirais pas. À ce compte-là, autant faire chambre à part. Mieux vaudrait même pas de chien du tout.

UN : Voilà déjà beaucoup d'exigences pour un seul chien, et nous ignorons toujours de quelle race.

DEUX : Je le choisirai d'une race qui lui permettra de supporter mes exigences. Passons. Entre toutes les qualités que j'apprécie chez un chien, il en est une dont je ne saurai me passer. C'est la prévenance. Je veux un chien prévenant. Qui me prévienne. Qui par exemple me surveillera quand je serai fatigué, et qui m'aboiera au nez pour m'empêcher de dormir. Prévenant, dans ce sens-là du verbe, oui ! je le veux prévenant comme un tambour. Mais dans l'autre sens du verbe aussi, je veux qu'il me prévienne, qu'il prévienne mes pas, qu'il me précède dans mes intentions. J'ai donc absolument besoin d'un chien qui aille plus vite que moi. Pour être sûr, j'aimerais qu'il sache courir.

UN : Savez-vous siffler ?

DEUX : Taisez-vous. Attention, attention : je ne veux pas le nourrir moi-même. S'il a faim, il faudra qu'il se trouve tout seul et ailleurs quelque chose d'autre à manger. Je veux dire : quelque chose d'autre que moi.

Maintenant : en ce qui concerne les rapports de mon chien avec l'eau, il faudra qu'ils les aient en dehors de ma baignoire. J'aime un chien qui n'aime pas se baigner. Je ne veux pas courir le risque de me trouver nez à nez avec lui dans mon bain.

Je tiens beaucoup à ce que mon chien soit symétrique. Par rapport à un plan qui le traverserait de la tête à la queue. Je ne supporterai pas un chien symétrique par rapport à un point, c'est-à-dire un chien d'apparence sphérique, qui passerait son temps à rouler sous les meubles. S'il s'était mis en tête, depuis son enfance, de devenir un chien sphérique, tant pis pour lui. Il devra consentir à ce sacrifice. Je serai bon avec lui. Pour adoucir ses regrets, je lui achèterai un ballon, qu'il fera rouler, et dans lequel il pourra se regarder avec complaisance, comme dans un miroir convexe où son image lui semblera revêtue d'illusoires rondeurs. Il en sera consolé pour un temps. Mais enfin, il faudra bien qu'il en vienne à s'assumer dans son objectivité. Je tiens à ce que mon chien soit un chien symétrique de part et d'autre d'un plan, un demi-chien à droite, un demi-chien à gauche.

UN : Avez-vous pensé à la symétrie par rapport à un axe longitudinal ? J'ignore si elle existe chez les chiens ; je précise : chez les chiens vivants.

DEUX : Je crois qu'à ce chien symétrique par rapport à une tringle, je préférerais encore le chien sphérique. Me voyez-vous traînant derrière moi dans les rues ce boudin vivant, de forme allongée, et dont les yeux répartis circulairement autour de leur axe me regarderaient, tournoyant à la circonférence du museau plat et rond comme une assiette de Limoges ?

Croyez-vous que l'on puisse tolérer la compagnie de ce boudin palpitant, conçu pour arracher des larmes à tout cœur un peu pitoyable ? de ce cylindre semblable à un long rosbif, un rosbif vivant, quelle horreur, un rosbif. Et le soir s'enroulant dans mes tapis, m'hypnotisant de la rotation de ses milliers d'yeux ? Car moi, si je le veux symétrique à un plan mon chien, c'est pour qu'il ait deux yeux, pas un de plus. Deux yeux que je pourrai regarder avec les deux miens. Car, voyez-vous, c'est cela que je n'arrive pas à comprendre : Pourquoi les chiens nous regardent-ils si spontanément dans les yeux ? Comme si c'était naturel.

UN : Et nous aussi, cher ami, nous les regardons dans les yeux.

LES HUÎTRES

UN : Prenez d'abord une huître.

DEUX : Une seule ?

UN : Une huître est toujours seule.

DEUX : C'est comme moi.

UN : C'est comme nous.

DEUX : C'est comme tout le monde. Tout le monde est seul. Je la prends, votre huître. C'est bientôt les fêtes. Ça l'amusera.

UN : Ce qui compte c'est l'huître. Je veux dire : ce qu'il y a dedans. Parce que l'extérieur, c'est des coquilles qui se rechargent. On n'est jamais sûr avec quoi ça a été rechargé. Pas toujours avec de l'huître, quelque fois c'est du mou de veau, mais j'ai des vrais citrons.

DEUX : Vous n'auriez pas un...

UN : Pas la peine. Pour l'ouvrir, il y a un bouton, y a qu'à appuyer dessus. Attention, y'a des fois ça gicle.

DEUX : Ah oui. Tout ça c'est préfabriqué. Et le citron ?

UN : Pas besoin de l'ouvrir. C'est un citron en poudre. Ça se dissout tout seul, dans l'eau de l'huître.

DEUX : Pfuit !...

UN : Excusez-moi de vous interrompre entre deux huîtres ; mais...

DEUX : C'est du muscadet ?

UN : Mais il me semble, et ne croyez-vous pas, que vous avez un drôle de nez.

DEUX : Moi ? Je ne m'occupe pas de mon nez. J'ai trop de travail. Je l'ai perdu de vue.

UN : C'est tout de même un drôle de nez.

DEUX : Je sais. Il ressemble à mon fils. Il fait ce qu'il veut.

UN : Où est-il, au fait, votre fils ?

DEUX : Oh ! pas au milieu de ma figure. Mais c'est bien pareil.

UN : Le mien fait des études.

DEUX : Mon nez aussi. Il prépare son bac.

UN : Un nez qui prépare son bac, c'est un drôle de nez.

DEUX : Forcément, avec les bacs d'aujourd'hui : bac sciences à l'huile, bac lettres à la Molotov... que sais-je ? Toutes sortes de bacs : le nez hésite, le nez tourne, le nez ne sait plus où il va. Vous-même, excusez-moi de vous interrompre entre deux huîtres, mais... Vous avez un drôle de fils.

UN : Je sais. Il est bouché. Il a une sorte de rhume. Il fait du latin et de la pâte à modeler. Pour son bac. En réalité, ce qui n'arrange rien, c'est que c'est une fille.

DEUX : Comment vous en êtes-vous rendu compte ?

UN : On me l'a dit. Elle a passé des tests. Et puis son

bac, n'est-ce pas... depuis qu'elle chante. Avec ses cheveux et sa bouche en même temps...

DEUX : Oui, mon fils aussi chante. Elle chante bien ?

UN : Elle chante du nez, à cause de son rhume.

DEUX : Vous la voyez souvent ?

UN : En louchant, quelquefois. Je l'ai pratiquement toujours au milieu de la figure.

DEUX : Faites voir.

UN : L'éducation des enfants, vous comprenez, c'est de moins en moins les parents qui s'en occupent.

DEUX : Oui. Au fond, votre nez n'est pas intéressant.

UN : Vous, vous avez un drôle de nez.

DEUX : Pas vous.

UN : Mon nez !... C'est parce qu'il a oublié d'apporter sa guitare électrique.

DEUX : Au fond, vous l'aimez bien.

UN : Bien sûr. On aime toujours son nez. Mais quand on réfléchit : à quoi ça sert, d'aimer son nez ?

UN : Ça ne sert à rien. Vous avez déjà essayé d'aimer autre chose, vous ?

DEUX : Oui. Ça ne servait à rien non plus.

UN : Et mes huîtres ? Vous ne les aimez pas ?

DEUX : Oui et non. Voyez-vous, je crois bien qu'elles n'apprécient pas que je les aime. En tout cas, il n'y a que moi qui y mets du mien.

MONOLOGUE 1 : ELLE

Avec un caractère comme j'en ai un, on n'épouse pas n'importe qui. On épouse un cocu.

C'est ce que j'ai fait.

Il ne l'était pas encore quand je l'ai épousé, mais on voyait bien qu'il était fait pour ça. Et ça n'a pas tardé.

C'est comme moi : je n'étais pas encore veuve. Mais il a bien vu tout de suite que j'étais faite pour être veuve. Et ça non plus, ça n'a pas tardé. De ce point de vue, il a été très bien. Ça lui plaisait, à cet homme, d'épouser sa veuve. On peut même dire qu'on a été trop vite, tous les deux, ça marchait trop bien, parce que à peine il était devenu mon cocu, je suis devenue sa veuve.

Maman n'en revenait pas. Mince, elle me dit, vous n'y allez pas avec le dos de la cuillère, vous autres.

Question de générations, je lui dis, c'est la jeunesse. Ah, elle est belle la jeunesse, qu'elle me dit. Comme s'il valait pas mieux en finir tout de suite, au lieu de traîner comme elle a fait, maman. Bien avancée.

— Je respectais ton père ! elle me dit.

— Tu parles ! Où c'est qu'il est mon père ? que je dis.

— Ton père, elle dit, ton père il est pas perdu. Tiens ! qu'elle dit, en voilà toujours un bout de ton père.

Elle me brandit un os qui servait à caler l'armoire.

— Tiens qu'elle dit.

— C'est quoi que je dis.

— C'est une de ses omoplates, elle me dit, je me souviens plus laquelle.

Sensation.

— Ben, si j'avais su que c'était un bout de papa, que je dis. Sans blague, je trouvais ça pas bien, j'étais choquée.

— Et lui ? que je dis.

— Quoi lui ? qu'elle fait.

— Oui, lui, papa, que je dis, comment il a pris la chose, papa ?

— Il se rendait plus compte, qu'elle répond.

Tu parles, sous le pied de l'armoire, papa.

Et ceci, et cela, nanana, elle fait maman, faut te mettre à ma place, au moment que c'était, tu comprends, il y a mis le temps. Surtout qu'il était gros, ton papa. Il lui a fallu une bonne dizaine d'années pour maigrir à ce point-là, qu'elle me dit en sortant de l'armoire la cage thoracique de papa qui servait de portemanteau.

— Ah les vieux ! que je peux pas m'empêcher de m'exclamer, ça n'a pas de sentiment dans le ventre. Ah les sauvages.

C'est pas que je plaignais mon père. Mourir de

maigreur ou crever d'autre chose. Mais quand même, je dis à maman :

— T'as jamais entendu parler des moyens psychologiques ?

Elle n'en avait pas entendu parler. C'est comme tout, quoi, on progresse de génération en génération. La psychologie, maman, pour elle c'était de l'avant-garde, comme le vide-ordures. Elle n'a pas connu ça, elle en est restée à l'époque des poubelles.

Faut dire aussi qu'elle se creusait pas beaucoup, maman. Vis-à-vis de papa, elle travaillait pas dans la finesse.

— T'en veux-ti du gras de jambon ? Ben t'en auras pas, crève de faim, méchant salaud.

Vlan. La méthode simple. Elle n'allait pas chercher des gouttes comme il y en a qui font pour lui mettre dans son potage, non : pas de potage, elle trouvait ça plus direct.

Quant à papa de son côté, pour ce qui est de faire des progrès dans la maigreur, oui, je veux bien, mais en dehors de ça, hein... Le même il restait papa, un méchant salaud, comme ils sont tous.

J'en entends qui murmurent. Je continue par un exemple : Maurice.

À peine j'étais remis de mon veuvage, voilà Maurice qui cogne. Comment j'ai fait sa connaissance à Maurice ? Faut pas croire, côté la tronche et la capacité professionnelle Maurice, c'était rien, quoi c'était un homme, rien de plus, n'importe qui et des n'importe qui, il y en a partout, y'a qu'à regarder autour de soi et en cueillir un quelconque pour l'arracher à la masse des autres quelconques. Bon, voilà Maurice qui cogne, je lui ouvre et voulez-vous une tasse de thé, pof, le voilà dans mes charmes, embobiné, livré à la mairie qui me le tamponne sur les deux faces : ça y est ! Nous voilà conjoints pour un petit bout de temps, un tout petit bout. Hein ? J'avais pas envie que ça traîne. Mais quand même ! Ah le salaud ! À peine j'ai le temps de lui dire : chéri bonjour, il me répond : au revoir ma chérie et il prend le large dans son uniforme d'artilleur de seconde classe, et il se fait ratatiner quelque part là-bas par les bougnoules. La vache ! Je l'aurais tué.

Bref, me voilà veuve à deux étoiles tout à coup, mais j'avais prévu : biveuve en somme, oui mais ce n'est pas tout. Je me demande : quoi qu'est-ce que j'ai ? Vous voyez ce que je veux dire, je me sentais un peu dans la pièce d'à côté. Bref je consulte le docteur. Au bout d'un moment, je lui dis non s'il te plaît, pas de ces manières-là avec moi !

Vous savez comme ils sont ? Moi les pattes en l'air sur son espèce de planche à repasser : C'est ça que t'appelles de la gynécologie ? Merde retire-toi de là !

Il se retire, gentleman et tout : de toute façon qu'il me dit un peu gêné, pour ce qui est de, y'a pas de crainte, c'est déjà fait depuis trois mois, dans six mois ça fera neuf et où le père a passé passera bien l'enfant ! héhé, mais dans l'autre sens et il faudra bien te ménager une place chez toi pour le recevoir...

L'esprit, Paris, la grande ville !

Je le gifle. Je le paye, mais je le gifle.

N'empêche : une place chez moi pour le recevoir, eh, il a été bien reçu, le mouflet.

Gros. Mais alors gros. Qu'est-ce que je vais faire de toi, je lui dis, t'es trop gros.

« Ouin, ouin » il me fait. Tu parles : pif, paf ! et ma main ? je lui réponds, tu la connais ? « Chiale encore un peu après tout ce qu'elle a fait pour toi, ta maman ! » Sans blague. Une mère c'est une mère. Il y a des petites gouapes sitôt qu'ils ont découvert qu'on peut se mettre les doigts dans le nez, ils savent même plus qui c'est leur mère, ils pisseraient dessus rien que pour voir. Quoi ? Moi, ma mère, je lui disais t'es une conne, mais quand même, avec des égards. Je lui ai rien fait à ma mère, jamais. Sauf la dernière année, mais ça, ça lui pendait au nez depuis pas mal de temps.

Tandis que lui, là, le môme. Ah je ne supporte pas. Quand on me cherche, on me trouve. Et j'avais beau lui dire ceci, cela, fais gaffe, ça va mal tourner, tu-ferais-mieux-d'être-gentil-ta-maman-l'a-pas-la-patience, rien ! À cet âge-là, ça comprend rien. Moi j'en restais toute pensive, Maman me disait : T'as qu'à faire comme moi. Ah j'aurais pas voulu ! Dur, je veux bien qu'on soit dur ! Mais de là, ma mère, à être aussi dégueulasse avec les enfants, ah non. Les enfants, c'est tout de même le fruit d'un individu, c'est tout de même le plus beau cadeau qu'on puisse faire à une mère, ça, d'être son enfant. À elle, pas à une autre. Il était à moi cet enfant, mais de là à en faire ce qu'on veut, n'importe quoi, comme ça semble naturel, ça jamais.

Encore, ç'aurait été une fille, j'aurais su, l'intuition et tout. Mais je ne savais pas quoi en foutre, lui, avec son petit robinet à rien faire... Sans blague, en dehors de pisser, ça lui servait à quoi.

J'en étais à me demander s'il était vraiment normal. Je peux pas dire que j'ai jamais compris grand-chose aux hommes sur ce plan-là. Mais j'essayais. Un jour, je prends une cuillère de saindoux, je lui dis : ouvre la bouche. N'ouvre sa bouche et vous savez ce qu'il me dit : baba. Répète ! Baba. C'est tout ce que tu trouves à me dire. Baba. T'es con ou quoi ? Baba. Ah, j'en aurais pleuré. Un anormal. D'ailleurs je m'en doutais depuis le début.

Quand il dormait pas, je le mettais sur le pot. Tout le temps sur le pot, faisait, faisait pas, tout le temps. Ce qu'il faut éveiller surtout chez les enfants c'est le sens de la liberté. Il faut qu'ils se sentent libres. Rien qu'un bébé de six mois, vous lui remplissez la baignoire d'eau plus ou moins chaude, vous lui dites plouf ! Vous le laissez tomber dans l'eau, et là, qu'il se débrouille. Il est libre. C'est ça la liberté. Et notez bien, c'est important : quelquefois il n'aime pas ça. Ça ne lui plaît pas d'être libre.

Moi, j'ai toujours fait ce que je voulais ; comme être humain, je suis plutôt du genre libre. Ainsi, quand mon fils, il devait avoir deux-trois ans, s'est approché de moi un beau soir, c'était un dimanche, je lisais mon hebdo de petite nana modèle, et qu'il m'a, ce bambin, je peux le dire coiffé de son pot de chambre encore chaud, eh bien je n'ai rien dit. C'est la liberté. Je me suis lavé les cheveux, un point c'est tout.

Quant à mon fils, puisqu'il avait fait ça en toute liberté, je lui ai dit : ta liberté, c'est ça que tu veux ? Non, qu'il dit, si que je dis, alors ta liberté, tu iras la prendre ailleurs. Et je ne l'ai plus revu. La maternelle, l'école, toutes les pédagogies gratuites, il a eu tout, y compris la prison pour mineurs et la clinique psychiatrique conventionnée. Tout pour être libre. Quant au service militaire, ce ne sera qu'une occasion pour lui de prouver sa liberté. Moi, je ne suis pas libre de me servir d'un fusil pour tuer des gens, lui, si. Plus libre que moi mon bébé !

Là-bas, j'y serais pas restée. Un appartement qui lui avait coûté les yeux de la tête, et alors ? Maintenant qu'il est mort, à combien on les chiffre les yeux de sa tête ? Déjà qu'il était myope. Et tu sors du salon, pom pom ! Tu traverses la salle à manger, pom pom ! Rhan ! La salle de bains ! Vous auriez vu ces toilettes ! Et la baignoire forme coquille Saint-Jacques. Et que je te la récure la coquille et que je te le récure le bénitier. Alors à la fin, merde ! Vous savez ce que c'est une allumette ? C'est simple, c'est gentil une allumette ! À qui ça ne pourrait pas plaire une allumette, et en plus en vente libre. Alors une heure après, pin-pon, j'aime les pompiers, les voilà qui arrivent avec leurs gros machins en or pour pisser la pluie... Pof ! Moi j'étais dehors sous le parapluie du plombier d'en face et, la tête en l'air, je regardais mon appartement là-haut qui perdait ses dernières dents tellement qu'il faisait chaud. On dit du feu c'est du feu, mais pardon, c'était pas un feu ordinaire ! L'appartement, jamais je l'ai vu aussi beau. S'il y avait pas eu ce plombier qui ne pen-

Monologue 1 : Elle

sait qu'à essayer de me faufiler sa main dans l'entrejambe et moi ma godasse à grands coups dans ses parties basses, tout ça puéril, puéril... Quel cauchemar ! Eh bien, s'il n'y avait pas eu ces jeux de con, jamais je ne me serais sentie aussi heureuse.

Alors quand l'assureur m'est tombé dessus chez grand-mère, il s'est bien fait recevoir. Grand-mère, tiens ! J'en ai pas encore parlé !

BOUTIQUE 1 : DES LUNETTES

UN, *grommelle* : ...

DEUX : Ce que je voudrais ? Pourquoi ? Vous avez autre chose à me proposer ? Non. Ce sont des lunettes, que je voudrais.

UN : ...

DEUX : Pour moi-même, oui ; de préférence. J'ai bien des amis qui portent des lunettes ; mais ils s'en occupent séparément, chacun de son côté.

UN : ...

DEUX : Mon choix ?... Eh bien c'est un choix limité, en ce qui concerne les lentilles ; n'est-ce pas ?

UN : ...

DEUX : Myope, oui, je suis, mais ce que je cherche à choisir, d'abord, c'est la monture.

UN : ...

DEUX : Une préférence ? Oui, j'en ai une. Ce que je voudrais, c'est une monture qui couvre les deux yeux. C'est-à-dire, voyez-vous, qu'il me faudrait des lunettes pour les deux yeux : une lunette à gauche, une lunette à droite. N'est-ce pas ? Parce que j'ai deux

Boutique 1 : Des lunettes

yeux. Donc, ce n'est pas d'une lunette que j'ai besoin, c'est de deux lunettes. Comprenez-vous ?

UN : ...

DEUX : Exactement. Voilà. Une paire de lunettes. Parce que, à vrai dire, ce que je cherche pour l'instant, c'est une monture à deux coups.

UN : ...

DEUX : Pas superposés, non. Un à droite, un à gauche : pan — pan.

UN : ...

DEUX : Non, les verres, on en parlera plus tard. Mon choix ira de soi. Vous prendrez mes mesures, et hop ! C'est chose faite.

UN : ...

DEUX : Hein ? Ah oui, mais vous voyez : non. Je n'éprouve pas d'attirance pour le monocle. Non. Je serais dans l'obligation de le déplacer continuellement d'un œil à l'autre. Pas de monocle, non. Un binocle plutôt, oui. Et la monture à cheval sur mon nez. Oui, parce que je n'ai qu'un nez.

UN : ...

DEUX : Non, Non, ... oui mais non. Si j'avais deux nez, ça ne ferait que compliquer le problème. Si ! parce qu'avec deux nez, il me faudrait au moins trois verres : un verre entre les deux nez, n'est-ce pas ? Pour l'œil central ; et puis deux autres verres pour ceux de droite et de gauche. Et encore ! — en supposant qu'il n'y ait qu'un œil entre les deux nez et non pas deux. Car, dans ce cas, avec les deux autres, ça nous en ferait quatre.

UN : ...

DEUX : Oui. En effet. Je ne dis pas. Ce serait peut-être plus pratique d'avoir deux nez et un seul œil entre les deux. J'aurais l'avantage de faire une économie de cinquante pour cent. Oui. Du moins en ce qui concerne les verres correcteurs. Je dis : « du moins », car en ce qui concerne les grands froids, ça me ferait tout de même quatre narines à moucher, en cas de rhume. Oh, mais si, ça compte !...

UN : ...

DEUX : Oui. Je suis de votre avis : gardons les pieds sur terre. Que feraient-ils d'autre, d'ailleurs ? Les miens, en tout cas... L'exploit sportif n'est pas leur fort. Remarquez, puisque le hasard de la conversation nous a fait les considérer ; remarquez que mes pieds, eux aussi, sont deux. Depuis tellement longtemps que je n'y pense même plus. Je ne les additionne pas, je ne procède à aucune vérification : qu'ils aillent ! et qu'ils se débrouillent.

UN : ...

DEUX : Non ! non ! Les yeux et les pieds, ce n'est pas pareil. Il ne suffit pas qu'ils soient deux tous les quatre, chacun de son côté pour qu'il nous vienne à l'esprit de penser : un œil et un pied, c'est pareil !

UN : ...

DEUX : Non, d'accord avec vous, mais je pense qu'il y a des choses qui gagnent à être dites...

UN : ...

DEUX : D'accord ! d'accord ! Revenons à notre monture. Là, j'ai le choix. Il y a monture et monture. Par exemple, chose curieuse, c'est le cavalier qui doit se mettre à cheval sur sa monture ; tandis que c'est la monture que je cherche qui devra se mettre à cheval sur mon nez.

UN : ...

DEUX : Soit ! soit ! moi aussi j'ai un train à prendre. Alors, laissons mes pieds tranquilles. Du reste, ils ne demandent rien à personne...

UN : ...

DEUX : Aucun rapport ! C'est vrai : sans lunettes, je n'y vois rien ; mais sans chaussures je marche ! Je marche aussi droit qu'avec !

UN : ...

DEUX : Quoi ? Moins longtemps ? Oui c'est juste. Mes pieds nus vont moins loin que chaussés de chaussures, de même que mes yeux voient moins loin à l'œil nu que s'ils chaussent des lunettes.

UN : ...

DEUX : Non, non ! cher Monsieur, vous m'appréciez d'une façon subjective. Pourquoi me demandez-vous si j'ai des cyclopes dans ma famille ? Est-ce pour me faire sentir que vous me soupçonnez d'une hérédité chargée ? Je cherche une paire de lunettes, un point c'est tout. Avez-vous déjà rencontré un cyclope ? Non ? C'est un individu de très grande taille, et il n'est doté que d'un œil ; là ; au milieu du front, c'est-à-dire juste au-dessus du nez ; nez unique également. De plus, le cyclope est un individu qui n'existe pas. Et il fait bien de ne pas exister, croyez-le ! Il se sentirait à l'aise, oui ! avec ce seul œil au-dessus de son nez !

UN : ...

DEUX : Mais non, justement ! Il ne loucherait pas sur ce foutu nez ! Pas possible de loucher sur son nez avec un seul œil ! Avez-vous tenté de loucher avec un seul œil ? Sur le bout de mon doigt, par exemple ? Non. Pas possible. Et voulez-vous mon avis ? Jamais vous ne verrez loucher un cyclope. Pas même sur une cyclopine. Dites à un cyclope de loucher, il ne voudra pas. Et le voudrait-il ? Son œil éclaterait sous l'effort demandé ; effort contre nature. Comme dit le proverbe Borgne : il faut être deux pour loucher. Deux cyclopes, c'est un bicyclope et le bicyclope n'existe pas ; puisque le cyclope non plus.

UN : ...

DEUX : Polyphème ? Mais c'est précisément en obligeant Polyphème à loucher que votre fameux Ulysse l'a rendu aveugle.

UN : ...

DEUX : Cyclope par économie ? Eh bien non, voyez-vous, je ne crois pas. À quoi bon faire l'économie d'un œil ? Un cyclope myope paierait le même prix que moi chez n'importe quel opticien. Un cyclope n'est pas un homme doué de : « deux-yeux-moins-un », comme le sont les borgnes. Au cyclope, l'opticien ferait payer, comme à moi, la correction de la totalité de sa vision. Globalement ! pas la correction d'une moitié de vision. Pour le cyclope une seule lentille n'aurait-elle pas autant de prix que deux lentilles pour l'homme normal ? C'est-à-dire, soit dit en passant, un prix beaucoup trop élevé.

UN : ...

DEUX : Comment ?... Alors là : franchement non. Je suis venu chez vous, Monsieur, à bicyclette et non sur un tricycle. Le « trinocle » que vous me proposez et

Boutique 1 : Des lunettes

que vous n'avez certainement pas en magasin ne justifierait son existence que par celle d'un troisième œil, situé au sommet du crâne, là ! entre mes cheveux, où vous ne manqueriez pas de l'apercevoir si j'en avais un, mais où vous pouvez constater que je n'en ai pas, vu la calvitie progressive contre laquelle j'ai renoncé à lutter. Laissez taire votre ironie ; je suis en quête non d'un monocle, non d'un « trinocle », mais d'un binocle.

UN : ...

DEUX : Ne vous énervez pas. Non : je n'ai qu'un trou du cul, Monsieur, et je ne m'explique pas pourquoi mes yeux le dépassent en nombre... La nature a des secrets. Mais si la hausse accablante des prix fait que je doive me contenter d'une lentille au lieu de deux, je vous suggère de me greffer un petit moteur au bout du nez. La lentille, ainsi animée d'un mouvement circulaire, passera alternativement devant mon œil droit et mon œil gauche. Il suffira de régler sa vitesse de rotation de manière à ce que la persistance rétinienne assure, comme au cinéma, la continuité droite-gauche-droite-gauche de ma vision et me donne l'illusion d'une simultanéité de ma perception à droite et de ma perception à gauche. Ainsi, ferai-je l'économie d'une lentille ; j'y tiens, car le prix des lentilles est devenu, comme l'aurait dit Ésaü et comme c'est bien le cas de le dire, exorbitant.

UN : ...

DEUX : Bon, bon ! alors, allons-y pour une paire de lunettes ordinaires ; mais je vous demanderai, pour mon œil gauche, un verre de couleur, assez sombre ;

noir, oui. C'est pour rétablir l'équilibre avec mon œil droit qui est au beurre noir ; très noir : vous l'avez remarqué ? — oui, ça s'est bien passé hier chez un de vos confrères à qui je demandais la même chose qu'à vous, et qui ne m'a pas compris.

BOUTIQUE 2 :
OPTIQUE NOCTURNE

UN : Vous avez de très belles lunettes. Noires. Sur le nez.

DEUX : Vous aussi, Monsieur, vous aussi.

UN : Ainsi, dans votre échoppe, il n'y fait plus très clair, vous faites toute l'optique.

DEUX : Oui, Monsieur. C'est pourquoi j'appelle mon échoppe, comme vous dites une ESCOPE. Microscopes, macroscopes, jumelles, aquascopes, périscopes. Toute l'optique.

UN : Ce sont les jumelles qui m'intéressent.

DEUX : Tout de suite, tout de suite ! Télescopes, lunettes d'approche. Quelle sorte de jumelles avez-vous en vue ?

UN : Je n'ai pas de jumelles en vue, même en regardant par le petit bout. On n'y voit rien, dans votre bazar.

DEUX : Presque rien, non. Vous seriez venu plus tôt... Jumelles à prismes ?

UN : Non.

DEUX : Aux lentilles, alors...

un : Montrez-moi vos lentilles.

deux : Excusez-moi ; je tâtonne ; elles doivent se trouver dans l'un de ces tiroirs.

un : Excusez-moi : vous êtes aveugle...

deux : Du tout. C'est cette nuit, qui tombe si vite... Tenez, Monsieur, voici des jumelles de théâtre. Leurs lentilles... Le temps de dévisser ces rondelles... et en voici une. Votre main.

un : Merci.

deux : Sombre... Sombre, il fait...

un : Oui. Du verre, vos lentilles... hein ?

deux : Du cristal, Monsieur.

un : Fragile, hein ? le cristal...

deux : Pas plus que vous et moi. Faut pas laisser tomber, voilà tout.

un : Je vois ça d'ici... Vos lentilles... Rien qu'à les toucher. Elles sont transparentes, n'est-ce pas ?

deux : Transparentes à la lumière. Oui, Monsieur. Ici on ne peut pas juger.

un : Ça ne va pas.

deux : Non ?

un : Opaques, je les voudrais, les lentilles.

deux : Ah.

un : J'ai besoin d'une paire de jumelles opaques.

deux : Opaques. Vous voulez dire des jumelles que, quand vous regardez dedans, vous ne voyez rien.

un : Opaques, oui. Avec des lentilles qui ne laissent rien passer.

deux : Je n'ai pas de lentilles opaques.

un : Des lentilles en bois, par exemple.

deux : Je n'ai pas de lentilles en bois.

Boutique 2 : *Optique nocturne*

UN : Regardez donc dans vos tiroirs, un peu. Pour voir.

DEUX : Vous voyez bien que je ne vois rien, dans mes tiroirs. En plein jour, j'essayerais peut-être, mais pas maintenant. Il fait quasiment nuit. Et puis : non. Je *sais* que je n'en ai pas ; en bois ; des lentilles. Je le sais, parce que ça ne se fait nulle part. N'existe pas.

UN : Ah.

DEUX : Nulle part vous n'en trouverez.

UN : Ah. Alors, va pour les jumelles à prismes !...

DEUX : À prisme en bois.

UN : Oui.

DEUX : Non.

UN : Ah.

DEUX : Du reste, à travers une paire de jumelles à prismes en bois, vous ne verrez rien.

UN : Je ne verrai rien.

DEUX : Non.

UN : Eh bien, justement. *Voir*, ça m'est égal. Ce n'est pas *pour voir* que je veux des jumelles. Je veux des jumelles spéciales pour *ne pas* voir.

DEUX : Bon. Eh bien je n'en ai pas.

UN : Bon.

DEUX : Ne prenez pas cet air dédaigneux, dans le noir. Si vraiment vous désirez *ne pas voir*, vous n'avez qu'à fermer les yeux. Simple. Ou leur plaquer dessus la paume de vos deux mains.

UN : Vous ne comprenez pas vite.

DEUX : D'ordinaire, si.

UN : Mais en ce moment. Là. Ici. Vous ne comprenez pas. Pas du tout.

deux : Où êtes-vous ?

un : Ici.

deux : Pardon. Je vous écoute.

un : Vous savez ce que c'est que l'horizon ?

deux : Oui.

un : Et le bateau qui passe à l'horizon ?

deux : Je ne le vois pas pour l'instant. Pour l'instant, ici, on n'y voit plus rien.

un : Eh bien, c'est ici, également, si je ferme les yeux, c'est ici que je ne verrai plus rien. Comprenez ? Tandis que moi, c'est là-bas, à l'horizon, que je veux ne plus rien voir. Ce n'est pas tout près, l'horizon. Il me faut des lunettes d'approche pour que je n'y voie plus rien — non pas ici mais là-bas à l'horizon. Il me faut des jumelles qui, à l'horizon, me permettront de voir — quoi donc ?... — Un bateau ? — Que non pas — rien du tout. Voilà ce que j'ai besoin de voir, là-bas : rien du tout. Compris ? — Alors : des jumelles en bois, en bois, en bois. — Où êtes-vous ?

deux : Je ne sais pas. Ça m'aide à commencer à vous comprendre, du reste. Moi, c'est ici, ce n'est pas là-bas que je n'y vois plus rien. Oui, j'accepterais de ne plus rien voir là-bas, c'est-à-dire au-delà du bout de mon nez. Mais n'y plus rien voir en deçà, non ! Vraiment c'est trop près.

un : C'est ce qu'on appelle : ici. Il fait totalement noir, ici, maintenant. Vous êtes sûr que nous sommes ici chez vous ?

deux : Non. La nuit rend les limites incertaines.

un : Un simple bâton, un bâton en bois, nous serait d'un grand secours.

Boutique 2 : Optique nocturne

DEUX : On ne peut rien voir avec un bâton.

UN : Du moins, on peut sentir s'il y a quelque chose au bout. Le bout d'un bâton, c'est déjà très loin. Il nous transmet des informations qui viennent de... Quoi ! en comptant la longueur du bras, l'horizon d'un bâton tourne autour de son propriétaire à une distance qui va vous chercher dans les deux mètres cinquante, trois mètres.

DEUX : Dites... Où êtes-vous ? Quels sont ces deux points phosphorescents dans la nuit ?

UN : Ce sont mes yeux. J'ai les yeux du genre œil de hibou. Ils luisent dans la nuit.

DEUX : Comment le savez-vous ? Vous ne pouvez pas voir luire vos propres yeux dans la nuit.

UN : Alors, ce sont les vôtres que je vois. Vous avez des yeux de hibou.

DEUX : C'est mon droit, Monsieur. Car je SUIS un hibou.

UN : Ah.

DEUX : Oui.

UN : Moi aussi.

DEUX : Ah.

UN-DEUX : Hé.

DEUX : Alors, venez donc faire un tour avec moi. Dans le noir.

UN : Dans le noir ? Volontiers.

UN-DEUX : Allons-y ?

> *On entend le bruit des ailes de deux hiboux qui prennent leur essor et disparaissent au lointain.*

LA CULTURE EN MAISON

UN : Vous cherchez ?
DEUX : J'ai rendez-vous avec le ministre de la Culture.
UN : C'est moi.
DEUX : Ah mince.
UN : Ça vous étonne ?
DEUX : Oh non. Je ne juge pas les gens à la mine. Je sais très bien qu'on peut avoir une tête d'andouille et être ministre de la Culture.
UN : Asseyez-vous, Monsieur Jean Zalamine.
DEUX : Merci.
UN : Non, pas là-dessus. Dans ce fauteuil. Ça c'est un cigare que je vous offre.
DEUX : Ah.
UN : En voulez-vous un bout ?
DEUX : Du fauteuil ?
UN : Du cigare. Parce que je n'en ai plus qu'un. À force de recevoir du monde.
DEUX : Je vous remercie. Je ne fume que le jambon.
UN : Alors, je le mangerai tout seul. Vous êtes dans la culture du porc ?

deux : Non. Mais mon grand-père m'a légué un jambon. Alors je le fume.

un : Vous avez le nez au milieu de la figure. C'est mauvais signe.

deux : Non : je suis pour la décentralisation, mais je suis du centre.

un : Du centre gauche ?

deux : Non, du centre droit. Pour parler plus précisément, du Massif central.

un : J'ai lu votre projet de maison de la culture. On ne peut pas mener une politique de décentralisation dans le Massif central. C'est contradictoire. Allez, hop !

Revenez me voir quand j'aurai changé de ministère.

deux : Stop ! Monsieur le ministre ! Comme le disait Pascal, le centre est partout, la circonférence nulle part.

un : Hé ! Ho !

deux : Et ne hurlez pas, s'il vous plaît. J'attaque.

un : Bon.

deux : Voulez-vous me dire ce que vous entendez par : « centre culturel » si vous êtes partisan de la décentralisation culturelle ?

un : Ce que j'entends ? Rien ! On n'entend que vous, monsieur, dans cette maison.

deux : La Maison de la culture que je préconise, monsieur le ministre, et c'est son originalité, n'a pas de centre.

un : Alors où voulez-vous que je la construise, votre maison ? Nulle part ? À la circonférence ?

DEUX : Nulle part veut dire partout, lisez Victor Hugo. Que diable. Et laissez-moi m'exprimer.

UN : Tout le monde peut s'exprimer. C'est même devenu un devoir, depuis l'invention du presse-citron.

DEUX : J'ai épousé une Jaune, monsieur le ministre, et cette allusion au presse-citron me semble amèrement périmée, voire déplacée.

UN : Déplacé, nous sommes tous en passe de l'être, monsieur. N'oubliez pas que vous êtes en face d'un homme qui a fait toute sa carrière dans l'administration.

DEUX : Vous tenez absolument à me faire rire, où est-ce que je puis placer un mot ?

UN : Placez-le bien en face de vous, votre mot. Sur mon bureau que je le voie.

DEUX : Eh bien voilà...

UN : Votre mot, j'ai pas dit votre nez !

DEUX : Alors placez votre nez ailleurs ! S'ils s'écrasent bout à bout sur votre buvard, nos nez. On va plus s'entendre !

UN : C'est vous qui parlez du nez !

DEUX : Non, c'est nous. Alors repos.

UN : Du calme. Je vous écoute. Question architecture, par exemple.

DEUX : Mon plan, je l'ai sur moi : mais il faut que je souffle dedans. *(Il souffle.)* Car mon centre culturel... *(il souffle)*... a la forme... *(il souffle)*... de ce ballon ! *(il souffle)*.

UN : Un ballon rouge !

DEUX : Non : bleu blanc rouge, voyez-vous même.

un : En caoutchouc !

deux : Une maquette, rien de plus. Elle sera réalisée en métal léger, l'ensemble devant être insubmersible.

un : Une maison de la culture en boule ! Et où voulez-vous que je la construise, cette boule ! capable de contenir combien de personnes ?

deux : Cinq mille environ.

un : Cinq mille ! Dans un cratère de votre Massif central, peut-être ?

deux : Non pas, dans une baie.

un : Une baisons-la romaine, peut-être ?

deux : N'importe laquelle. Une baie. Ma baison de la culture est conçue pour être remorquée au large. Partout.

un : Partout. Et les spectateurs comment les concevez-vous ? Debout ?

deux : Excellente remorque. Non pas debout mais assis sur des petits bancs. Petits bains. Petits bains de siège. Des sièges quoi ! Pas des petits pains. Et suspendus à l'intérieur de cette grosse boule flottante. Comme ceux qu'on voit dans les foires : la grande roue qui tourne. En plus compliqué : car la grande roue tourne verticalement, autour d'un axe horizontal : tandis que mon ballon de culture est conçu sans axe, et tournant dans tous les sens en même temps. Droite-gauche. Haut-bas, avant-arrière : tous les sens. Bref, que font mes cinq mille spectateurs ? Ils se marrent. Pas besoin de jouer du Brecht : ils se marrent tout seuls. Dans cette grande boule sur l'océan, qui flotte ! Tout autour de la terre.

un : Écoutez, monsieur Zalamine. Nous avons déjà

tenté l'expérience à Grenoble, les acteurs tournant dans un sens autour des spectateurs qui tournaient dans l'autre sens, et même sur eux-mêmes à l'aide de strapontins rotatifs. Ça n'a rien donné.

DEUX : On ne décentralise pas à Grenoble, monsieur le ministre. Ni ailleurs. On décentralise partout, ou on ne décentralise pas. Du reste, j'envisage, à plus longue échéance, de décentraliser la France. En Algérie d'abord, en Tunisie, au Maroc, puis en Indochine, puis en Italie, en Russie...

UN : Pas en Angleterre, tout de même !

DEUX : Non. Nous nous arrêterons à Waterloo, comme d'habitude.

MAUVAISE HUMEUR

UN : J'ai rencontré Paulette, cet après-midi, au moment où elle sortait de chez Georges, avant-hier soir. Elle était en deuil. Je vous parle de ça, il y a bien six mois.

DEUX : Mais oui, mais oui.

UN : Je lui dis : Paulette, d'abord je te fais mes condoléances, et puis je te fais mes compliments, parce que tu as une robe rouge et que j'adore le rouge, et que le rouge te va très bien. Et j'ajoute : j'adore le rouge quand il te va très bien.

DEUX : Mais comment donc.

UN : Parce que j'ai remarqué que quelquefois le rouge ne va pas très bien à Paulette. Ça ne dépend pas de Paulette. Ça dépend du rouge. En voulez-vous la preuve ?

DEUX : Je vous en prie.

UN : C'est que de mon côté, il y a des jours où je suis loin d'adorer le rouge, où j'exècre le rouge. Eh bien, j'ai remarqué que c'est précisément ces jours-là que le rouge ne va pas très bien à Paulette. Alors de deux choses l'une : ou bien ça dépend du rouge, ou bien ça dépend de Paulette et de moi en même temps, et comme en général nous ne nous sommes pas consultés, Paulette et moi, ce serait vraiment une coïncidence étrange si le même jour, chacun de notre côté, nous nous étions modifiés l'un et l'autre par rapport au rouge, l'un pour l'exécrer, l'autre pour que le rouge ne lui aille pas.

DEUX : Vous avez un lacet dénoué.

UN : Donc, ce jour-là, je vous parle de ça il y a bien une dizaine d'années, oui puisque c'était le jour de sa première communion, ce jour-là, dis-je, était un jour où le rouge s'était arrangé pour me plaire en même temps qu'il allait bien à Paulette. Du reste, il faisait beau, c'était le printemps...

DEUX : Vous perdez votre pantalon.

UN : Merci, un de ces jours de printemps qui frappent d'autant plus qu'ils sont excessivement tardifs, puisque Paulette et moi nous nous en fîmes la réflexion : c'était le début de l'automne... Ce jour-là, donc, était-ce la tiédeur anachronique de l'air, était-ce le rôti de porc que maman m'avait cuisiné la veille et qui ne passait pas, était-ce le charme que conférait à Paulette la mousseline rouge de sa robe de première communion, était-ce enfin ce je-ne-sais-quoi qui n'a de nom dans aucune langue, je ne sais, mais je sais bien, et cela Paulette, j'en suis sûr, ne l'a pas oublié plus que moi, je sais bien qu'il y avait entre nous deux comment dire ? Une connivence, une complicité d'une espèce très spéciale. D'une espèce non seulement spéciale comme le sont, par nature, toutes les espèces, mais si j'ose risquer cette pointe : spécialement spéciale.

DEUX : Vous avez une araignée sur l'épaule.

UN : D'une espèce de sale bête, veux-tu t'en aller ! J'ai horreur de ces animaux.

DEUX : Oui, eh bien pas sur mon tapis, s'il vous plaît, vous avez marché dans je ne sais quoi.

UN : Je l'écraserai quand elle sera sur le marbre.

DEUX : Et puis laissez mes araignées tranquilles. Je suis chez moi.

UN : Alors elle s'accroche à mon coude et elle me dit : je suis ennuyée, papa n'avait pas prévu ça, je n'ai pas de taxi, et ma robe va être toute gâtée. En effet, mettez-vous à sa place, il neigeait : adieu mousselines ! J'étais la providence, à peine Paulette avait-elle achevé sa phrase dans une toux d'excuse, déjà mon parapluie étendait au-dessus d'elle sa grande main de rapace ganté de noir : elle était sauvée ; j'étais perdu.

DEUX : Mouchez-vous. Ça me gêne.

UN : Il neigeait, on était vaincu par sa conquête. Place de la Concorde, où nous arrivâmes peu après, mon cœur ignorait encore la gravité de sa blessure. À cette époque... *(Il se mouche.)* à cette époque, la place de la Concorde n'avait pas encore cet éclat emprunté... *(Il se mouche.)* dont on eut soin de peindre et d'orner son... *(Il se mouche.)* visage, pour que l'art imité ne puisse plaire aux yeux. Paris était encore Paris. Vous avez connu comme moi, mon cher, ces avenues désertes, ces lacs, des prairies. Et vous vous rappelez aussi, entre le quai d'Orsay et la rue des Saints-Pères ces grands bois, qui personnellement m'effrayaient comme des cathédrales, cet obélisque, enfin, puisqu'il faut en revenir là, cet obélisque qui portait encore à son sommet un buste de Henri IV, dont Napoléon se montrait surpris à bon droit, et qu'il fit abattre à son retour d'Égypte, en criant : quarante siècles, qu'importe ! J'étais général à vingt ans. Grande époque, quoi qu'en ait dit Barbey d'Aurevilly, mais vous n'êtes pas Barbey d'Aurevilly. Où se trouvait alors le métro Concorde, vous le savez mieux que moi : nulle part. Et Paulette le savait comme vous et moi. Elle savait aussi, bien qu'elle feignît de l'avoir oublié, qu'à l'endroit du jardin des Tuileries où quelquefois le Parisien peut admirer, de nos jours, un jet d'eau qui jaillit, j'habitais alors un hôtel particulier, je peux dire splendide, puisque je le devais aux bonnes grâces de la Duchesse de Primabor, femme réputée prude entre toutes ces dames du faubourg Saint-Germain. Une prise ? C'est du tabac de Saint-Pierre-et-Miquelon, le baron de la Haute me l'a rapporté de là-bas dans son panama.

Eh bien, où êtes-vous ? Ah ça, mais il est parti. Ah ah ! Tsa tsa tsa tsa...

Il me semblait aussi qu'il était de mauvaise humeur.

BOUTIQUE 3 :
PSYCHOTHÉRAPIE D'UNE PENDULE

UN : Je suis une pendule.

DEUX : Je le vois bien. Ça me semble normal, d'être une pendule, pour une pendule. De quoi vous plaignez-vous ?

UN : Je ne suis pas comme les autres. Je suis peut-être une pendule comme les autres, mais mes aiguilles tournent en sens inverse de celui des aiguilles d'une montre.

DEUX : C'est une impression que vous avez.

UN : Oui. Depuis longtemps. C'est pour ça que j'ai pensé que la psychanalyse me ferait du bien. On m'a dit que c'était un peu votre spécialité.

DEUX : C'est une de mes deux spécialités, en effet. Je soigne surtout les schizophrènes, mais je soigne aussi les pendules.

Ainsi, vous avez « l'impression » que vos aiguilles tournent dans le mauvais sens.

UN : Depuis longtemps, oui, mais maintenant c'est plus qu'une impression : je sais que c'est vrai. Depuis que je me suis regardée dans la glace. Tic tac tic tac tic tac...

DEUX : Ne dites pas tic tac. Vous croyez que je ne vous crois pas, quand vous me dites que vous êtes une pendule ? Mais vous êtes une pendule. Je vous vois, là, devant moi, et qu'est-ce que je vois ? — une pendule. Ça vous arrive quelquefois, ça ? de vous demander : voyons, et si je n'étais pas une pendule, au fond ?...

UN : Tic tac tic tac tic tac... Non. Ça, ça ne m'arrive jamais. Tic tac...

DEUX : Arrêtez-vous.

UN : Je ne m'arrête jamais.

DEUX : Réfléchissez. Ça ne vous arrive pas, ça ? d'avoir la tentation de vous arrêter ? Oh... pas longtemps ; n'est-ce pas, on ne remarquerait rien...

UN : Non, pas vraiment. Mais si je continue, je crois bien que ça m'arrivera, oui, comme ça, malgré moi...

DEUX : Pleurez, pleurez, ça vous soulagera. Y a-t-il d'autres pendules dans votre famille ?

UN : Bien sûr. Il y en a deux. Dans mon salon. Enfin je dis « mon salon ». D'ailleurs, comment je le saurais, que mes aiguilles tournent dans le mauvais sens, si je n'avais pas d'autres pendules pour me comparer.

DEUX : C'est tout à fait juste, en effet. Bien. Et, en dehors des moments où vous vous regardez dans la glace, vous n'éprouvez pas ce sentiment de marcher à l'envers par rapport aux autres pendules. Ou si ?

UN : Non. Mais je vois bien que les gens qui veulent savoir l'heure ne me regardent pas. Ils préfèrent regarder les autres pendules.

DEUX : Bien. Vous voyez que vous pouvez fort bien

ne pas dire tic tac, quand ça vous plaît. — Est-ce que vous *sonnez* quelquefois ?

UN : Non. Je n'ose pas. J'aurais trop honte. — Peut-être que je ne m'en aperçois pas.

DEUX : Et vos deux petites amies, dans le salon, elles ne sonnent pas non plus ?

UN : Non... peut-être que je ne m'en aperçois pas. Peut-être que je suis une pendule sourde...

DEUX : Si vous étiez sourde... je ne, je ne... Dites-le...

UN : Vous ne m'entendriez pas...

DEUX : Vous n'avez jamais très confiance en vous, hein ?

UN : Tic tac tic tac...

DEUX : Vous pouvez fumer, si vous voulez.

UN : Je ne fume pas.

DEUX : Les pendules fument, pourtant... Non ?... Voyons, dans votre enfance, vous a-t-on reproché d'avancer ; je veux dire : d'aller trop vite ? Dans le sens normal, n'est-ce pas, mais trop vite.

UN : Rappelle pas. Mais je me souviens d'avoir rêvé que c'était moi qui tournais, tandis que mes aiguilles restaient immobiles. Je tournais autour de leur axe, comme une roue, et alors, là, oui, j'avançais, mais pas dans le temps : dans l'espace, sur une route en pente. L'accélération, vous savez, la vitesse que je prenais sur cette pente dont je ne voyais pas le terme oh la la cette pente de plus en plus raide, une pente en vrille, en entonnoir, oh la la cette vitesse, quel vertige ! Un vertige tellement intense que je me réveillais en sonnant de toutes mes forces. Ou plutôt en rêvant que j'avais sonné de toutes mes forces, comme un réveille-matin.

Deux : À quoi vous fait penser ce gouffre qui vous entraîne, contre lequel vous voudriez bien résister, mais sans en avoir les forces... hein ? À quoi... Dites...

Un : Tic tac tic tac.

Deux : Ne dites pas tic tac... À quoi ça vous fait penser ? Vous voyez pas ?... Le Temps ! Le Temps irréversible ! Le temps qui tourne en s'enfonçant comme une vrille, et comment s'enfoncent les vrilles ? En tournant, et en tournant dans quel sens ? Le sens des aiguilles d'une montre ! — mais n'allons pas trop vite. Secouez-vous un peu. Dites tic-tac. Eh bien, eh bien, vous voyez bien que vous vous arrêtez, quelquefois. Vous êtes arrêtée. Allons, allons, un petit effort... tic tac !...

Un : Tic tac...

Deux : Voilà. Dites-moi, en venant me voir, vous espérez bien obtenir un résultat, n'est-ce pas ?

Un : Oui : que mes aiguilles tournent dans le bon sens...

Deux : Soit. Et à votre avis, au cas où nous obtiendrions ce résultat quel sentiment cela vous causerait-il ?

Un : Un sentiment de soulagement. Car je me sens coupable d'indiquer l'heure qu'il ne faut pas, l'heure qu'il n'est plus... et depuis le temps que ça dure, c'est l'heure qu'il était il y a depuis plus de deux siècles que j'indique en ce moment. Pensez : une pendule Louis XV... Ça ne me rajeunit pas. Bien sûr, je ne devrais pas me sentir responsable de cette perversion qui fait tourner mes aiguilles en direction du passé. Mais j'en ai honte comme si je le faisais exprès, je vous jure. Oui, je pense que je le fais exprès, par méchanceté, par un désir de vengeance à l'égard de je ne sais qui. Oh, il y a des fois, je voudrais m'arrêter pour de bon. Seulement, quand je m'arrête, je me sens abandonnée, bonne pour la ferraille. Ma vie n'a plus de raison d'être. Catatonique, en quelque sorte. Heureusement, il se trouve toujours une clef qui me remonte, qui me rend du ressort, avant que vienne la rouille.

deux : N'éprouvez-pas le sentiment d'accomplir une fonction qui vous justifie ?

un : Si, bien sûr, j'indique l'heure ; à l'envers, mais je l'indique. Et même, à minuit et à midi, je l'indique exactement. Midi, minuit, c'est le seul point commun que j'ai avec les autres pendules du salon.

deux : Ces pendules, dans le salon, est-ce comme vous-même que vous les regardez, c'est-à-dire dans la glace ?

un : Non. Elles sont sur la cheminée, en face de moi. La glace, elles lui tournent le dos.

deux : Et vous ?

un : Moi, je suis dans la glace, derrière les autres très loin, sur mon buffet Louis XV.

deux : Et vous voyez vos aiguilles tourner à l'inverse des leurs...

un : Oui.

deux : Quelle heure est-il ?

un : Tic tac tic tac... Midi moins vingt.

deux : Moi je n'ai qu'à regarder votre cadran pour y lire qu'il est midi vingt. Nous verrons ça la semaine prochaine. Non, non, vous me paierez quand vous voudrez.

UN : Il me semble que je vais déjà mieux. Tic tac tic tac...

DEUX : C'est ça : tic tac, je vous raccompagne.

UN : Au revoir, docteur. Tic tac (...)

DEUX : Tic tac tic tac.

Sortie de la pendule.

DEUX : Ouf. Ce que j'en ai assez, de ces malades ! Ils m'énervent ! On dirait qu'il n'y a qu'eux qui comptent ! Et moi, alors ? Est-ce que je vais chez le psychiatre, moi ? Car, à la fin, moi aussi, je suis une pendule ! Et je ne demande rien à personne !

À LA BONNE HEURE

Voici quelques communiqués.

Les personnes désireuses d'assister à l'émission du nouveau timbre fiscal à quatre-vingt-cinq francs, qui aura lieu le 31 mars dernier, sont priées d'adresser leurs demandes à Radio-France, 107, rue du Fauteuil-Voltaire, Paris 27e entre vingt-trois heures et cinq heures du matin.

Rappelons qu'à l'occasion de cette émission, un concours d'une extrême cocasserie sera proposé à tous les auditeurs et téléspectateurs qui n'ont pas bien réussi l'année dernière. La manécanterie des enfants blonds de Radio-France, ainsi que plusieurs Turcs, prêteront leur concours à ce concours, au cours duquel monsieur d'Abord de la Bière, sénateur du jardin des Plantes, prononcera une allocution.

C'est le 14 juillet 1989 qu'aura lieu cette année la prise de la Bastille. Dès le 1er avril, les inscriptions pourront être déposées au dépôt des inscriptions, rue du dépôt, juste en face de chez vous. Hâtez-vous. Vous avez peut-être raté la Bastille l'année dernière, ne la manquez pas cette année : on ne prend la Bastille qu'une fois.

L'office des jeunes abrutis du monde entier communique : une grande foire sera prochainement organisée au bénéfice des fonds de recouvrement destinés à la restauration des jeunes abrutis. Cette grande foire pleine de saucisses chaudes et froides comportera en outre des attractions, des numéros, des clous, des vedettes, une ambiance folle, bref de quoi s'amuser pour tous et pour toutes. Elle se déroulera avec un faste gigantesque, dans un cadre intime qui sera bientôt tiré au sort au cours de la Tombola qui aura lieu à la grande kermesse des Jeunes abrutis dont la date n'a pas encore été fixée très solidement.

Voici encore un important communiqué. Les personnes désireuses, quels que soient leur âge, leur adresse, leur métier, leur comportement sexuel ou leurs qualités musculaires, sont priées de s'adresser. On ne saurait trop insister sur ce point. Toute personne désireuse doit s'adresser au plus vite.

Voici pour terminer un communiqué de Radio-France. À dater de demain, Radio-France communiquera chaque jour à la même heure un communiqué intéressant tous ceux qui aiment les communiqués.

Vous avez entendu quelques communiqués.

Ici Paris Inter. Nous reprenons le cours normal de nos émissions.

MONOLOGUE 2 :
ÉPHÉMÉRIDES

Dans cette véritable confiture, non pas de rhubarbe, mais de rubriques dont ce magazine vous configure assez bien l'aspect d'une confiture, messieurs dames, j'aimerais que ma rubrique (celle-ci, la voici ma rubrique) figurât cette petite reine des fruits qu'est la fraise. La fraise, en effet, comme vous le savez, dans la vieille symbolique de nos pères, est le symbole de l'Histoire, de même que la cerise est le symbole de la Géographie, la poire de l'Arithmétique, la banane de l'Anatomie, le melon de la Balistique, la pistache de la Démonologie et la pomme de... euh... la pomme de Terre. La fraise, donc... — non pas que je sois historien, tant s'en faut, qu'à cela ne tienne ! qu'à cela m'en préserve ! que le ciel m'entende ! — Mais l'*Histoire*, Mesdames et Messieurs, c'est nous, c'est vous qui la font, peu ou prou, petit à petit à petit, (tapeti), on est dedans, et c'est pourquoi l'opportunité m'a paru particulièrement opportune de présenter, ou plutôt de « fraisanter » ici une petite rubrique non pas espagnole mais historique, qu'est-ce que j'ai foutu de mes papiers ! Les voici, en un mot une petite éphéméride, une petite, plus exactement, une petite fraise émérite, et ce sept fois par semaine à l'heure du déjeuner si toutefois on ne me fiche pas définitivement à la porte, vu mon grand âge, chaque jour donc, à propos ou, plus historiquement, comme disait Henri IV, « à poulopot » d'un anniversaire particulièrement important. Ainsi, nous évoquerons ensemble quelques-unes des grandes ombres de notre vieille humanité, humanité dont nous partageons tous, chers auditeurs, quelques-uns des traits les plus principaux, tels que la station verticale, les deux pieds, les deux mains et le nez au milieu de la figure.

Or, cette semaine, c'est de Denis Papin que nous nous souviendrons, à l'occasion de son niènième niniversaire. Suis-je besoin, pour cette commémoration, d'un véritable historien ? Certes non ! Il suffit d'avoir de la mémoire, un point c'est tout. Du reste mon auditeur ne tardera pas à se rendre compte que, loin d'être un historien, je n'en sais pas plus que mon auditeur sur le grand-père de nos locomotives, et ce, rien qu'à la manière que je vais avoir de brosser la figure de ce fabuleux individu : Denis Papin.

Denis Papin est né euh... Il est né. C'est du reste ce qui lui a permis de mourir, un peu plus tard. Il est né en... je vais vous dire ça tout de suite, il est né... Il était, c'est bien simple, beaucoup plus jeune que son collègue, immortel lui aussi, un grand onglé : Newton, que les froncés prononcent Neuton. Quant à Parmentier, dont nous célébrerons bientôt le niniver-

Monologue 2 : Éphémérides

saire, nous aurons l'occasion d'en reparler tout de suite, dans pas longtemps.

Si, en effet, c'est une pomme qui tombait d'un arbre, probablement d'un pommier, je dis, si, en effet Newton dut à la chute d'une pomme de devenir l'inventeur de la gravitation universelle, ce fut à cause de la brusque éruption d'une pomme de terre sous son pied que Parmentier devint l'inventeur de la pomme de terre.

Quant à Denis Papin, voici comment les choses se passèrent. Un jour, un matin, un peu avant midi, Denis Papin, assis près d'une marmite, attendait qu'y achevassent de cuire quelques-uns des tubercules dits patates que son collègue venait de lui rapporter d'Amérique dans son panama. L'invention de la pomme de terre par Parpar par Parmentier, en effet, précéda de bien peu l'invention par Denis Papin de la pomme-vapeur. Mais ce n'est pas fini. Il était donc là, assis, Papin, attendant que ça cuise, il ne pensait à rien, il regardait en l'air, la bouche ouverte, à la manière de Newton, et il écoutait distraitement un oiseau qui chantait. Tout à coup, il lui semble qu'un second oiseau : cuicui, venait de se mettre à chanter. Oui, pas de doute, voilà qu'il entendait chanter deux oiseaux. « Qui ? Comment ? » se dit Denis Papin. « Aurais-je deux oreilles ? » Vous savez ce que c'est quand on ne comprend pas, on s'imagine les pires âneries qui vous viennent pour tâcher de s'expliquer les choses. « Aurais-je deux oreilles ? » — Non, heureusement il n'en était rien. Denis Papin eut beau se tâter, il n'avait qu'une oreille, comme tout le monde.

En réalité, ce qui chantait en plus de l'oiseau, c'était la marmite où bouillonnaient les pommes de terre dans l'eau.

C'est à partir de ce gazouillis que Denis Papin inventa le sifflet à vapeur. Et l'on peut dire qu'une fois inventé le sifflet à vapeur, la locomotive était née. Invention, du reste, complètement inutile, puisque les trains marchent à l'électricité.

Denis Papin, lui, était né bien avant sa locomotive. Il était né en... J'avais un petit bout de papier où c'était marqué dessus. Si j'ai parlé si longuement de lui aujourd'hui c'est uniquement à cause de son niniversaire.

Ceux de mes auditeurs, nombreux je le sais bien, qui me pressent de parler de Gutenberg, voudront bien m'excuser : Patience ! patience ! Gutenberg c'est une tout autre histoire.

UN CONTE

UN : « *Il était une fois, au fond d'une vallée profonde, ombrageuse et oubliée, car il y a de cela très longtemps et les hommes ont la mémoire courte, il était une fois, au fond de cette vallée, recueillie par les loups et satisfaite par les vents, au fond de cette vallée, il était une fois, oh ! rien du tout, vraiment peu de chose. Je me demande même si ça vaut la peine de le dire.* »

Eh bien ! Tout ça, vous voulez mon avis ? ça ne vaut pas un conte de Perrault.

DEUX : Attendez un peu, ça commence à peine.

UN : C'est même pas commencé du tout. Je me demande s'il va finir par le dire ce qu'il y avait une fois, au fond de sa vallée.

DEUX : Allez-y un peu qu'on voie.

UN : Je me demande même si ça vaut la peine de le dire. « *Le vieux duc secoua la cendre de sa pipe en hochant de sa tête chenue sur les chenets de fer forgé par les ans. Il doutait, le pauvre homme. "Allons, allons, mon ami, mon ami, dites-le-nous, dites-le-nous, vous le savez bien, vous le savez bien, que ça en vaut la peine, que ça en vaut la peine, de la terminer votre histoire, de la ter-*

miner votre histoire." À *la supplication des deux frères jumeaux, le comte releva la tête et s'exécuta. "Oh, bien sûr, ce n'était pas absolument rien à proprement parler, ce qu'elle avait, cette vallée mystérieuse et glaciaire, dans son fond. Mais tout de même, ce n'était pas grand-chose. D'autant plus que ça n'y est pas resté longtemps. Et comme à cet endroit-là il ne passait jamais personne, on peut dire qu'on n'a jamais su ce que c'était, ce qui y était, à cet endroit-là, à ce moment-là. — Abrégez, abrégez", hurlèrent les deux jumeaux, dont les colères soudaines, simultanées et couvertes de tuiles étaient renommées partout à la ronde, "Qu'est-ce que c'était, qu'est-ce que c'était ?" Sous la double pression conjuguée, le comte laissa échapper un petit cri de frayeur, et une petite bouteille d'huile, avec laquelle il était occupé à graisser sa pipe. "Mais mais mais, suffoqua-t-il, mais mais mais, attendez donc au moins que je m'en souvienne ! À mon âge ! Je vous parle de ça, il y a une bonne cinquantaine d'années ! La mémoire, ça vient quand ça veut ! Et puis c'était tellement petit, je vous dis, en plein milieu du fond de cette vallée qui était tellement grande ! Vous ne vous rendez pas compte !" Les deux jumeaux, calmés, se rassirent l'un sur l'autre et ne bougèrent plus. Mais il était trop tard. Le vieillard vexé venait de déplier ses longues jambes de hobereau, son chapeau était sur sa tête et il était sorti en criant : si c'est comme ça je ne vous la raconterai pas, mon histoire !*

Le lendemain soir à la même heure... »

DEUX : Non, c'est absolument impossible d'offrir ce livre à Gaspard.

UN : Vous avez raison. Susceptible comme il est. Ni à la cousine Hortense, d'ailleurs.

DEUX : Elle n'aurait jamais la patience. Je vais vous lire celui que j'ai acheté pour Mauricette, pour Camille et pour Fortuné.

UN : Vous croyez qu'on pourra offrir le même à Léon, à Daniel, à Armance et à Jeannot ?

DEUX : Vous allez voir.

UN : En tout cas, pas à Georges ni à Paulette.

DEUX : Ceux-là, moi, je ne veux plus en entendre parler.

UN : Faudrait tout de même pas croire que nous ne connaissons qu'eux. Allez-y. Continuez, moi j'ai une poussière dans l'œil.

DEUX : « *Le lendemain soir à la même heure, les deux jumeaux ne se réunirent pas autour de la cheminée pour écouter la suite de l'histoire du vieux comte. En effet, ils étaient partis, sans tambour ni trompette au derby d'Epsom, voir les chevaux si c'est bien vrai qu'ils y galopent les pieds en l'air, comme le peintre français les a représentés dans une toile célèbre. Du reste, le vieux comte n'était pas là non plus.* »

UN : Non, arrêtez, je suis triste.

DEUX : Vous ne voulez pas savoir où il était, le vieux comte ?

UN : Qu'est-ce que vous voulez que ça me fasse.

DEUX : Ah, la la ! Littérature, littérature...

UN : Et encore si c'en était de la bonne.

DEUX : De nos jours, croyez-moi, un roman, ça vaut pas un bon bifteck.

UN : Oh ! même au XIIIe siècle, un roman, ça n'a

jamais valu un bon biftec. Seulement il n'y a plus de bons biftecs.

DEUX : Tout ça c'est la faute à l'expansion du journalisme à partir du milieu du XIXe siècle. On a le goût faussé.

UN : Heureusement qu'au milieu du XIXe siècle, on a commencé à jouer au football.

DEUX : Ça c'est vrai : il y a le football.

UN : Seulement le football, faut être vingt-deux.

DEUX : Vingt-trois en comptant le ballon.

UN : C'est ce que je vous dis toujours : il va falloir penser à ce qu'on se fasse des amis.

CHERS MAÎTRES

UN : Cher Maître...
DEUX : Cher Maître...
UN : Pardon.
DEUX : Ce n'est rien.
UN : Vous aviez une paire de bien jolies chaussures.
DEUX : Ce n'est rien.
UN : J'ai marché dessus.
DEUX : Vous avez marché sur la gauche, la droite est intacte.
UN : Ça jure.
DEUX : Je ferai refaire la gauche sur le modèle de la droite.
UN : J'ai fait un bon mot : ça jure.
DEUX : La gauche sur le modèle de la droite... C'est bon, ça.
UN : Ça jure... Ça jure de dire la vérité... « Ça » !
DEUX : La gauche qui se modèle sur la droite, cette paire de chaussures, messieurs, c'est un parlement.
UN : « Ça » jure, qu'est-ce qu'un témoin, c'est un ça qui jure.
DEUX : Mon cher confrère...

UN : Cher Maître, qu'est-ce que vous parliez de parlement-droite-gauche-chaussures, nianiania, oui... oui, c'est vrai, votre bon mot était meilleur que le mien.

DEUX : Je ne saurais, passez devant...

UN : Si, si, après vous, au fond, notre parlement n'est qu'une Chambre des Paires, droite-gauche, des paires de chaussures, tout ça... quelle plaidoirie !

DEUX : Ta.

UN : Oh ! quelle plaidoirie !

DEUX : Je vous la vends pour une bouchée de pain.

UN : Romain ! Pères conscrits, disait-on à Rome, nianiania nianiania, et à la fin : oui, des Chaussures, Messieurs, des paires de Chaussures, mais de cervelles point !

DEUX : Où est le pied de cette paire, de cette chambre, de cette chambre des paires, de cette paire de chaussures...

UN : Vous voyez le morceau !

DEUX : Je vois le morceau. Malheureusement...

UN : Eh oui. Ah, moi, mon cher confrère, y a des moments je me dis : Gramédoire, y a plus d'avocats, t'as tort de t'entêter c'est fini, tu ferais mieux d'entrer dans les paras.

DEUX : Ah c'est fini l'art du barreau, la plaidoirie qui suinte, le réquisitoire qui tue... Dans les paras ? Dans les paras-quoi, mon cher confrère, dans les parapets ? Dans les parapluies ?

UN : Noïaques, mon cher confrère, dans les paranoïaques.

DEUX : Joli, mais élaguons, élaguons. Je plaide dans

un quart d'heure pour la nièce de qui vous savez, l'académicien...

UN : Celle qui a suborné sa mère pour en faire une flûtiste dans les surprises-parties d'un sultan métropolitain à la solde du chauffeur qui noyautait les services secrets de la STRP dans le secteur londonien des autobus du Trust Pétrolier dont mon grand-père, le professeur Gramédoire, a saudoyoté la direction congolaise afin d'en détourner les fonds au profit de sa belle-sœur, laquelle croyait par là s'intéresser aux hormones, tandis qu'en réalité...

DEUX : Non.

UN : Si, si, aux hormones, et tout ça n'avait en réalité pour but que d'acheter un train électrique à l'enfant naturel de son demi-frère, industriel plusieurs fois milliardaire à cause des usines de son grand-oncle, un homme exceptionnel puisqu'on lui doit l'invention de la rondelle.

DEUX : Lui ?

UN : Oui, c'est lui qui a inventé la rondelle.

DEUX : Mince !

UN : La rondelle. Et naturellement, pauvre homme, il ne l'a pas fait breveter.

DEUX : Oui, eh bien non...

UN : De sorte qu'on a vu depuis la rondelle proliférer partout, dans le saucisson, dans le caoutchouc, et que lui n'a pas touché une rondelle de droit d'auteur.

DEUX : C'est bon, ça : pas une rondelle. Pas un rond, pas une rondelle. Eh bien non, vous voyez, c'est pas pour cette nièce-là de cet académicien-là que je plaide, c'est pour une autre d'un autre. Me rappelle plus comment il s'appelle, tiens. Enfin, un des quarante. Elle était dans l'autobus...

UN : Ah ! elle aussi.

DEUX : Vous croyez que ça a un rapport ?

UN : De toute façon, nous n'avons pas à en tenir compte.

DEUX : Non. N'est-ce pas, mon cher confrère, nous, on fait ce qu'on nous dit, hein.

UN : Cher Maître...

DEUX : Boulot boulot.

UN : Vous l'avez dit.

DEUX : On n'a pas à voir...

UN : ... là où on nous a pas dit de regarder.

DEUX : Bon. Alors, elle était dans un autobus, le 38, et elle est descendue avant l'arrêt complet.

UN : C'est grave, ça.

DEUX : Eh oui.

UN : Et puis, non seulement c'est grave, mais... c'est net.

DEUX : Eh oui. J'aurai du mal à construire là-dessus une plaidoirie qui...

UN : Les circonstances atténuantes.

DEUX : Bien entendu. Je vais dire qu'elle était saoule. N'est-ce pas. À cause de sa mère, qui se serait toujours montrée à son égard exagérément... comment dire ?... exagérément frustrante, c'est le mot, alors que son père, au contraire, n'est-ce pas, frère d'académicien comme il était euh... forcément...

UN : Elle s'en tirera difficilement.

DEUX : Je le crains.

UN : Enfin, bref, je ne veux pas vous retarder.

Qu'est-ce que vous comptez dire de ma cliente, Paulette euh...

deux : Ben, je vais dire naturellement qu'elle a tous les torts.

un : Bon ! Très bien.

deux : Je sais bien que ce n'est pas vrai...

un : Allons, pas de morale entre nous, cher Maître.

deux : Vous me prenez pour une andouille. Et de mon client, qu'est-ce que vous allez dire ?

un : De votre client ?

deux : Oui, Georges euh...

un : Eh bien, je vais dire que vis-à-vis de ma cliente, il a sinon tous du moins presque tous les torts...

deux : Par exemple ?

un : Eh bien par exemple, je vais dire qu'il boit.

deux : Oui. C'est bon, ça. C'est peut-être pas vrai, mais...

un : C'est vraisemblable. Entre nous, cher Maître, quoi ! vous et moi qu'est-ce que nous sommes en train de faire en ce moment ?

deux : Tchin-tchin.

un : À votre succès.

deux : Au vôtre. Si ce n'est pas contradictoire.

un : Vous savez bien que ça ne l'est pas.

LE POT-AU-FEU

deux : Non, moi je vous dis : si vous avez faim, le plus simple, c'est que nous mangions quelque chose.

un : Vous n'allez pas me faire croire que vous avez faim aussi.

deux : Mais si, figurez-vous : j'ai faim.

un : Ça, c'est assez drôle.

deux : Mais non, pourquoi ?

un : Tout de même ! que vous éprouviez la même sensation que moi, et précisément à la même heure.

deux : C'est que c'est une heure excellente pour avoir faim. Interrogez autour de vous, vous verrez. Entre dix-neuf et vingt heures trente, tous les jours, tout le monde a faim.

un : Oh, non ! tout de même... voyons : ce n'est pas possible. Il y a des coïncidences, je veux dire, mais celle-là serait un peu grosse.

deux : Ce n'est peut-être pas une coïncidence.

un : Je suis sûr que vous exagérez. Il n'est pas possible que tout le monde, entre dix-neuf et vingt heures trente tout à coup, sans raison, se mette à avoir faim. Même en Angleterre.

deux : Je ne parle pas des Anglais. Les Anglais n'ont jamais faim.

un : Même si c'est vrai pour la France seulement, c'est absurde. C'est inexplicable.

deux : Je vous assure : vous réfléchissez trop. Vous avez faim, moi aussi, alors la seule chose qui importe en ce moment, c'est de manger quelque chose.

un : Il va encore falloir manger quelque chose. C'est vrai. Qu'est-ce que ça va être ?

deux : Personnellement, j'ai un petit pain, dont je vous offrirais bien volontiers une partie.

un : Non. Il nous faudrait quelque chose de plus sérieux.

deux : Un pot-au-feu.

un : Pourquoi pas ? D'accord pour un pot-au-feu ?

deux : D'accord.

un : Alors, au travail. Qu'est-ce qu'il nous faut, pour faire un pot-au-feu ?

deux : De la méthode.

un : Oui. Nous en avons.

deux : Du feu.

un : Oui.

deux : Un pot.

un : Oui. Nous n'avons pas de pot.

deux : Non. Attendez. Je sais où chercher un pot. On vend des pots au rez-de-chaussée de l'immeuble.

un : Chez un marchand de pots ?

deux : Il ne vend pas que des pots. Il vend aussi des balais, des miroirs, des marteaux, des cerfs-volants, du plomb de chasse. C'est un quincaillier.

un : Voilà une chose surprenante. J'admets qu'on

appelle charcutier un homme qui vend toutes sortes de charcuterie. Mais donner un nom spécial à un homme qui vend tant d'objets si différents. Si celui qui vend des miroirs et du plomb de chasse s'appelle un quincaillier, comment s'appellerait celui qui vendrait par exemple de la limonade et des chauffe-bains ?

DEUX : Je ne sais pas. La question du pot étant réglée, avez-vous du feu ?

UN : Non.

DEUX : Moi non plus.

UN : Alors, il faudra en faire.

DEUX : Oui. Avec quoi.

UN : Ne vous tourmentez pas. Je sais faire du feu.

DEUX : Comment ?

UN : Avec des allumettes. Et ça tombe bien : j'en ai.

DEUX : Nous avons le pot, nous avons le feu. Qu'est-ce qu'il nous faut de plus pour faire un pot-au-feu ?

UN : De l'eau. Je n'ai pas d'eau sur moi.

DEUX : Écoutez : nous en prendrons un peu dans les tuyaux. C'est très simple, il n'y a qu'à tourner un robinet : l'eau coule... Ça ne se verra même pas.

UN : Dans l'eau du pot-au-feu, qu'est-ce qu'on met ?

DEUX : Un morceau de bœuf, je crois.

UN : Aille ! Un morceau de bœuf. Oui. Un morceau de sucre, ce n'est pas difficile, il suffit d'avoir du sucre, encore faut-il avoir un bœuf sous la main.

DEUX : Remarquez, j'ai de la famille à la campagne. Il suffirait que j'écrive.

Le pot-au-feu

UN : Ouais. Et quand nous aurons reçu le bœuf, qu'est-ce qu'ils nous restera à trouver ?

DEUX : Pour un pot-au-pot au feu, je crois qu'il faut au moins une carotte.

UN : Tiens ! je viens justement d'acheter un petit pot de peinture couleur carotte.

DEUX : Ça ne remplace pas. Et même si nous avions quelque chose de la forme d'une carotte pour le peindre avec votre peinture...

UN : Vous n'avez pas une bougie.

DEUX : Taillez-la en forme de carotte : j'ai un canif.

UN : Je veux bien essayer. Seulement, dites-moi, le pot-au-feu, il faut le faire bouillir ?

DEUX : Oui.

UN : Une fois taillée et peinte, j'ai bien peur que notre carotte ne supporte pas les hautes températures.

DEUX : Vous croyez qu'elle va fondre ?

UN : Je le crains. D'ailleurs, même si elle ne fond pas, ça ne doit pas être bon, une carotte qu'on fait comme ça soi-même, avec de la bougie.

DEUX : C'est comme tout : il faut savoir. Alors, comment voulez-vous, quand on n'est pas capable de faire une simple carotte, comment voulez-vous qu'on arrive à faire un pot-au-feu ?

UN : Oui. Il vaut mieux faire confiance aux spécialistes.

DEUX : Venez, il y a un restaurant en face.

UN : Vous êtes sûr qu'il y aura du pot-au-feu ?

DEUX : Pas forcément. C'est le mauvais côté de la spécialisation. On mangera ce qu'il y aura.

BOUTIQUE 4 :
HORLOGES, PENDULES, MONTRES

un : C'est à vous, toutes ces horloges ?

deux : En quelque sorte oui. L'heure avait sonné pour moi de devenir horloger.

un : Alors, je peux me permettre de vous demander un peu de temps.

deux : Non. Toutes ces pendules ne m'appartiennent pas. Personnellement je ne dispose que d'un temps très réduit.

un : Alors nous irons vite. Pour ma part, j'ai besoin de deux montres.

deux : Pour vous tout seul ?

un : Et alors ? Vous me prenez pour un cyclope ? Que les cyclopes, qui n'ont qu'un œil, ne portent qu'une montre, d'accord. Mais moi, qui suis un homme normal, il m'en faut deux : une à droite, une à gauche.

deux : Ou une devant, une derrière.

un : Non, mais quoi, j'ai pas raison ? Si vous trouvez que j'ai tort, alors retirez une roue à toutes les bicyclettes.

DEUX : J'ai aussi des petites montres fondantes. Vous les sucez, et quand elles sont fondues, vous pouvez vous dire que vous avez vécu un quart d'heure de plus, ou qu'il vous reste un quart d'heure de moins à vivre.

UN : Ce qui me frappe, dans toutes vos montres, horloges et pendules c'est qu'elles vous renseignent toujours sur le passé. Jamais sur le futur. Vous n'auriez pas une montre à futur ?

DEUX : Non. Mais j'ai des horloges à avenir. Celle-ci, là-haut, toute noire, vous la voyez ? Celle qui marque deux heures dix. Eh bien, ces deux heures dix représentent le temps exact qui nous reste à vivre. Dans deux heures dix, elle a été conçue pour faire explosion.

UN : Dans deux heures dix, je serai loin. Tenez descendez-moi donc l'autre, juste à côté.

DEUX : Celle-ci ?

UN : Oui, l'espèce de colonne en mercure.

DEUX : Oh... je doute qu'elle vous convienne. C'est une nouveauté...

UN : Et alors ? Vous me prenez pour un réactionnaire ?

DEUX : C'est que... Elle est vraiment spéciale. Vous voyez son cadre, ses aiguilles...

UN : Normaux. Sauf qu'il n'est pas cette heure-là.

DEUX : Précisément. Les aiguilles de cette horloge n'indiquent, sur son cadran, aucunement l'heure qu'il est. Cette horloge indique son prix actuel. C'est une invention américaine. Vous voyez, en ce moment, son cours à Wall Street est de douze dollars vingt-cinq et des poussières, parce que ce matin je n'ai pas eu le temps de l'épousseter, mais on peut dire que c'est son prix moyen. Si vous voulez l'acheter, vous avez intérêt à l'acheter le matin de bonne heure. Malheureusement, j'ouvre à neuf heures, ce qui vous la met à quarante-cinq francs, ce qui représente, vous l'avouerez, une bonne affaire. Ce soir, à minuit, quelqu'un qui se présenterait dans ma boutique l'obtiendrait, s'il est vraiment pressé, pour vingt-quatre dollars ; s'il est moins pressé, vers zéro heure, il l'aurait pratiquement gratis, plus les taxes. Mais ce soir à minuit, quelqu'un qui se présenterait devant ma boutique, en réalité, il faudrait qu'il revienne le lendemain, car je ferme à dix heures.

UN : Si vous voulez bien me laisser faire semblant de réfléchir, oh ! pas longtemps, au prix où est la minute, surtout si c'est du super.

DEUX : Faites, faites, ce n'est pas moi qui paye.

UN : Franchement, cette pendule, voyez-vous, si elle n'indique vraiment rien que le prix qu'elle coûte, je me demande si ça vaut bien la peine de l'acheter.

DEUX : Si je puis me permettre une suggestion, venez voir derrière le comptoir. Vous la voyez ? C'est une montre à huit aiguilles. Vous la posez par terre comme elle est là, et vous la laissez faire. Elle avance tout doucement. Toutes les demi-heures, elle chante une tarentelle.

UN : C'est une tarentule.

DEUX : C'est ce que nous appelons, en effet, une

montre-tarentule. Vous la posez sur une planche de soixante mètres, qui est vendue séparément, et vous fondant sur le fait que la montre-tarentule parcourt ses soixante mètres en une heure, vous n'avez aucune peine, avec un bon mètre de menuisier, pour savoir l'heure qu'il est.

UN : Je préfère demander l'heure à un flic. Je n'ai pas peur des flics. Parlons un peu de ma femme, son anniversaire, mon cadeau. Je sais : vous direz, votre femme, qu'est-ce qu'elle en a à foutre, de l'heure qu'il est ? D'accord. Ce que j'aimerais lui dénicher, ce n'est pas une pendule qui la renseigne, c'est une pendule qui l'occupe. Les aiguilles, je m'en balance comme d'un balancier. Je veux, cette pendule, l'accrocher au mur solidement, et que, malgré l'ingéniosité de ma femme dans ses moments bricoleurs, elle continue, cette pendule, vingt-quatre heures sur vingt-quatre, à tomber du mur sur le carrelage ; régulièrement, mais comme par hasard : « encore cette pendule qui se détache ! » Je l'entends râler d'ici, ma femme. La pendule, vaudrait mieux qu'elle ne se casse pas à tous les coups, hein ? du solide, j'ai dit et de la régularité : tous les trois quarts d'heure, disons. Ma femme dort tout le temps. « Pof ! trois quarts d'heure seulement que je dormais », je l'entends qui dit, ma femme et la voilà qu'il faut qu'elle se lève ! Et ne me dites pas que c'est de la méchanceté de ma part : elle a le bricolage chevillé au corps, ma femme.

DEUX : Une horloge qui tombe du mur tous les quarts d'heure, je vois ce que vous voulez : celle-là, là-haut ! Seulement voilà, elle est accrochée là-haut depuis trois ans. Pour moi, elle a besoin d'une révision. Si vous voulez bien repasser dans, disons le temps de repasser votre pantalon.

UN : Je repasserai. Mais dites-moi, qu'est-ce que c'est que cette montre que vous avez là, entourée de ce qu'on jurerait les poils d'une brosse à dents noire ?

DEUX : Ça, là ? au milieu de mon front ? C'est mon œil, cher monsieur. Vous n'aviez pas remarqué que je suis un cyclope ?

UN : Je n'avais pas remarqué. Et quelle heure est-il, à votre œil ?

DEUX : L'heure de la fermeture.

BOUTIQUE 5 :
LA PEAU DE PHOQUE

un : Monsieur... Monsieur... Si vous voulez bien me permettre une remorque...

deux : ... Dans le genre petite cuillère, mais en plus grand, n'est-ce pas ?

un : Une toute petite remarque ; Monsieur, tous les articles que nous vendons ici, je dis bien : tous les articles...

deux : Ce n'est peut-être pas le rayon, n'est-ce pas, je peux monter à l'étage du dessus.

un : Non : tous les articles que vous trouverez dans notre magasin, aussi bien au sous-sol qu'au septième étage, tous nos articles, Monsieur, sont garantis, je dis bien : garantis...

deux : Parce que, alors, autant qu'il n'y ait qu'un rayon, n'est-ce pas ? Si on ne peut pas choisir.

un : Choisir, choisir ! Bien sûr que si vous pouvez choisir. Comprenez-moi bien, Monsieur. Moi, je vous dis ceci, le reste ne me regarde pas : tous les articles en vente dans notre magasin sont garantis peau de phoque.

deux : Oui ! non !... Ce n'est pas ce que je veux dire. Peau de phoque !

un : En peau de phoque, Monsieur, tout est en peau de phoque.

deux : Oui. Vous me l'avez déjà dit. Mais moi, je ne suis pas contre la peau de phoque, n'est-ce pas.

un : D'ailleurs, Monsieur, si la peau de phoque n'était pas notre spécialité, notre magasin ne s'appellerait pas : la maison du phoque.

deux : Ça ! je m'en doute. Je m'en doute, seulement...

un : Non, Monsieur, pardon ! Voulez-vous me permettre une petite remorque.

deux : Une toute petite, alors.

un : Une toute petite.

deux : Parce que vos remorques, depuis le temps, je commence à avoir du mal à les tirer.

un : Non, c'est une remorque insignifiante. Lorsqu'en 1947, Monsieur, un de nos ingénieurs est venu nous présenter... Je le revois encore, tenez, Monsieur, devant cette porte, je revois encore sa petite automobile trois chevaux, une vieille-vieille De Flers et Caillavet 1928, à pneu avant-pneu arrière, vous savez ? Si typique avec ses deux gros phares superposés et ses huit pare-chocs formant accoudoirs, et ce bruit qu'elle faisait : Prrrrrrrr...

deux : Oui, oui... Vous l'imitez bien.

un : Je l'imitais mieux que ça autrefois... Enfin bref, je la revois encore, cette petite crotte d'automobile, se ranger le long du trottoir, avec derrière elle une énorme ! une gigantesque, Monsieur, je n'exagère pas, une immense remarque à deux roues, et lourde, lourde !

DEUX : C'était si puissant que ça, la De Flers et Caillavet trois chevaux ? Pour traîner une remarque si énorme ?

UN : Faut croire, Monsieur. C'était une voiture comme on n'en fait plus. Enfin bref, pour vous en terminer avec ma petite remorque...

DEUX : Ouais.

UN : Lorsque nous vîmes, en 1947, cet ingénieur dont je vous parle extraire de sa remarque, là, juste devant vous, sur le trottoir, son nouveau modèle de réfrigérateur, c'est bien simple, Monsieur, nous n'y avons pas cru.

DEUX : Vous n'y avez pas cru ?...

UN : Nous n'avons pas cru que l'idée de construire un réfrigérateur en peau de phoque fût une idée valable.

DEUX : Pourquoi ?

UN : Parce que la peau de phoque, Monsieur, nous avons beau la traiter, la manufacturer, l'entreposer, lui donner des coups de bâton, non Monsieur, rien à faire : la peau de phoque, ça reste mou.

DEUX : Mou. Oui. Pas commode, un réfrigérateur mou.

UN : Non seulement pas commode, mais nous allions jusqu'à dire : invendable.

DEUX : Oui. Bon. Eh bien ?...

UN : Eh bien, Monsieur, nous nous trompions. Depuis 1947, Monsieur, nous vendons des réfrigérateurs en peau de phoque. Cinquième étage, escalier A, gauche-droite, rayon Émile Augier.

DEUX : Émile Augier ?

UN : Entre le rayon Émile Zola et le rayon Emily Bronty. C'est notre administrateur qui a classé les rayons. C'est un littéraire, il a eu le prix Goncourt huit fois, sous des pseudonymes.

DEUX : Alors, ça se vend, le réfrigérateur mou ? En peau de phoque ?

UN : Mou ! Mais Monsieur, c'est que dans le réfrigérateur, il y a un facteur qui joue ! C'est le froid ! Nous n'y avions pas pensé, mais le froid, ça la rend raide, la peau de phoque !

DEUX : Oui. Oui mais moi, votre remorque est peut-être très judicieuse, mais même en peau de phoque, un réfrigérateur, ce n'est pas ce que je cherche. Moi, ce qu'il me faudrait, je vous l'ai dit...

UN : Monsieur... Voulez-vous me permettre une petite remorque.

DEUX : Non.

UN : Ah ! Alors, Monsieur, je ne dis plus rien.

DEUX : Pas la peine de prendre un air offensé. Vous me dites que dans vos magasins tout est en peau de phoque.

UN : Mais Monsieur ! Vous n'avez qu'à regarder autour de vous ! Tout !

DEUX : Bon, moi je veux bien.

UN : Tout est garanti pure peau de phoque.

DEUX : Tout. Même les réfrigérateurs. Eh bien, qu'est-ce que vous voulez que je vous dise ? Moi, je n'ai rien contre la peau de phoque. Je veux bien qu'elle soit en peau de phoque, cette euh...

UN : Petite cuillère, hein ?

DEUX : Non, plus grand qu'une petite cuillère... Ah ! cette louche, que j'ai envie d'offrir à ma femme pour mon potage, je veux bien que ce soit une louche en phoque. Seulement alors, dites-moi à quel rayon on trouve des louches en phoque, dans votre magasin en phoque.

UN : C'est ce que j'essaye de vous expliquer depuis une demi-heure, Monsieur. Nous ne faisons pas la louche en peau de phoque. Parce que, Monsieur, la peau de phoque, c'est mou, surtout si on la trempe dans le potage.

DEUX : Mais les réfrigérateurs, Monsieur, alors !

UN : On ne trempe pas un réfrigérateur dans du potage, Monsieur. Jamais.

DEUX : Qu'est-ce que vous en savez ? Après tout, vous ne me connaissez pas !

PESSIMISME

UN : Mais qu'est-ce que vous voulez que ça me fasse ? Tout ça ?

DEUX : Tout ça quoi ?

UN : Tout ça !

DEUX : Oui, mais quoi, tout ça ?

UN : Tout ça, là, devant vous.

DEUX : Je ne vois rien.

UN : Cette mouche qui vole, cette vitre que j'ai envie de casser, ce nuage qui cherche à pleuvoir et qui n'y arrive pas, ce monsieur qui cherche à se donner un air malin et qui y arrive, parce que c'est pas difficile.

DEUX : Quel monsieur ?

UN : Vous.

DEUX : Moi, un monsieur ?

UN : Un peu.

DEUX : Et alors ?

UN : Eh bien je vous le demande : qu'est-ce que ça peut me faire ?

DEUX : Vous me demandez ce que je peux vous faire, moi ?

UN : Oui, vous, entre autres.

deux : Je peux vous faire des tas de choses. Je peux vous faire peur : Hou !

un : Ah !

deux : Je peux vous arracher les cheveux. Je peux vous voir violet, si ça m'amuse, en me compressant le globe oculaire.

un : Essayez un peu pour voir.

deux : Non : ça me ferait mal. Je peux vous apprendre des tas de trucs que vous ne savez pas.

un : Allez-y.

deux : Que Georges, par exemple, le jour de sa première communion, ça a été aussi le jour de sa première typhoïde.

un : Il en a eu plusieurs ?

deux : De première communion ?

un : Non, de première typhoïde.

deux : Non, il n'en n'a eu qu'une, le jour de sa première communion. Mais sa première communion, ça lui a bien servi, parce qu'il en a profité pour faire des niches à son grand oncle, qui était cardinal, tandis que sa première typhoïde, il s'est bien juré que ce serait la dernière, vu que toutes ses dents d'un seul coup elles lui sont tombées, avec ses cheveux, dans la soucoupe de la petite sœur des pauvres qui faisait la Quête dans l'Église, le jour de sa première communion. Vous pensez que tout ça, il n'a jamais recommencé depuis. Il a cédé la place à son petit garçon.

un : Il a fait sa première communion, le petit garçon à Georges ?

deux : Oui, oh ! c'est pas lui qui l'a fait tout seul, bien sûr, on l'a aidé.

UN : Et sa première typhoïde ?

DEUX : Il a essayé, parce que les petits garçons, si ils ne font pas comme leur papa, ils attrapent un complexe d'Œdipe...

UN : Même à l'Église ?

DEUX : Mais parfaitement. C'est comme le rhume des foins, c'est pas sectaire. Pas besoin d'être grec pour attraper le complexe d'Œdipe. Pas besoin d'être des foins pour attraper le rhume. C'est pas parce qu'on est catholique qu'on est à l'abri de toutes les maladies païennes. On peut très bien être catholique et enrhumé.

UN : Mais, mon pauvre ami, qu'est-ce que vous voulez que...

DEUX : Tout ça pour vous dire que le petit garçon à Georges, il a eu beau boire... oui, c'est comme ça qu'on dit : il a eu beau boire le contenu de tous les bénitiers, le jour de sa première communion, et dieu sait... Oui, c'est comme ça qu'on dit : dieu sait si ça peut être plein de microbes, un bénitier, que tout le monde il y trempe sa main, eh bien pour la typhoïde il a fait tintin, le fils à Georges.

UN : C'est pas bien beau de faire tintin, le jour de sa première communion. Quand on fait sa communion, on ne devrait pas penser à faire en même temps autre chose, tintin ou quoi que ce soit.

DEUX : Oh ! Je suis bien tranquille que le jour de votre première communion, vous avez fait autre chose que votre première communion. Ne serait-ce que...

UN : Un trou à ma chaussette.

deux : Merci.

un : Enfin, pourquoi, il n'y est pas arrivé, son petit garçon, à Georges ?

deux : Arrivé à quoi ?

un : À faire sa première typhoïde solennelle ?

deux : Parce qu'il était vacciné.

un : Sale type, Georges.

deux : Vous avez bien fait vacciner vos fils contre le génie, vous.

un : Oui. Mais je ne les ai pas fait vacciner contre la première communion.

deux : Oh, ben Georges non plus. La communion, c'est tout de même moins dangereux que le génie ou la typhoïde.

un : Vous avez eu le génie, vous ?

deux : Oui, mais ça m'a passé.

un : Moi, non. C'est chronique. C'est comme pour le paludisme, ça va ça vient, y a rien à faire. En ce moment, j'ai une crise de génie.

deux : Ça se voit. Vous êtes tout jaune.

un : Non. C'est pas moi, c'est mon complet veston qui est jaune.

deux : Non : votre nez aussi.

un : Possible. Ça, c'est depuis Van Gogh. Le génie, ça a une tendance à tourner au jaune.

deux : Comme peintre, j'aurais plutôt cru que c'était depuis Le Nain.

un : Le nain ?

deux : Le nain jaune.

un : C'est ça qui va faire rire.

deux : Je pense bien.

UN : Et puis, qu'est-ce que vous voulez que ça me fasse, tout ça ?

DEUX : Tout ça quoi ?

UN : Tout ça. Le temps qu'il fait, le temps qui passe, le temps qu'il ne fait pas, le temps qu'il fera demain, le temps qui ne passe pas, le temps qui passera demain...

DEUX : Qu'est-ce que vous avez ?

UN : Je n'ai rien.

DEUX : Ah ben alors... si vous n'avez rien, en effet, y a de quoi être triste.

UN : Ah, mais rien du tout. J'ai pas un radis. J'ai pas de veine. J'ai même pas la tuberculose. Je n'ai rien.

DEUX : Vous avez tout de même un beau complet jaune.

UN : Non. C'est lui qui m'a. D'abord ça a été le tailleur, qui m'a eu. Et jusqu'au trognon. Maintenant c'est le complet.

DEUX : C'est complet.

UN : Vous êtes gai ?

DEUX : Non, je pense à la bêtise de l'auditeur moyen.

UN : Vous y pensez mal. La bêtise, c'est comme le beurre.

DEUX : Pourquoi ?

UN : Je ne sais pas. C'est une idée qui m'est venue comme ça. Alors je l'ai dit. Remarquez, c'est sûrement comme le beurre, la bêtise. Il suffirait de réfléchir un peu, on trouverait tout de suite pourquoi c'est comme le beurre. Mais moi, je ne veux pas.

DEUX : Allons. C'est pourtant pas difficile, de réfléchir un peu.

UN : Non. Mais ce qui m'intéresserait, surtout, c'est de réfléchir beaucoup. Sans ça, c'est pas la peine. Et puis si je me décidais à réfléchir beaucoup, ce ne serait sûrement pas sur la ressemblance qui peut exister entre la bêtise et le beurre.

DEUX : La bêtise, ça ne fond pas... y a des noix de beurre, mais y a pas de noix de bêtises. Le beurre de Cambrai, non. La bêtise danoise, pas de sens : to be or not to be, vous pensez ! Et Kierkegaard. Chapitre chien, ce qui se rapprocherait le plus du danois, ce serait le bleu d'Auvergne, vu que c'est aussi un fromage. Elseneur, elsebeurre, c'est bête. La bêtise de confondre Elseneur et Elsebeurre... Mais le Danemark va se fâcher. Vaudrait mieux réfléchir sur la ressemblance qu'il peut y avoir entre Cambrai et le Danemark. Tous les deux c'est dans le Nord.

UN : Mais qu'est-ce que ça peut vous faire ? Hein ? Je vous le demande, qu'est-ce que ça peut vous faire, tout ça ?

DEUX : Oh, ben, bien sûr, si vous êtes pessimiste comme ça, y a plus moyen de causer.

UN : l'Oklahoma vient de déclarer la guerre au Massachusetts ! Qu'est-ce que ça peut bien me faire !

DEUX : Et que votre femme soit en train de faire du téléphérique avec Georges, qu'est-ce que ça peut vous faire ?

UN : Eh bien je vous le demande : qu'est-ce que ça peut me faire ? Ça pourrait me faire quelque chose si j'étais accroché au téléphérique par ma chaîne de montre, ça oui ! car dieu sait si elle est pas solide. Mais ici, hein, je vous le demande un peu : qu'est-ce que ça peut me faire ?

DEUX : Eh bien ça, ça prouve que vous êtes un égoïste, voilà tout. Vous auriez dû interdire à votre femme de faire du téléphérique avec qui que ce soit.

UN : Et même toute seule ?

DEUX : Même toute seule.

UN : Ça n'aurait pas empêché les téléphériques d'exister.

DEUX : Sûrement que si ! Si tout le monde avait fait comme vous.

UN : Oui. Mais moi, j'aime bien les téléphériques.

DEUX : Oh, vous ! Vous aimez tout, alors !

UN : Oui, j'aime tout.

DEUX : Vous êtes d'un pessimisme !

POLITIQUE

UN : Est-ce que vous êtes déjà allé aux États-Unis ?

DEUX : Ah non, je vous en prie, ne faisons pas de politique. Ces conversations-là, on sait comment ça commence...

UN : Je ne vous parle pas de politique. Je vous demande si par hasard vous ne seriez pas allé aux États-Unis.

DEUX : Non. Mais si c'est ça que vous voulez savoir : je ne suis jamais allé en Russie non plus.

UN : Je ne vois pas le rapport. Vous faites des drôles de rapprochements.

DEUX : Vous voyez ? On causait bien tranquillement et voilà déjà que ça s'envenime. Je n'ai jamais parlé de rapprochement.

UN : Non, mais vous avez parlé de la Russie. Moi, je ne vous en parlais pas. C'est comme si vous me demandiez : est-ce que vous êtes allé à Toulouse récemment, et que je vous répondais : non, mais je ne suis pas allé à Strasbourg non plus. Qu'est-ce que ça veut dire ?

deux : Vous ne lisez pas les journaux ? Vous ne savez pas ce que c'est qu'un bloc ?

un : Ah. Parce qu'il y a beaucoup de blocs, dans les journaux, en ce moment ?

deux : Il n'y a pas de blocs dans les journaux. Vous êtes vraiment très bête.

un : Bon. Parfait.

deux : Et voilà. Vous voyez ce qui arrive quand on parle politique. Ça finit toujours par des injures. Allez, allez : je vous fais mes excuses. Je ne le pensais pas vraiment.

un : Oui, bien sûr, vous dites ça maintenant.

deux : Non. Vous auriez tort de ne pas me croire. Je suis un des rares types, parmi tous les gens que je connais, qui trouvent qu'au fond vous n'êtes pas bête du tout. Je le disais encore à Georges, ce matin. C'est curieux, cette idée que tout le monde se fait de vous, vous savez. À chaque fois que je peux, je vous défends, mais c'est pas des petits pâtés. Ils veulent pas comprendre qu'on puisse avoir l'air idiot sans être aussi idiot qu'on en a l'air. Les gens sont drôles. Alors, on n'est plus fâché ?

un : Non. Mais la prochaine fois que j'aurai envie de demander à quelqu'un s'il est allé aux États-Unis, je vous prie de croire que ce ne sera pas à vous.

deux : D'accord. On ne parlera plus jamais politique. Comment va la petite girafe que votre femme a offerte à votre belle-sœur ?

un : Ah, mais non. Non, non, non. Moi je veux savoir. J'ai dit quelque chose qui vous a paru bête, je veux savoir ce que c'est. Et je le saurai. Je suis peut-être bête, mais quand il y a quelque chose que je n'ai pas compris, je ne suis pas de ceux qui pensent à autre chose. Je vous parlais de Toulouse et de Strasbourg, pourquoi m'avez-vous répondu qu'il y avait des blocs quelque part ?

DEUX : Je ne vous ai pas dit qu'il y avait des blocs quelque part.

UN : Si. Des blocs. Alors je vous pose la question : où y a-t-il des blocs ? Considérez-vous Toulouse comme un bloc ?

DEUX : Mais non...

UN : Et Strasbourg ?

DEUX : Strasbourg non plus.

UN : Existe-t-il entre Strasbourg et Toulouse quelque chose que l'on puisse considérer comme un bloc ?

DEUX : Je ne vois pas, non.

UN : Alors, écoutez-moi. S'il y a réellement quelque chose de compréhensible dans votre histoire, dites-moi ce que c'est.

DEUX : ... Je cherche. Probablement que tout ça avait un sens dans mon esprit tout à l'heure... Voyons, voyons. Strasbourg... Toulouse... ce n'est sûrement pas par hasard que nous avons parlé de Strasbourg et de Toulouse... Ce sont pourtant des villes bien distantes l'une de l'autre... Attendez... elles ont peut-être quelque chose de commun... vous ne voyez pas ?

UN : Oh, si, bien sûr : les saucisses.

DEUX : Non. Ce n'était sûrement pas à cause des saucisses.

UN : Rappelez-vous. Je vous parlais des États-Unis.

À ce moment-là vous m'avez parlé de la Russie. Pourquoi ? Y a-t-il quelque chose de commun entre la Russie et les États-Unis ?

DEUX : Oui. Ce sont deux pays où l'on parle des langues étrangères, ils sont très grands tous les deux. Et puis ils sont à peu près aussi loin de Paris, l'un et l'autre.

UN : Ça ne suffit pas. Il ne faut pas oublier que pour aller aux États-Unis, il faut prendre à gauche, tandis que pour aller en Russie, il faut prendre à droite.

DEUX : Non, c'est la Russie, qui est à gauche.

UN : Je parle pour observateur orienté vers le nord. Disons, si vous préférez, que les États-Unis, c'est par la porte d'Auteuil, et la Russie, par la porte de Vincennes.

DEUX : Oui. C'est vraiment dans des directions opposées. Je ne vois pas comment les États-Unis ont pu me faire penser à la Russie.

UN : Et puis alors, surtout, ce que je ne vois pas, c'est comment tout ça a pu vous faire penser que nous parlions politique.

DEUX : Non. D'autant plus que politiquement, la différence est encore plus nette que géographiquement.

UN : Alors. Vous y comprenez quelque chose, vous ?

DEUX : Non. C'est pour ça que je n'aime pas parler politique. Au bout d'un moment, personne ne comprend plus rien à ce que j'ai dit. Alors, on me demande des explications, je m'embrouille et finalement je me fais traiter d'imbécile.

UN : Ah ! vous aussi ?

POUR OU CONTRE LA BINARITÉ

(Bruit d'un pas dans un appartement.)

UN : Excusez-moi de vous interrompre, s'il vous plaît. Voilà deux heures que j'ai envie de poser une question, mais je n'ose pas. Je suis timide, et puis ça m'a toujours gêné d'intervenir dans les occupations des autres, alors... euh...

DEUX : Parlez je vous écoute.

UN : Bon. Soyons clair. Qu'est-ce que vous faites là, depuis ce matin sept heures ?

DEUX : Je marche.

UN : Vous marchez. Oui. Voilà ce que j'appelle être sincère.

DEUX : Voulez-vous que je vous explique pourquoi je marche ?

UN : Non. Je préfère vous dire quelque chose d'abord. Savez-vous que vous faites ce que vous faites, là, depuis ce matin, dans MON APPARTEMENT ?

DEUX : Non. Pas fait attention. Marcher, pour moi, c'est marcher, un point c'est tout. Ça m'est égal, l'endroit où je marche, quand je marche.

un : Alors asseyez-vous sur ce pouf, et écoutez-moi bien. Moi, voyez-vous, j'ai un tempérament, et mon tempérament veut : que je ne peux pas supporter qu'on marche dans mon appartement. Pan... pan... pan... pan... vous faites. Mais mon appartement n'a pas été conçu comme un instrument de musique. Je n'habite pas dans un tambour.

deux : Je ne suis pas une baguette.

un : Une paire de baguettes non plus. Mais vous avez au bout des jambes, une paire de pieds, ça revient au même. Encore, si vous n'en aviez qu'un ! Si vous n'étiez qu'un intrus monopied ! peut-être pourrais-je espérer vous inclure dans la conception selon laquelle mon appartement a été conçu...

deux : Qu'est-ce qu'elle dit, cette conception ?

un : Cette conception veut que cet appartement soit mon appartement. C'est-à-dire que je sois seul à l'habiter.

deux : Xénophobe, vous êtes.

un : Vous sortez du sujet. Non, non, vous êtes d'accord avec moi, dans le fond, j'en suis sûr. Vous savez bien que deux pieds, de toute façon, c'est trop. Mais vous n'en conviendrez pas. Vous êtes comme les autres. Parole ! c'est une de ces inventions du monde moderne qui me mettraient parfois presque en colère ! Aujourd'hui, la binarité du pied est en passe de devenir chose admise ! Il y aurait, m'a-t-on dit, des minorités ethniques, des minorités politiques, ça ne m'étonne guère ! qui militeraient en faveur de cette binarité aberrante ! et qui diraient (ces minorités) que la binarité du pied est un droit ! De quel droit je vous prie ? « Nous avons droit à nos deux pieds » ont-ils le front de répondre, mais tenez je vous lis le tract qu'ils m'ont envoyé : « Nous avons droit à nos deux pieds, puisque ces deux pieds nous les avons. Et même si ces deux pieds pèsent trop dans notre balance intellectuelle, et qu'il nous semble parfois qu'un seul pied c'est bien suffisant, quoi ! Quelle figure pitoyable serait la nôtre ! Celle, inesthétique, du héron ! Le héron, cet antihéros qui cache une de ses pattes sous lui, la gardant en réserve pour plus tard, on ne sait jamais, et qui se passe d'elle pour tenir debout, dans sa gloire d'oiseau captif. »

DEUX : C'est beau.

UN : J'en saute, mais écoutez-moi ça : « Est-ce se montrer coupable d'extrémisme que de revendiquer la jouissance de nos deux pieds, alors que tant de privilégiés en ont trois ? ou quatre ! en ont de plus en plus, car les pieds qu'ils possèdent se multiplient selon les lois du grand capitalisme ! Quelle misère, vraiment, que ces deux pieds auxquels nous tenons mais auxquels nous nous bornons ! alors qu'on en connaît qui en ont mille ! Les Rothschild, par exemple ! « Rothschild » qui, en yiddish ou quelque autre patois, signifie paraît-il : mille-pattes. Du patois ! Nous qui avons eu tant de mal à nous débarrasser de nos patois à nous : le provençal, le basque, le breton, l'auvergnat, l'anglais, l'espagnol, l'italien, l'allemand et tant d'autres ! »

DEUX : Xénophobe vous êtes.

UN : C'est pas moi c'est ce tract. Moi, pas d'accord. Ces gens-là font une confusion ridicule entre les deux pieds dont ils n'ont pas la jouissance et ces mille pattes sur lesquelles ils accusent les banquiers de galoper ; d'ailleurs est-ce prouvé ? On peut avoir mille pattes pour marcher, bien sûr. Mais on peut tenir à ses mille pattes pour d'autres raisons, par vanité, par amour du luxe, par goût du scandale, cela peut même être héréditaire. Quand on est un mille-pattes, par exemple, on a mille pattes de naissance. Moi je n'envie pas cette espèce d'insecte. Et il y a des milliers de français qui se trouvent heureux d'avoir deux pieds, pas plus. Et s'ils n'en ont qu'un, ils s'en contentent, ou alors on en trouve en plastique, en bois, tibia en prime, pas cher, ils en louent un. Coquetterie sans plus. Car nous autres Français, un pied nous suffit : celui qu'occasionnellement nous envoyons dans le cul des Anglais, des Allemands, des Italiens, des Russes, bref : de tous ces métèques de la même farine.

DEUX : Xénophobie, tout ça.

UN : Non ; c'est du bon sens, voilà tout. Enfin ! qui, voulez-vous me le dire, qui s'est jamais plaint de n'avoir qu'un nez ? À force de chercher la petite bête en défilant sur un pied avec des pancartes, vous finirez bien par les obtenir, allez ! vos deux nez ! qu'est-ce que vous en ferez ? Vous reniflerez, mais depuis quand les objets ont-ils deux odeurs ? Le principe de la stéréo est-il applicable à l'odorat ?

DEUX : Le nez a deux narines ; n'oubliez pas ça. Il n'a pas la couleur mais il a deux narines.

UN : Qui reçoivent le même programme ! Deux narines mais essayez donc, pour voir, de loucher avec votre nez.

Deux bâille.

UN : Vous bâillez, vous ne louchez pas. C'est moi qui vous fais bâiller ?

DEUX : Non. C'est l'insomnie. Si ça ne vous dérange pas trop, je vais me remettre à marcher parce que...

UN : Je vous fais un brin de conduite.

DEUX : Oui... je vous explique pourquoi je marche. C'est parce que d'une part j'ai de l'insomnie tout le temps ; et d'autre part, parce qu'il se trouve que je suis somnambule. Alors quand je veux dormir, je m'y incite en marchant. Sitôt que je marche je m'endors. C'est radical. Seulement comme je marche et que je dors en même temps, je ne sais pas où je vais. En général dans des appartements ; et alors les habitants me réveillent. C'est ce que vous avez fait.

UN : Ah. En ce moment, vous dormez ou...

DEUX : Non j'ai de l'insomnie. Faut que je marche. Si ça vous ennuie, au bout d'une centaine de pas, guidez-moi vers votre porte, je ne sentirai rien, je dormirai. Somnambule je suis.

UN : Et où irez-vous ?

DEUX : J'irai continuer à dormir chez quelqu'un d'autre.

LA RETOMBÉE DES FÊTES

UN : C'est pas très gentil, ça, d'être venu tout seul.

DEUX : En effet, c'est une bêtise. Si j'avais su que je serais tout seul, je ne serais pas venu.

UN : Une huître ?

DEUX : Du 1er janvier, encore.

UN : Oui, parce que le 1er janvier, on avait tout bien préparé, ma femme et moi. Et puis, au dernier moment, je n'ai pas pu venir. Heureusement ! ma femme n'était pas venue non plus. Raté des deux côtés, nos vacheries. Ma femme et moi tous les deux on a des difficultés, ces temps-ci. Nous qui étions le couple idéal et tout, flop ! et c'est pas fini la rigolade, vous verrez. Un vermouth ?

DEUX : Ce sera le dernier.

UN : Tout seul, hein, comme c'est malin. Avec ça que vous êtes drôle ! Bonsoir ! vous aviez pourtant une femme, autrefois ! Où elle est ?

DEUX : Elle a autre chose à faire. Heureusement qu'elle n'est pas venue, d'ailleurs, je lui avais promis mieux que ça, comme partouse.

UN : « Autre chose à faire ! » Quoi ?

deux : Ma femme ? Ce qu'elle fait ? Elle végète.

un : Elle quoi ?

deux : Savez pas ce que c'est que végéter ? Eh bien elle végète. Elle a des végétations.

un : Où ça ?

deux : Dans... dans... psss... Dans le végétal, quoi... Elle travaille dans la végétation.

un : C'est pourtant pas l'époque.

deux : Ça a commencé par son aspirateur. On s'est aperçu un matin qu'il s'était mis à végéter. Elle avait voulu que je lui achète celui-là. C'était un aspirateur Henri II, une pièce historique en bois. Splendide. Cher, mais ma femme elle disait qu'elle ne pouvait pas faire le ménage avec autre chose.

un : Un peu snob, je sais.

deux : Snob, je ne peux pas dire. Le bois est une matière noble. Oui. C'était un aspirateur en bois. Alors... Vous savez comment est le bois. Notre plancher était en bois. Le bois aime le bois. Comme ils font à la fête du bois, vous vous rappelez, dans des écuelles de bois : « Le bois boit ! le bois boit ! » Se sont pas aperçus tout de suite qu'ils étaient en bois tous les deux, et puis un beau matin pof, l'aspirateur tombe en arrêt. Pas en panne, non non, on voyait bien que c'était autre chose. Et plus moyen de le faire bouger.

un : Et votre femme ?

deux : L'aspirateur à la main. Elle est restée là, cramponnée au manche.

un : Longtemps ?

deux : Le temps que l'aspirateur prenne racine dans le plancher.

un : Mince. Et pendant ce temps-là, elle pensait à quoi ? Elle disait rien ?

deux : Ben... non. Voyez-vous, c'est à ce moment-là qu'elle a commencé à végéter. Quelques bourgeons sur le nez d'abord, puis...

un : Enfin, bref ! et maintenant.

deux : Maintenant j'ai une femme de bois.

un : Remarquez, pour vous, c'est tout de même moins grave qu'une jambe de bois.

deux : Mais non. D'abord en général, de nos jours, les jambes de bois on les fait en métal. C'est le bois qui est terrible. Vous n'imaginez pas tout ce qui peut être en bois, dans une maison ! Le plancher, les poutres, les escaliers...

un : Et votre femme, qu'est-ce qu'elle en pense ?

deux : Elle végète avec tout ça. De la cave au grenier, ma femme s'occupe dans le bois. Elle craque, elle croît, elle bourgeonne. Le contraire du termite, ma femme. Le bois profite de sa force à elle. Les poutres s'enflent comme des baobabs. Les plâtres s'effondrent, le toit a perdu ses tuiles, l'automne dernier, et aussi des feuilles, dont on s'est demandé, mon propriétaire et moi, d'où elles pouvaient venir. Elles venaient de ma femme. C'étaient les premières feuilles mortes de ma femme.

un : Alors, vous ne la voyez plus ?

deux : Non. Je suis à l'intérieur de cette espèce de forêt qu'elle est devenue avec ma maison. J'habite au milieu de tout ça.

un : Il fallait l'empêcher de faire le ménage. Surtout avec un aspirateur en bois.

La retombée des fêtes

DEUX : Elle continue à faire encore un peu de cuisine. Avec des côtelettes en bois.
UN : Moi, ma femme ne fait ni le ménage ni la cuisine.
DEUX : Comment vous en sortez-vous ?
UN : En faisant le ménage et la cuisine.
DEUX : Pas en bois ?
UN : Non, en boîte, la cuisine.
DEUX : Et le ménage ?
UN : En secouant ma chambre par la fenêtre.

GEORGES 1 :
L'ENTERREMENT

UN : Pauvre homme, il était si bon.

DEUX : Et honnête, en plus. Un jour, tenez, je l'ai vu ramasser un portefeuille sous le pliant d'un vieux monsieur qui pêchait à la ligne, sur les quais de la Seine. Un portefeuille où s'il y avait cinq cents francs, c'était le bout du monde. Qu'est-ce que c'était cinq cents francs, pour Georges ?

UN : Rien. Il roulait sur l'or.

DEUX : Non seulement il y roulait, mais il n'y roulait pas à pied.

UN : Je pense bien ! Il avait de ces limousines, avec des cylindres, des soupapes, ce que je sais ! Je l'ai même vu une fois dans une limousine en marbre, avec une de ces roues de secours sur le côté, je vous jure ! rien qu'avec la roue de secours, moi, j'aurais été heureux comme un roi.

DEUX : Qu'est-ce que vous en auriez fait ?

UN : Oh, ça ! Sûrement que je ne serais pas sorti avec, je suis trop timide. Je l'aurais rangée dans une armoire pour la regarder de temps en temps, le dimanche.

Deux : Ah, il faut avoir le chic. Faut être né là-dedans, ou alors on n'a pas l'air naturel.

Un : Pauvre Georges.

Deux : Enfin bref, pour vous en finir avec mon histoire, cinq cents francs pour lui, c'était quoi ? C'était pas plus qu'un mégot, il aurait très bien pu les ramasser et les mettre dans sa poche.

Un : Oh pour ça, il avait de quoi. Ses poches, c'était quelque chose.

Deux : Oh, la la ! Et notez bien qu'elles n'étaient pas tellement nombreuses, ses poches, mais... !

Un : Mais alors ! Ce qu'on y était bien !

Deux : Ah ! C'était... Comment, on y était bien ? Vous êtes entré dedans ?

Un : Oui, oui... Oh, quand j'étais tout petit. Et encore, vous savez : les souvenirs d'enfance, au fur et à mesure qu'on s'éloigne, ça devient de plus en plus petit, des grains de sable qui se mélangent avec des débris de coquillages : où finit le sable, où commence le coquillage, on ne sait plus, sans compter les petites cochonneries qu'il y a toujours sur les plages, à dose infinitésimale, mais quand même, à Arcachon, tenez, moi qui vous parle, un jour je me suis assis sur un mégot, comme quoi il suffit de tomber dessus, avec un peu de chance, moi c'était un mégot, mais vous, si vous allez à Arcachon, un jour eh bien peut-être que sur la plage vous vous assoirez sur un billet de cinq cents francs.

deux : Hé ! Hé ! Si vous continuez à parler comme ça, vous allez finir par dire n'importe quoi.

un : Ce n'est pas tellement invraisemblable, puisque ça rime !

deux : Qu'est-ce qui rime ?

un : Un mégot et un billet de cinq cents francs.

deux : Ce n'est pas une rime très riche.

un : Très riche ! elle vaut tout de même au moins cinq cents francs plus le prix d'un Hugo. D'un mégot, je veux dire. Je dis Hugo à cause de la tête, qui rime avec mégot sur les billets de cinq cents francs.

deux : Qu'est-ce qu'il y a ? Ça ne va pas ? Vous avez l'air égaré.

un : Non, non, je me connais, je n'ai pas l'air égaré, j'ai l'air tout chose.

deux : C'est la mort de Georges, qui vous fait ça.

un : Non. C'est la mort, en général. La mort, ça me rend tout chose. Quand j'étais petit, un jour, j'ai vu mourir une mouche dans un attrape-mouches, vous savez ? En verre, avec un trou en dessous et dedans de l'eau avec un peu de vinaigre, eh bien ça ne m'a rien fait. Mais quand elle a été morte, la mouche, j'en ai vu mourir une deuxième... puis une troisième... puis une quatrième... puis une cinquième...

deux : Ah non, je vous en prie, un peu de tenue.

un : Oh, je me serais arrêté à la vingtième. Parce que à partir de la vingtième mouche, j'ai cessé de les compter. J'étais encore bien petit, vous savez. Je ne savais compter que jusqu'à vingt.

deux : C'est une chance.

un : Oh non ! Si j'avais pu les compter jusqu'au

bout, ce jour-là, si j'avais pu en finir au moins avec ces mouches, je ne dis pas que la mort de Georges ne me ferait rien, mais tout de même, je serais plus tranquille. C'est affreux, vous savez, ce qui se passe dans ma tête depuis que j'ai appris la nouvelle : toutes ces mouches qui se sont remises à tomber, une à une, comme une fuite. Ces mouches qui sont devenues innombrables parce qu'un jour je n'ai pas su les compter.

DEUX : Vous feriez mieux de penser à autre chose. À ce pauvre Georges, par exemple, qui est en train de nous semer, je vous le signale.

UN : En train de nous semer ? Dans quoi.

DEUX : Dans quoi ! pas dans la terre, bien sûr. Voilà que vous me faites dire des choses déplacées, dans la terre, pauvre Georges. Dans la rue. Allez, marchez un peu plus vite, ou sans ça, on va perdre le corbillard.

UN : Ah ben oui ! Je ne vois plus le corbillard.

DEUX : Il a bifurqué dans une rue à droite.

UN : Pauvre Georges. Bifurquer, c'est bien de lui. On peut bien dire qu'il sera toujours le même.

DEUX : Je ne me rappelle pas qu'il ait tellement bifurqué, quand il était dans son état normal.

UN : Oh, ça non ! Tout droit, il allait, Georges. C'était un esprit droit.

DEUX : Droit et honnête.

UN : Honnête, oui.

DEUX : Parce que, pour en revenir à ce que je disais tout à l'heure, ce portefeuille de rien du tout, au lieu de le garder pour lui, vous savez ce qu'il a fait Georges ?

un : Non.

deux : Il l'a rendu à son propriétaire.

un : Ah oui, je sais, on me l'a raconté.

deux : Un vieillard qui ne tenait plus debout, mon cher, c'est d'ailleurs pour ça qu'il s'était muni d'un pliant, mais même assis, comme ça, la tête en avant en train de roupiller au-dessus de sa ligne, vous pensez bien que Georges, s'il n'avait pas eu une conscience morale comme il en avait une, eh bien, il lui aurait suffi d'une légère bourrade pour le faire basculer dans le bouillon.

un : Georges ? Il était fort comme un Turc. Seulement voilà : il avait des principes très stricts.

deux : Et puis il était bon comme la romaine.

un : Ah, c'est toujours les meilleurs qui s'en vont, et puis d'un jour à l'autre, vous avez vu ça : Zioupe !

deux : Pourtant il se portait comme un toast.

un : Ces muscles qu'il avait. Et... bien fait !

deux : Bien fait, mais mon cher, il était fait comme un rat, c'est bien connu.

un : Et malin, en plus.

deux : Comme un zèbre.

un : Ah non ! Ce n'est pas ça qu'il était comme un zèbre, c'était autre chose. Malin il l'était plutôt comme un œuf.

deux : Non, c'est chauve qu'il était comme un œuf, je crois plutôt que c'est comme deux ronds de flanc qu'il était malin.

un : Oui, enfin : ça dépendait des jours.

deux : Rond comme un sou neuf et saoul comme

neuf francs tout ronds. Et puis surtout il était toujours gai.

UN : Tenez, justement, revoilà son corbillard.

DEUX : Gai comme un poinçon. C'est qu'il est loin, dites donc.

UN : Ne vous en faites pas, nous ne sommes pas les derniers. Il y en a encore une bonne vingtaine qui traînent en queue.

DEUX : Ah, ben oui, tiens, quand on parle de queue, tout au bout, vous avez vu ? Georges, avec sa canne à pêche.

UN : Ah, je vous jure. Celui-là. Une canne à pêche.

DEUX : Ah mais non, ce n'est pas une canapèche, c'est un canapé.

UN : C'est encore mieux.

DEUX : De loin ça se ressemble, comme prononciation. De toute façon c'est Georges.

UN : On a bien raison de dire qu'il y a plus d'un Georges à la foire qui s'appelle Martin.

DEUX : Ils ne s'appellent Martin ni l'un ni l'autre. Et puis ne soyez pas méchant avec ce pauvre Georges : il faut tout de même du courage pour suivre un enterrement comme ça, d'un bout à l'autre, avec un canapé sur le dos.

UN : On a bien raison de dire que le Georges le plus à plaindre finalement, c'est celui qui reste.

SELF-DÉFENSE

un : Vous savez, vous ne me faites pas peur.

deux : Moi ? Pourquoi me dites-vous ça ?

un : Parce que hier soir, je suis allé à une séance de judo.

deux : Bon ! je veux bien. Mais avant ? Quoi ? Je vous faisais peur ?

un : Vous me faisiez un peu peur, oui. Comme tout le monde. Je suis d'un naturel craintif. Il n'y a que les tout jeunes enfants qui ne m'ont jamais fait peur. Et encore ! Il y en a, des gamins de trois-quatre ans, sitôt qu'ils ont, ne serait-ce qu'une punaise dans la main, ils vous prennent de ces airs méchants ! Moi, ils me mettent mal à l'aise. Enfin : ils me mettaient mal à l'aise, parce que maintenant, c'est fini.

deux : Vous n'avez plus peur de rien.

un : Faut pas exagérer. Je crois que je n'arriverai jamais à me débarrasser complètement d'une certaine crainte que j'éprouve devant les animaux de grande taille. Je sais que par exemple si demain je me trouve nez à nez dans la rue avec une girafe, je me sauverai. Même un type qui connaîtrait son judo sur le bout du doigt, mettez-le en face d'une girafe : il ne saurait pas quoi lui faire. On est pris de court, devant ces bêtes-là. Mais un homme, ça ! même beaucoup plus grand que moi, donnez-moi n'importe quel passant pris au hasard, je me sens capable de le passer par la fenêtre sans qu'il ait le temps de s'en apercevoir.

DEUX : Simplement parce que hier soir vous avez assisté à une séance de judo.

UN : Non. Ça n'aurait pas suffi, vous savez : on a beau bien regarder comment ils font... Non, mais ce matin, je suis allé dans un cours et j'ai pris une leçon. Et puis tout à l'heure, j'en ai pris une autre. Alors, je commence à m'y connaître un peu.

DEUX : C'est difficile ?

UN : Faut des qualités. Vous voulez que je vous montre une prise ?

DEUX : Je veux bien, oui.

UN : Bon. Eh bien mettez-vous en face de moi.

DEUX : Ça fait pas mal, non ?

UN : Pensez-vous ! C'est une question de souplesse. Vous allez me donner un grand coup de poing dans le ventre.

DEUX : Moi ?

UN : Oui. Alors regardez bien comment je vais parer le coup. Remarquez, vous n'en aurez peut-être pas le temps, parce que vous allez vous retrouver par terre en moins de deux.

DEUX : Oh, je n'aime pas ça.

UN : Vous n'allez pas me dire que vous avez peur, non ? Allez-y, un grand coup de poing dans le ventre.

DEUX : Vous y êtes ?

UN : Allez-y.

DEUX : Un, deux et...

UN : Ouille !

DEUX : Je vous ai fait mal ?

UN : Un peu, oui !... Oh la brute !

DEUX : Je suis désolé. Je croyais que vous alliez parer le coup.

UN : Vous en avez de bonnes ! J'ai pas eu le temps.

DEUX : Si vous me l'aviez dit, j'aurais tapé moins fort.

UN : Non. Mais vous auriez pu prévenir.

DEUX : J'ai dit : un, deux et trois.

UN : Non, vous n'avez pas dit trois.

DEUX : C'est vrai. J'aurais dû.

UN : Le judo, vous comprenez, c'est un sport, ce n'est pas de la boucherie.

DEUX : Je sais bien. Il faudrait que j'apprenne.

UN : Ah, oui. C'est un conseil que je vous donne. Apprenez le judo, mon vieux.

DEUX : Avec tout ça, je n'ai pas vu votre prise.

UN : Ça ne fait rien. Je vais vous en montrer une autre.

DEUX : Vous croyez ?

UN : Oh, mais, c'est que j'en ai toute une gamme. Tenez, pour plus de simplicité, donnez-moi votre main.

DEUX : Ma main.

UN : Oui, comme pour me dire bonjour.

DEUX : Bonjour.

UN : Voilà. Regardez-moi bien. Je lève légèrement l'épaule droite, toujours en souplesse, et, attention : une, deux, trois, ouille !

deux : Qu'est-ce qu'il y a ? Ça ne va pas ?

un : Ouille ! Je ne peux plus remuer le pied.

deux : Pourtant, nous n'avons pas bougé !

un : Ça doit être un nerf qui s'est déplacé.

deux : Moi, je n'ai rien vu.

un : Peut-être, mais moi je l'ai senti. Vous n'allez pas m'apprendre ce que c'est que le judo, quand même. Eh bien me voilà propre.

deux : Vous souffrez ?

un : Oh ! j'ai l'impression que mon pied me remonte dans le genou.

deux : Je peux vous affirmer qu'il n'en est rien. Votre impression est entièrement subjective.

un : Ça me fait une belle jambe.

deux : Vous reconnaîtrez que cette fois-ci, je n'y suis pour rien.

un : Non. Ce n'est pas de votre faute. Vous ne savez pas ce que c'est que le judo, voilà tout.

deux : Ça va mieux ?

un : Ça se calme. Approchez-vous un peu. Je vais vous en montrer une autre.

deux : Non, merci, sans façons, pas maintenant.

un : Vous avez raison, allez. Pour le judo, il faut des qualités. Quand on ne les a pas, on ne les a pas. Continuez à jouer au billard.

deux : C'est dommage.

un : Oui, parce que des prises comme ça, j'en ai déjà une bonne douzaine. Mais vous, ça se voit tout de suite, vous n'êtes pas fait pour le judo.

deux : Non, hein ?

un : Oh, non !

BOUTIQUE 6 :
GARÇONS DE CAFÉ

UN VIEUX, *au loin* : Garçon ! S'il vous plaît !

UN : Seulement, c'est bien joli ! douze tables chacun, je lui dis, seulement faut voir quelles tables c'est. Ses douze tables à lui c'est dans le coin des toilettes, là où on n'y voit rien, et encore c'est rien : t'as des clients qui n'aiment pas être en vitrine, ils préfèrent ne rien voir, mais tu comprends bien que les clients c'est pas des andouilles, quand il y a un coin qui pue, il s'en rend compte, le client, il préfère encore s'installer en vitrine.

DEUX : Ça je l'ai dit au patron : vos toilettes, patron, je lui ai dit, faut pas les laisser comme ça, ça incommode le client.

UN : Total, c'est mes douze tables à moi qui sont bourrées, et les siennes à lui, Gustave, y a jamais personne.

LE VIEUX, *au loin* : Garçon ! Un saule pleureur !

UN : On y va ! Une petite seconde ! Alors il me dit : t'as pas à te plaindre, tu te fais des pourboires. Tu parles. Je me fais des rhumatismes, oui. Parce que la terrasse, pour les courants d'air, surtout en ce moment, je te garantis que ça turbine.

DEUX : Ça m'étonne de Gustave, parce que Gustave, c'est pas le mauvais gars, Gustave. Il devrait comprendre qu'il n'y a qu'un moyen de s'en sortir, dans ce cas-là, c'est le roulement.

UN : Ah, mais c'est qu'il y tient, à son coin des toilettes ! Tiens : regarde-le, là-bas, qui se croise les bras. Tiens ! Tiens ! Tiens ! T'as vu ? Un petit coup d'œil par la fente de la porte.

DEUX : Quoi ! Tu veux dire qu'il en pince pour euh...

UN : Pour Madame Pipi ? Un peu ! Mais tu sais qu'elle m'a dit qu'il l'a invitée au cinéma, hier soir ?

DEUX : Paulette ?

UN : Oui ! Tiens, en voilà encore une, Paulette, qui en a gros sur la patate. Avec ses toilettes que y en a encore qui lui donnent quarante sous pour un gros besoin. Sans parler de l'odeur. Elle me dit : on s'y habitue, on ne sent plus rien. Quand même.

DEUX : Faudrait qu'elle en parle au patron.

UN : Je lui ai dit, elle me dit : si j'en parle au patron, il va me retirer les jetons de téléphone, il les remettra à la caisse comme ils étaient avant. Et les jetons de téléphone, le client n'ose pas les prendre au prix coûtant, il rajoute toujours une tune ou deux. Alors elle hésite.

LE VIEUX : Garçon ! Mon saule pleureur !

UN : Je vous ai vu, Monsieur ! Je suis à vous ! On n'est pas monté sur patins à roulettes ! Elle hésite, tu comprends.

deux : Moi c'est pas pareil, parce que dans mon coin, à part les joueurs de billard qui ne se renouvellent pas, qui se renouvellent tout doucement, eh bien tu vois, en ce moment, je me la coule douce. C'est Armand à cette heure-ci qui s'en donne. Mais d'ici cinq minutes, tu vas voir, ça va commencer les dîners. Et pour dîner, y a qu'autour des billards que ça rend.

femme i : Garçon !

deux : Voilà, Madame. Tiens, tu vois ce que je disais. En voilà une qui veut dîner. Et Armand, pour lui c'est fini.

un : Oui, à cette heure-ci, l'apéritif, ça se tasse. Un bon gars, Armand, mais il ne vaut pas Ernest.

le vieux : Garçon ! Garçon ! Nom d'un petit bonhomme ! Garçon !

un : J'arrive, Monsieur ! J'accours ! Tu ne l'as pas connu, Ernest ?

deux : Non. C'est moi qui l'a remplacé.

un : Voilà un gars qui savait choisir la bidoche, tiens ! Le matin, aux Halles. Seulement il s'est dégoûté, forcément. Le client aujourd'hui, ça avale tout ce qu'on lui donne, que ce soit bon ou mauvais. Alors, comment voulez-vous qu'on fasse son métier sérieusement ?

deux : C'est comme le petit Maurice, tiens. C'est lui qui prend mon tour. Eh bien il arrive régulièrement avec trois quarts d'heure de retard, et moi je suis là comme un Turc, à attendre la relève.

la dame : Garçon, s'il vous plaît !

deux : Et tu jurerais que cette nana, avec le sourire

qu'elle a, elle ne pense qu'à l'inviter chez elle après que tu lui auras servi le café filtre !

UN : Ah ben oui ! il me semble que t'as une touche, hein ?

DEUX : Eh ben pas du tout. Elles sont toutes pareilles. Elles te font du charme comme si t'étais l'agakan quand tu lui portes sa choucroute, et puis essaye un peu de la prendre au mot, tu verras la manière qu'elle te remet à ta place.

LA DAME : Garçon, s'il vous plaît ! je suis pressée !

DEUX : Me voilà, Madame, à votre service. *(S'éloignant.)* J'y vais, hein. Et pour Madame, ce sera quoi ?

UN : Et vas-y donc ! Ah y en a, ils ont du pot.

LE VIEUX : Garçon ! Je m'en vais !

UN : Allez, boulot, boulot. Voilà Monsieur ! Tout arrive ! Voilà voilà ! Qu'est-ce que ce sera pour Monsieur ?

UN MÉRIDIONAL : Garçon, l'addition !

UN : Tout de suite, Monsieur. Monsieur ?

LE VIEUX, *de près* : Ah ben ! Ah ben ! c'est pas trop tôt. J'allais m'en aller.

UN : Excusez-moi, Monsieur, nous sommes un peu débordés...

LE VIEUX : Il me semble. Comme d'habitude, je vous prie, un saule pleureur, mais vite ! Je suis pressé.

UN : Et un saule pleureur, un !

LE MÉRIDIONAL : Garçon ! Ça fait combien ?

UN : Voyons : une et une, deux, deux et deux quatre, quatre et quatre huit, huit et huit... deux cent soixante-treize, Monsieur.

MARCEL HERRAND : Garçon !

UN : Et deux quinze et cinq quatre-vingts et vingt trois cents, voilà Monsieur. Et pour Monsieur, ce sera ?

MARCEL HERRAND : Tout de même, vous permettez que je m'asseye, oui ?

UN : Faites, Monsieur, je suis là pour attendre.

HERRAND : Bon. Eh bien attendez que je m'asseye. *(Il chantonne.)* Un demi.

UN : Un demi ? Bien, Monsieur. Et un demi pour Monsieur ! Un demi et un saule pleureur.

DEUX : Vivement ce soir qu'on se couche. Et un hareng, un ! — pour madame Butterfly.

UN : Elle est chouette, hein ?

DEUX : Mais elle a l'air fauché. Un hareng...

UN : Où sont les saules pleureurs ? Les voilà. Un saule, et un demi... qu'est-ce qu'ils ont fait de la bière ?

DEUX : Là, dans le bac à vaisselle. Depuis que les tuyaux ont gelé, la bière à la pression, c'est dans le bac à vaisselle.

OBJETS PERDUS

un : Je perds tout, en ce moment. Mon trousseau de clefs, ce matin. Et le plus ennuyeux, c'est que je suis tout de même rentré chez moi. Je me demande ce qu'elle est devenue, ma porte d'entrée, une belle porte toute neuve. J'ai dû l'égarer, je perds tout. Ma boîte d'allumettes, mes chaussures. Mes œufs. Mon *De Viris Illustribus*. Tout ce dont j'ai besoin, naturellement, pas le reste. Comme si je jouais à cache-tampon. Tout m'est tampon, en ce moment. Je voudrais bien que ça cesse, parce que... Et puis le tampon, c'est toujours à moi de le chercher, ce n'est pas juste. D'autant que je ne suis pas très doué, dans quelque ordre que je prenne mes poches, c'est toujours dans la dernière que je trouve ma boîte d'allumettes, quand elle y est, bien entendu. De sorte que non seulement je perds tout, mais je perds mon temps. Où l'ai-je fourrée cette photographie pornographique ? — Et c'est pire de jour en jour. Et, de jour en jour, le jour viendra forcément où je me perdrai moi-même. Et ce jour-là, serai-je capable de me chercher ? Dans quelles poches ? avec quelles mains ? Dès à présent, je devrais penser à me faire un ami. Il me chercherait, quand j'aurais disparu.

DEUX : Mais vous en avez un, et il est près de vous.

UN : Près de moi ? Je ne le vois pas.

DEUX : C'est moi.

UN : C'est vous ? Eh bien c'est donc vous que je ne vois pas, car je ne vous vois pas. Où êtes-vous ?

DEUX : C'était bien la peine de vous faire un ami, voilà que vous l'avez déjà perdu.

UN : Mais non ! mais non... Attendez... Où diable vous ai-je fourré ?

DEUX : Cherchez-moi, je ne dois pas être bien loin, allez !

UN : Oh, c'est ce que me disent aussi mes boîtes d'allumettes. Et j'ai la faiblesse de les croire.

DEUX : Si elles le disent, c'est que c'est vrai.

UN : Bien sûr, que c'est vrai. Ce qu'on cherche n'est jamais bien loin, on ne l'a jamais perdu tout à fait. Une chose tout à fait perdue, on ne la chercherait pas, on en aurait perdu aussi le souvenir. On ne s'apercevrait même pas qu'elle n'est pas là. Si je cherche ma boîte d'allumettes, c'est parce qu'elle est là, mais je ne sais où. C'est comme si j'entendais la voix de ma boîte d'allumettes qui m'appelle, sans que je puisse savoir de quelle poche vient sa voix.

DEUX : C'est vous qui avez besoin d'elle ; c'est vous qui l'appelez.

UN : Peut-être, mais elle ne vient pas. C'est toujours moi qui pars à sa recherche. Quand on part à la recherche de quelqu'un, ce n'est pas parce qu'on l'a appelé, c'est pour répondre à son appel. Vous, par exemple, vous m'avez dit de vous chercher.

DEUX : Je vous l'ai dit parce que vous appeliez à votre secours un ami.

UN : Pour qu'il me retrouve, s'il m'arrive un jour de me perdre. Pas pour me chercher.

DEUX : On ne choisit pas son sort, et le mien n'est guère enviable. C'est moi, pour l'instant, qui ne parviens pas à me retrouver. C'est moi, l'objet perdu.

UN : Qu'en savez-vous ? Quand les deux chaussures d'une même paire ne sont plus au même endroit, quand l'une s'est égarée à Bar-le-Duc, tandis que l'autre fait voile à bord d'un chalutier breton, à laquelle appartiendra-t-il de dire : c'est moi, la chaussure perdue ? Et le devoir de partir à sa recherche, à laquelle des deux incombera-t-il ?

DEUX : Nous ne sommes pas une paire de chaussures.

UN : Nous pourrions être une paire d'amis.

DEUX : Mais comment vous chercher, quand je ne sais pas moi-même où je suis ?

UN : Je vous cherche bien, moi, sans le savoir davantage.

DEUX : Vous ne me chercheriez pas, si vous ne vous étiez déjà trouvé.

UN : Eh bien trouvez-vous donc. « Trouve-toi, le ciel te trouvera ! »

DEUX : Je me cherche.

UN : Je vous cherche aussi.

DEUX : N'en profitez pas pour vous perdre à votre tour.

UN : J'ai attaché un fil au pied de ma table, et la pelote se dévide dans ma main. Au pied de ma table ou au pied de mon cheval, je ne sais plus.

DEUX : Êtes-vous sûr que ce n'est pas à mon pied que vous l'avez attaché, ce fil ? Car alors, en le dévidant, vous n'iriez pas vers moi, mais au contraire.

UN : Tâtez donc votre pied, vous sentirez bien s'il est libre.

DEUX : Mais j'ai perdu mon pied ! Si je pouvais en retrouver ne serait-ce qu'un bout d'orteil, je me retrouverais vite, moi tout entier, comme on grimpe à une corde.

UN : Ne vous inquiétez pas. Je vais remonter le fil pour tâter si votre pied est au bout.

DEUX : Ne perdez pas le fil. Ne le cassez pas.

UN : C'est solide, c'est du fil d'ariane.

DEUX : Moi, je me méfie des filles de Minos. Où en êtes-vous ?

UN : À la boutonnière de mon veston. Ça va me demander un moment je vous préviens : il faut que je repasse par les quatre trous du bouton que j'ai recousu tout à l'heure.

DEUX : Je serai patient, mais j'ai peur. Quand l'une des chaussures d'une paire dispersée se réunit à l'autre après une longue absence... Reste à savoir si c'est la chaussure perdue qui rejoint l'autre. Si celle des deux qui cherchait l'autre est la plus forte, tant mieux, voilà une paire de chaussures retrouvée ; mais il peut se faire aussi que la chaussure perdue entraîne l'autre dans sa perte, et voilà deux chaussures perdues au lieu d'une.

UN : On ne choisit pas son sort. Perdus ou retrouvés, du moins nous serons deux. Ça suffit pour jouer au ping-pong

CONFESSION

UN : *In nomine patri et Filii et spiritus sancti amen.* C'est bien, c'est bien. Mon fils, y a-t-il longtemps que vous ne vous êtes pas confessé ?

DEUX : Oh ! Ah la la !

UN : T, t, t, t. Du calme, mon enfant, du calme. Je suis sûr qu'il n'y a pas si longtemps que ça.

DEUX : Que je ne me suis pas confessé ? Écoutez, Docteur, je vais vous en dire une bien bonne...

UN : Comment, Docteur ?

DEUX : Hein ? Je vous ai appelé docteur ? C'est sans le faire exprès. Excusez-moi.

UN : Faites vite, mon fils, je suis déjà en retard de cinq minutes, c'est important, c'est un mariage, faut pas faire attendre ces gens-là.

DEUX : Moi aussi, Docteur, c'est pour un mariage.

UN : Appelez-moi : Mon Père.

DEUX : Ah oui, c'est vrai. Paulette me l'avait dit. Mon Père.

UN : Alors, cette dernière confession remonte à quand ?

DEUX : Eh bien mon père, elle ne remonte pas. Elle

ne remonte aucunement. Je ne me suis jamais confessé.

un : Il n'est jamais trop tard pour bien faire. Voyons, voyons. Je vais vous aider. Comme tout le monde, il vous est arrivé de commettre des péchés. En voyez-vous un qui vous semble particulièrement important ?

deux : Oui. Oui, Docteur.

un : Mais non.

deux : Mon père.

un : Bien. Lequel ?

deux : Eh bien voilà, Docteur, mon père. Mon plus gros péché, du moins je le crois, n'est-ce pas ? C'est que je ne crois pas en Dieu.

un : Ah. C'est embêtant.

deux : N'est-ce pas ? C'est bien ce qu'on appelle un péché capital, ça ne pas croire en Dieu, hein ?

un : Non, détrompez-vous. Les péchés capitaux, il y en a sept. L'avarice, la colère, la luxure, la gourmandise, la paresse, l'envie et... y en a toujours un qu'on ne se rappelle pas... euh... en tout cas, votre péché n'est pas compris dans les sept péchés capitaux.

deux : Pourtant, ne pas croire en Dieu, il me semble que c'est le plus important, comme péché.

un : Oui. Non. Vous savez, Dieu, qu'on croie en lui ou qu'on n'y croie pas, c'est pas ça qui lui fait grand-chose, n'est-ce pas. Qu'il existe ou non, c'est surtout de lui que ça dépend. Il ne faut pas vous imaginer que vous lui faites du tort en... et puis, je vous dis : je suis un peu pressé. D'abord, si vous ne croyez pas en Dieu pourquoi êtes-vous ici, dans ce confessionnal ?

DEUX : Parce que je me marie demain, Docteur.

UN : Mon père.

DEUX : Mon père.

UN : Bon. Eh bien raison de plus pour ne pas chercher la petite bête. Vous avez droit à quelque indulgence. Je vais vous absoudre globalement de tous les péchés possibles, puisque probablement vous les avez tous commis. Au besoin, vous reviendrez la semaine prochaine, un jour où je serai moins pressé.

DEUX : Bien, Docteur. Mais tout de même, s'il vous plaît, puisque vous me parlez de péché, est-ce que je peux vous poser une petite question ?

UN : Vite, vite. J'entends l'harmonium qui commence.

DEUX : Qu'est-ce que c'est, au juste, un péché ? Parce que moi, je n'en sais rien. Je ne suis pas contre, remarquez ! Mais je voudrais bien savoir ce que c'est.

UN : Mais, les péchés, mon enfant, il ne s'agit pas de savoir ce que c'est. Il s'agit d'en commettre, et d'une. Et il s'agit de s'en repentir, et de deux.

DEUX : Je veux bien me repentir. Ça doit faire un drôle d'effet.

UN : La luxure, par exemple, prenons le cas le plus courant. Est-ce qu'il ne vous est pas arrivé, avec celle que demain deviendra votre épouse, de vous livrer à...

DEUX : Si ! Si !

UN : Eh bien voilà qui est un péché.

DEUX : Ah ! Alors, il faut que je m'en repente, que je

m'en repentisse, repente, repentisse, comment il faut dire, vous devez savoir ça, Docteur.

UN : Il faut dire, il faut dire Mon père, surtout, pas Docteur. L'essentiel, c'est que vous en ayez, du repentir.

DEUX : Pas possible.

UN : Oh, alors !...

DEUX : Comment voulez-vous que je me repente, isse, repente, de ce que j'ai fait avec Paulette, puisque c'est précisément à cause de ça et à cause du désir de recommencer, que nous avons décidé de nous marier tous les deux. Mais Docteur, sans ce péché-là, jamais je ne vous aurais demandé de me confesser !

UN : Mon père !

DEUX : Mon père.

UN : Enfin, faudrait savoir ce que vous voulez, quand même. Est-ce que vous la voulez, mon absolution, ou est-ce que vous ne la voulez pas ?

DEUX : Bien sûr, que j'en veux bien, de votre absolution.

UN : Alors je vous la donne.

DEUX : Ah non ! pas comme ça ! Je vous vois venir ! Moi je ne risque rien, je ne crois pas en Dieu. Mais vous, Docteur, mon père, vous vous y croyez ! Vous savez bien que vous n'avez pas le droit de donner l'absolution à un pécheur qui ne se repent pas, et que vous serez damné si vous le faites ! Alors ! Vous acceptez d'être damné pour que je puisse me marier demain, n'est-ce pas ? C'est très noble, c'est très beau, mais moi, je ne veux pas. Ce serait malhonnête.

UN : Mais alors, qu'est-ce que vous voulez que je

fasse, mon fils ? La cérémonie, la musique, les chœurs sont commandés pour demain !

DEUX : Tant pis. Ce ne sera pas la première fois que je ne me marierai pas avec Paulette, Docteur.

UN : Mon père.

DEUX : Mon père.

UN : Ainsi soit-il. Mais vous vous en repentirez.

INFORMATIONS

un : Voici notre bulletin d'informations.

Temps probable pour la journée de demain. Il est probable que demain, le temps sera à peu près le même qu'aujourd'hui, ou alors, la différence ne sera pas bien grande. Il fera plutôt chaud, et humide, oui humide, dans les endroits par exemple où il aura plu. Au-dessous d'une ligne imaginaire que nous pourrions tirer, si nous en avions le temps et les moyens, entre Bordeaux et Strasbourg, le temps sera variable, ça dépendra des endroits. Dans des endroits, il fera un temps de cochon, dans d'autres endroits on se croira en hiver, presque, ou en tout cas, il y aura des gens qui le diront et il y aura d'autres endroits où on sera obligé de retirer sa veste tellement le fond de l'air sera lourd. Au-dessus de la ligne Bordeaux / Strasbourg, le temps sera d'ailleurs approximativement le même qu'au-dessous, ça dépendra des endroits. Et ce n'est pas les endroits qui manqueront demain. Il y en aura un peu partout, et de toute sorte. Le vent, mon dieu, tout le monde sait ce que c'est que le vent, pas la peine d'insister, il y en aura un peu, beaucoup, énormément, à peine ; où donc qu'il y en aura du vent ? Ça on ne peut pas vous dire, puisque le vent ça ne reste jamais à la même place, ça va ça vient ça se promène, sans ça ce ne serait pas le vent. La température ? Eh bien la température, ça dépendra aussi des endroits, chaud, froid, tiède, enfin tout ce que la température a l'habitude d'être, on ne peut pas entrer dans les détails, pour plus de détails, vous n'aurez qu'à vous reporter à votre thermomètre habituel.

C'était notre bulletin de météorologie nationale. Voici nos informations.

DEUX : Paris. Un important entretien s'est entretenu cet après-midi entre deux entretiens, au sujet de l'entretien international en vue de la coordination mondiale des entretiens internationaux.

UN : Paris. Ce matin, une foule nombreuse, au sein de laquelle on remarquait la présente du duc d'Ur, a fait un accueil très simple à l'autobus 84, qui, en un peu plus de vingt minutes, venait de transporter de nombreux voyageurs partis de la porte de Champerret pour se rendre au Luxembourg, et parmi lesquels on remarquait la présence du duc d'Eau. Les deux ducs ont échangé quelques mots sur différents aspects du temps qu'il fait en ce moment. Ils se sont également penchés sur le problème de leur santé personnelle. Leur comportement était empreint de la plus franche cordialité.

DEUX : De Washington. Le climat de détente qui s'est instauré avant-hier soir entre les deux blocs d'ambassadeurs extraordinaires n'a pas cessé d'empirer. On craint que l'un de ces blocs n'en vienne à se fendiller dans un délai très proche, ce qui mettrait en danger la sécurité même de la sécurité. Le gouvernement de Washington envisage de remplacer les ambassadeurs extraordinaires par des ambassadeurs ordinaires, comme on en trouve partout.

UN : Paris. Le match qui devait opposer hier soir à La salle Wagram les deux poids moyens Robinson Crusoe, Grande-Bretagne, et Rara Panigel, France, n'a pas pu avoir lieu. Dès leur irruption sur le ring, en effet, les deux hommes, après s'être observés un moment, ne se sont pas plu. Ils ont commencé presque tout de suite à échanger des injures et des coups de poing, à la grande surprise du public. L'arbitre, aidé par trois pompiers, a heureusement réussi à maîtriser les deux hommes, qui voulaient continuer à se battre, sans raison apparente.

DEUX : Voici l'heure : il est dans les sept heures moins cinq. Mais je crois que je retarde un peu.

UN : C'était notre bulletin d'informations.

FEUILLETON HISTORIQUE

PREMIER CHEVAL, *au galop* : Pitatatoum, pitatatoum, pitatatoum.

etc. Il passe.

PREMIER TRUAND : Pourquoi t'as pas tiré ?

DEUXIÈME TRUAND : C'était pas lui.

PREMIER TRUAND : Comment tu le sais, puisqu'on voit rien tellement qu'il fait noir.

DEUXIÈME TRUAND : Je le sais parce que je l'ai pas reconnu.

PREMIER TRUAND : À quoi tu l'as pas reconnu ?

DEUXIÈME TRUAND : Je l'ai pas reconnu à son cheval. C'était un cheval blanc avec une selle rouge. Son cheval, à lui, il est rouge avec une selle blanche. C'était pas lui. C'était même juste tout le contraire.

PREMIER TRUAND : Allez, passe-moi l'arquebuse, tu fais que des bêtises. C'est le gars, qu'il fallait regarder, pas le cheval.

DEUXIÈME TRUAND : T'as vu la corde ?

PREMIER TRUAND : Quoi, la corde ?

DEUXIÈME TRUAND : La corde qui défile sur la route,

comme un long serpent. Seulement, elle va plus vite qu'un serpent.

PREMIER TRUAND : Ah ! T'as raison. Ben dis donc, elle est rudement longue !

DEUXIÈME TRUAND : Elle était accrochée à la selle rouge du cheval blanc qui vient de passer. Va vite, hein. Si on mettait le pied dessus, peut-être que ça les ferait culbuter ?

PREMIER TRUAND : C'est nous que ça ferait culbuter.

DEUXIÈME TRUAND : Tais-toi, en voilà un autre.

DEUXIÈME CHEVAL, *arrivant de loin* : Bidibidim, bidibidim *(etc.)*.

DEUXIÈME TRUAND : Tu peux y aller, c'est lui, c'est le cheval rouge.

DEUXIÈME CHEVAL, *passant* : Bidibidim, bidibidim *(etc.)*.

DEUXIÈME TRUAND : Pourquoi t'as pas tiré ? C'était lui.

PREMIER TRUAND : Lui qui ?

DEUXIÈME TRUAND : Avec sa selle blanche, le cheval.

PREMIER TRUAND : Y avait personne dessus.

DEUXIÈME TRUAND : Ah le filou ! Il est monté exprès sur un cheval blanc, pour qu'on le reconnaisse pas, et son cheval rouge...

PREMIER TRUAND : À un quart de lieue derrière lui au bout d'une corde. Ce qu'il est malin, ce damné mousquetaire ! Entre les doigts, il nous a filé.

DEUXIÈME TRUAND : On peut se brosser pour les quarante pistoles du Duc.

PREMIER TRUAND : Tu parles, Charles. Asteure il doit être rendu chez le Roé.

DEUXIÈME TRUAND : Chez le Roé ? Ah ! chez le Roi, tu veux dire.

PREMIER TRUAND : Chez le Roé. Tu parles pas d'époque, mon gars.

DEUXIÈME TRUAND : Ah, c'est juste. Chez le Roé.

PREMIER TRUAND : Chez Loulou, quoi.

DEUXIÈME TRUAND : Louis XIII, roé de France, Loulou comme on l'appelle.

Gong ou musique.

LOUIS XIII : Appelez-moi Loulou, Monsieur d'Arrachegnangnan. Vous avez bien mérité de votre Roé.

D'ARRACHEGNANGNAN : Sire, mon épée est entre les dents de votre Majesté.

LOULOU : Fort bien. J'ai foi en vous. Prenez ce tuyau, Monsieur. C'est un tuyau à gaz. Avez-vous des chevaux ?

D'ARRACHEGNANGNAN : Sire, je les ai crevés sous moi.

LOULOU : Vous puiserez, Monsieur, dans mon écuri-hie. (Voilà un fort bel alexandrin).

D'ARRACHEGNANGNAN : Oui, Sire.

LOULOU : « Vous puiserez, Monsieur, dans mon écurihie ». Dans ce tuyau à gaz est enfermé... Que vous importe ! Portez-le, je vous prie, à Madame de Parempart, de la part de ma part, chez le Comte du Nouy-Oudunom, 107, rue de Grenelle, Paris. Vous serez Marquis, Monsieur d'Arrachegnangnan, et maréchal, quand vous aurez mené à bien la mission de confiance que je mets dans votre giberne, dont ce tuyau préfigure peut-être le bâton.

D'ARRACHEGNANGNAN : Merci d'avance, sire. J'y cours. Qu'est-ce qu'un tuyau à gaz pour un fils de Gazcogne ?

LOULOU : Je ne vous le fais pas dire. Mais soyez sur vos gardes, Monsieur. Méfiez-vous des perpétrations du Duc d'Ur.

D'ARRACHEGNANGNAN : Du duc d'Ur, sire ?

LOULOU : Oui, Monsieur, du Duc d'Ur et de Jérimadeth. Attention, chevalier, c'est une fine lame, et qui plus est : il convoite mon tuyau. Vous le reconnaîtrez à son cheval, qui est d'une couleur indéfinissable, et auquel il manque une patte.

D'ARRACHEGNANGNAN : Oui, sire.

Musique ou gong.

PREMIER CHEVAL : Pitatatoum...

Etc. il passe.

DEUXIÈME CHEVAL : Pita-toum, pita-toum.

Il passe.

DEUXIÈME TRUAND : Pourquoi t'as pas tiré ?

PREMIER TRUAND : Au premier cheval ? Parce que l'arquebuse, je m'étais trompé de côté. Le... la... Et puis au deuxième, parce que j'ai reconnu le cheval.

DEUXIÈME TRUAND : De qui ?

PREMIER TRUAND : Du patron. C'était le cheval du duc d'Ur. Avec le duc d'Ur dessus. Pauvre bête, il a laissé une patte au siège de La Rochelle.

DEUXIÈME TRUAND : Pourquoi il l'a laissée là-bas ?

PREMIER TRUAND : Il l'a pas laissée. C'est le duc, à cause de la famine, il s'est taillé un rosbif dedans.

DEUXIÈME TRUAND : En admettant, t'aurais pu tirer sur un des deux. Si on n'a pas d'Arrachegnangnan, c'est le Duc qui nous aura.

PREMIER TRUAND : T'en fais pas, on fera le coup d'arquebuse au prochain tour.

DEUXIÈME TRUAND : C'est vrai. Puisque la route, elle tourne en rond. Seulement peut-être que le Duc, il l'aura rattrapé avant.

PREMIER TRUAND : Quel gâchis ça va faire, parce que...

PREMIER et DEUXIÈME TRUANDS : C'est des fines lames, ces deux cavaliers-là.

PREMIER CHEVAL : Pitatatoum, etc.

Il passe.

DEUXIÈME CHEVAL : Pita-toum, pita-toum, etc.

Il passe.

PREMIER CHEVAL, *bruit continu* : Pitatatoum...
Vous entendrez demain le second épisode de notre roman historique « Le tuyau d'un jeune homme pauvre ».

MONOLOGUE 3 :
DOCUMENTAIRE

UN : À quatre pas d'Issy, non pas de cet Ici fameux, d'où le Cid affirmait à Don Diègue qu'il le lui ferait savoir, à quatre pas d'un Issy beaucoup plus familier, reconnaissable à ses bicyclettes matinales et à l'entrain de sa population laborieuse...

DEUX : Hé, Bébert, qui c'est qui te l'a tordu, ton vélo ?

UN : À quatre pas d'Issy-les-Moulineaux, un jour, à cette place, au pied de ce chêne dont le feuillage garde encore quelques vestiges du tilleul qu'il était autrefois avant sa restauration par Toulouse-Lautrec, et au sommet duquel on aperçoit distinctement, souvenir de temps plus anciens, la silhouette exotique d'un régime de bananes, à demi effacée par les siècles et le vandalisme inconscient des touristes romantiques ; au pied de ce chêne baroque, en un mot, par un matin du printemps 1925, un brave gendarme, tout pareil à celui-ci, moins les lunettes d'écaille, s'apprêtait en sifflotant à remplir ses fonctions, l'une de ses fonctions du moins, l'une de celles qu'il avait, du reste, en commun non seulement avec tous les gendarmes, mais avec tous les hommes, puisqu'il s'agissait d'une fonction naturelle très élémentaire, celle-là même dont il semble le plus incongru de dire qu'il allait la « remplir »... Il s'y apprêtait donc néanmoins, lorsque soudain, son sifflotement lui tomba des lèvres.

DEUX s'arrête de siffler.

DEUX : Bougre de bougre de scrogneugneu, palsambleu de saperlipopette. Qu'est-ce que c'est — que c'est qu'c'est qu'ça ?

UN : Qu'avait-il aperçu au pied du chêne ? Une pierre précieuse ? Un fragment de monocle ayant appartenu à Marcel Proust ? Un bœuf ? Rien de tout cela. Le brigadier Garbiédri, c'était son nom, venait de découvrir son pied.

DEUX : Mais qu'est-ce que c'est, que ce qu'est, ksè que c'est que... quoi ksè kça ? Ah. Ah...

UN : Et voilà notre brave gendarme qui vous prend son pied sous son bras, et qui s'en va. Où allait-il ? À la Préfecture de police service des identifications.

Identifier un pied n'est pas un jeu d'enfant. Ces tiroirs que vous voyez ici : un grand, un petit, un moyen, un trou, un grand, un petit, un moyen, un trou, sont des fichiers. L'invention du fichier remonte au XVIIIe siècle.

Une gravure du temps, bien amusante, nous montre son inventeur, Louis-Léopold Fichier, à cheval sur une chimère, présentant son brevet à celle qui devait devenir sa femme, la toute jeune duchesse de Moëlcamp, alors maîtresse du financier anglais

Pchitt. Légende : qu'en dites-vous, madame ? Est-ce point convaincant ? J'en dis, Monsieur, que mes enfants s'appelleront : Fichier-Moèlcamp !

Sans le fichier, la police moderne en serait encore aux balbutiements d'une époque où la finesse des limiers se mesurait à la longueur et la sensibilité de leurs moustaches, qu'ils promenaient sur les meubles pour y détecter les empreintes du criminel.

En 1925 déjà, le classement des empreintes digitales avait atteint son point de perfection. Le brigadier Garbiédri n'attendit pas plus de vingt minutes dans cette antichambre, où l'ombre de Landru voisine avec celle de la Justice.

Les empreintes digitales relevées sur son pied, outre celles de son pied, au nombre de cinq, étaient les empreintes digitales du brigadier Garbiédri. Condamné aux travaux forcés à perpétuité, il supporta son sort stoïquement, jusqu'à la perpétuité, où il entra en 1942. Son pied est conservé au muséum d'histoire naturelle de Parme, entre ce jambon, qui fut la propriété de Gabriele d'Annunzio, et ce bouquet de violettes, hommage d'une admiratrice d'on ne sait qui. Cette admiratrice est elle-même conservée dans un autre musée, dans la même vitrine que le conservateur du musée de Parme, à quatre pas d'Issy-les-Moulineaux, c'est-à-dire en plein milieu des Moulineaux, là où Maupassant s'étonna de constater une légère protubérance.

Et le soir, parfois, quand le vent qui sort des cheminées d'usine siffle et chante sa chanson populaire, au moyen de ces grandes grues, symboles de l'essor économique qui fut toujours celui de la littérature française dans toutes ces petites choses de la nature : un escargot qui passe, une morue ; alors, sentant l'appel du printemps, les phoques se réunissent sur leur banquise natale et, cessant leurs querelles, ils poussent dans l'air ce rauque glapissement à quoi le cheminot reconnaît que la saison de la migration est venue, et c'est peut-être le vent de ces milliers d'ailes fraternellement mêlées qui agite, doucement, dans le crépuscule, le feuillage séculaire de ce grand chêne bariolé parmi les couleurs du ciel inimitable d'Île de France et les fait tournoyer sans fin, comme des moulineaux, ces mêmes moulineaux qui ont donné leur nom, à quatre pas d'ici, à Issy, et à ses moulineaux.

JEU TÉLÉVISÉ :
« DÉCROCHEZ LA TIMBALE »

UN : ... présente « Décrochez la timbale », une émission-concours de la ration de radis futés mayonnaise. Mesdames, Messieurs, notre candidat de ce soir, un champion, puisqu'il a déjà remporté les trente-six millions du tournoi télévisé « La peau et les os », les quinze milliards de « Plein aux as », les douze francs de « Dommage et intérêt », et les quarante-dix-huit sacs de « Gros match », le voici, c'est Monsieur Gramédoire ! Monsieur Gramédoire...

TOUS : Bravo.

UN : Eh bien, Monsieur Gramédoire, vous connaissez l'enjeu de notre petite partie de ce soir, vous savez ce que contient cette timbale que vous allez essayer de décrocher par vos réponses à nos questions, cette timbale la voici, vous pouvez vous en assurer, de quoi est-elle pleine ?

DEUX : Elle est pleine d'eau.

UN : Elle est pleine d'eau, en effet, de cette eau qui représente ce dont l'homme a le plus besoin aujourd'hui, ce dont l'homme a non seulement aujourd'hui mais toujours eu le plus grand besoin, puisqu'elle constitue, cette eau, environ ninisse pour cent de son poids global, à l'homme, de cette eau enfin que vous allez pouvoir, Monsieur Gramédoire, si toutefois comme nous vous le souhaitons, vous parvenez à la décrocher, cette timbale qui la contient, cette eau, que vous allez pouvoir distribuer à vos enfants, car on nous a dit que vous aviez, en plus de vos prestigieuses connaissances, plusieurs enfants, combien ?

DEUX : Quarante-deux.

UN : Quarante-deux.

TOUS : Bravo !

DEUX : Quarante-deux dont un aveugle, trois borgnes, un chef d'orchestre de huit ans, une petite fille et un réfugié hollandais.

TOUS : Bravo !

UN : Eh bien, Monsieur Gramédoire, je ne sais si vous réussirez à décrocher la timbale, mais laissez-moi vous dire que mon opinion personnelle très sincère est que vous le méritez.

TOUS : Ah oui ! Bravo !

UN : Et maintenant, Monsieur Gramédoire, vous allez affronter une épreuve que la sympathie que vous nous inspirez n'influencera, hélas, aucunement, une épreuve rigoureusement objective et scientifique. Vous avez choisi d'être interrogé sur un sujet particulièrement difficile, je dois le dire à votre honneur, sur un sujet connu seulement et encore bien superficiellement par un très petit nombre de spécialistes.

DEUX : Oui, c'est un sujet que y a beaucoup de gens

qui seraient bien embêtés si on leur posait des questions dessus.

UN : Ce sujet, quel est-il ?

DEUX : C'est moi.

UN : Eh bien, Monsieur Gramédoire, nous allons donc vous interroger sur vous. Mais tout d'abord, voici un chèque de trois milliards à votre nom. Vous pouvez dès maintenant partir avec, on ne vous en tiendra pas rigueur, on sait ce que c'est les difficultés de la vie pour un père de quarante-deux enfants. Ou bien acceptez-vous de risquer vos trois milliards pour décrocher la timbale ?

DEUX : Je préfère partir avec.

UN : Vous acceptez ! Bravo !

TOUS : Bravo !

DEUX : Mais non, j'ai dit non.

UN, *à part* : Allons, allons, vous n'allez pas nous faire ça. *(Haut.)* Il a dit oui !

DEUX : Non.

UN : Eh bien, Monsieur Gramédoire, voici notre première question. Elle est dure. Je serais bien étonné si quelqu'un de nos téléspectateurs en connaissait la réponse. Monsieur Gramédoire, connaissez-vous la date et le lieu de votre naissance.

DEUX : Euh.

UN : Je répète : Monsieur Gramédoire, quels sont la date et le lieu de votre naissance à vous, Gramédoire ?

DEUX : 33 juin mil neuf cent nonante-trois à Bar-le-Duc.

UN : Bravo.

TOUS : Bravo !

UN : Six milliards : encore quatre questions et vous décrochez la timbale. Préférez-vous que nous en restions là, Monsieur Gramédoire ?

DEUX : Oui.

UN : Il a dit oui ! Bravo !

TOUS : Bravo !

DEUX : J'ai dit oui, mais...

UN : Deuxième question, de plus en plus difficile. Que faisiez-vous le 29 décembre 1932 à huit heures du matin ?

DEUX : Je dormais.

UN : En effet, vous dormiez. Bravo. Nous en sommes à neuf milliards.

TOUS : Bravo !

UN : Troisième question, Monsieur Gramédoire, savez-vous le nombre de vos dents, le nombre de vos ongles et le nombre de vos cheveux ?

DEUX : Mes dents, oui : j'en ai eu trente et un, sans compter la dent de sagesse qui ne m'a pas poussé. Maintenant, j'en ai plus que huit. Mes ongles, j'en ai dix, plus dix qui font vingt. Mes cheveux, c'est plus délicat, j'en ai euh... comme je suis chauve j'en ai zéro...

UN : Huit, vingt, zéro, c'est bien ça Monsieur Gramédoire.

TOUS : Bravo !

UN : Il est très fort. Douzième milliard, quatrième question : Monsieur Gramédoire, qu'allez-vous faire de vos douze milliards si vous les gagnez ?

DEUX : Des bêtises.

Jeu télévisé : « Décrochez la timbale »

UN : Des bêtises ! Il a gagné, il a décroché la timbale !

TOUS : Bravo !

UN : Ici la Ration de Radis Futés Mayonnaise, vous venez d'entendre « Décrochez la timbale » ou : « Ici, il pleut du fric ».

AU SALON DE L'AUTO

UN : Au salon de l'auto j'y suis été.

DEUX : J'y suis été aussi, parce que j'ai une auto, donc.

UN : Moi aussi j'ai une auto.

DEUX : Je ne l'ai jamais vue.

UN : C'est à cause des difficultés de stationnement.

DEUX : Oui. C'est comme moi, je n'arrive plus à faire stationner la mienne. Je la laisse rouler.

UN : Sans vous ?

DEUX : Je ne l'ai pas vue depuis quinze jours. Si ! une fois ! je l'ai aperçue qui tournait à un carrefour, mais fugace, hein ! juste le temps de la reconnaître, elle avait disparu.

UN : Et il n'y a personne dedans ?

DEUX : Elle se débrouille très bien toute seule. Ce qui me chiffonne, c'est mon petit chien, que j'ai oublié dans le coffre.

UN : Pauvre bête. Moi, non. Ce n'est pas pareil... je dis : « les difficultés de stationnement »... ce n'est pas exactement ça. Ma voiture stationne. L'ennui, c'est qu'il y a une autre voiture qui stationne dessus. Depuis six mois. Grosse. Un camion, presque.

DEUX : Il faut porter plainte.

UN : À quoi bon ? C'est comme ça tout au long de ma rue. Deux couches de voitures, l'une sur l'autre ; et les piétons par-dessus, qui piétinent avec leurs pompes, leurs tatanes, leurs grolles et leurs godasses. Même les contractuels ont renoncé à se fâcher. Il paraît qu'on va nous goudronner tout ça, pour que ce soit propre, et puis pour faciliter la circulation. Quand ce sera fait, peut-être qu'on pourra rouler dessus ; alors je me rachèterai une voiture.

DEUX : Faut être patient.

UN : Ce qui me chiffonne, surtout, ce n'est pas que c'était une tellement belle voiture, c'est que moi aussi, j'ai oublié mon chien dans la malle arrière...

DEUX : Pauvre bête.

UN : Et puis, sur le strapontin, mon cousin Émile. Je sais bien qu'il est patient. Mais il doit s'ennuyer.

DEUX : J'y suis été, au salon de l'auto, donc. Mais j'en suis ressorti bredouille comme un biniou.

UN : Il n'y avait rien de vraiment nouveau.

DEUX : Non. Et puis, j'avais tout de même mes petites idées sur la question, n'est-ce pas. Une auto, c'est pour aller quelque part. C'est ce que j'ai dit au vendeur : vos autos, où elles vont ? Regardez votre boussole : Vos Roll-Mops 1500 (c'était au stand Roll-Mops), elles sont orientées vers l'ouest, vos Roll-Mops DST vers l'est ; mais moi, si je dois aller vers le sud, laquelle il faut que je choisisse, c'est ça qui devrait faire l'objet d'une étude sérieuse ! Rien ! Le vendeur n'a pas été capable de me répondre. Alors : zut.

un : Ou alors qu'il vous fasse une réduction, n'est-ce pas. Une auto orientée dans un sens, si vous voulez vous en servir pour aller dans un autre, il faut la tordre ! et une auto tordue, on ne peut pas dire que ce soit vraiment une voiture moderne. Même à l'argus, une voiture tordue, vous n'en tirerez pas moitié prix. Moderne ! vous pensez !

deux : Moi, ce qui m'a complètement dégoûté, au Salon, c'est toutes ces voitures à deux phares. Deux phares, bon ! c'est très bien, je dis : celui-ci, côté gauche, vous le laissez où il est. Et puis l'autre, vous allez me l'arracher du garde-boue avant, et puis me le replanter par-derrière. Parce que moi, j'aime bien voir derrière moi les gens qui ne peuvent pas me dépasser. Et puis, non, ce n'est pas que la marche arrière, la nuit, j'y tienne tellement, mais... Mon avant-dernière voiture, hein, eh ben... c'était du côté de euh. En reculant pour faire demi-tour, la nuit. Je ne peux pas vous y emmener parce que... mais elle est restée là-bas, en plein dedans... pas difficile à retrouver : elle est restée dans le fond. Dans la vase, quoi. Je ne l'ai pas vue tomber, mais j'étais dedans. Alors. Là-bas. Là-bas. Là où il y a un grand marais. Oh, pas si grand que ça, du reste. Faudrait bien viser si on voulait le faire exprès, mais le fait est là. Je vais vous dire : reculer, ce n'est pas une honte. Faut savoir dans quoi on recule, voilà tout. Alors, autant y voir clair. Vous savez ce qu'il m'a répondu, le vendeur ?

un : Non.

DEUX : Rien.

UN : Mince. Et puis, il y a la question du volant, n'est-ce pas ? Ce volant qui ne tourne pas dans le même sens que les roues !

DEUX : Et depuis le temps que ça dure !

UN : Et que personne ne pense à rectifier, pas même les Japonais !

DEUX : Et puis, il n'y avait pas que ça. C'est toujours la même question : la voiture où va-t-elle ? Eh bien, même la De Flers et Caillavet, qui ne posait pas de problème, vu qu'elle est toute ronde, on ne sait pas où elle va, y a des roues dans tous les sens et pour entrer c'est par la toiture, eh bien, même celle-là (toute rouge elle était ! tout ce que j'aime !) je m'approche, je regarde attentivement : des vitres. Le pare-brise, tout : des vitres. Alors j'appelle le vendeur et je lui dis : « Vous n'auriez pas le même modèle, mais sans vitre ? Je veux dire par exemple avec des vitres en plomb. Ce n'est pas que je craigne la fragilité des vitres, non ; c'est d'un point de vue psychologique, que je me place : les vitres, ça distrait. On regarde le paysage qui défile, les choses qui arrivent partout, les arbres, les nuages, les camions viennent en sens inverse, les demoiselles qui font du stop, n'importe quoi, alors on ne pense plus à conduire. Et il faut faire attention, quand on conduit. Faut pouvoir se concentrer sur son volant, ne penser à rien d'autre qu'à son volant. Il y aurait sûrement moins d'accidents sur la route, si tous les pare-brise étaient en plomb.

UN : Sûrement.

deux : Eh bien, le vendeur, c'est tout juste s'il ne m'a pas donné un coup de pied dans le derrière.
un : Oh !
deux : Eh !
un : Tsa.

LE CHIEN ET LE VALET

un : Ganelon ! Allez gratter vos puces ailleurs, je vous l'ai dit vingt fois ! Et vingt fois je vous l'ai dit à propos de ce même édredon. Sautez au bas de mon lit et filez ailleurs !

Bruits.

Ganelon ! Ailleurs ne signifie pas forcément au milieu de mon petit déjeuner ! Cet animal est bête ! Je n'avais pas demandé un chien aussi bête, les gens veulent toujours trop bien faire les choses. D'abord, il est trop blanc, ce chien, il y dépense toute son énergie, et à la fin de la journée, il ne lui en reste pas la moindre goutte pour essayer, dans le noir, de s'améliorer l'entendement. L'aspect de ce petit déjeuner est devenu rebutant. Voyez, Ganelon, comme vous avez mal agi en sautant dans cette chose qui tout à l'heure encore ressemblait à un petit déjeuner. Mais il ne comprend pas et décidément la réflexion que je m'étais faite hier se confirme : il louche. Il louche très fort, et des deux yeux. Ce spectacle risque de m'absorber plus qu'il n'est souhaitable. Nous verrons qui de nous deux, jeune homme. Non, non, rien ne sert de me mettre à loucher moi aussi en le regardant. Je n'y gagnerai rien. Et de toute façon, ne nous alarmons pas, si la gêne persiste, je lui ficellerai la tête dans un gant de boxe.

Polom, pom pom. Oui : quant à renoncer à mon petit déjeuner, il n'en est pas question. Lamoricière ! — Autre problème. Daumesnil ! — J'avais un valet de chambre dont je connaissais le nom, ils me l'ont remplacé — Dourakine ! — par un valet de chambre qui porte un nom de général, et chaque matin, c'est le même défilé de généraux dans ma tête : ils y passent tous sauf le bon. Dugommier ! — Je veux, je veux absolument qu'aujourd'hui même il me l'écrive en lettres d'or sur mon mur, son fichu nom de général. Canrobert ! Bugeaud ! Wellington ! Pourtant, un nom célèbre, ça se retient. Comment un nom qu'on n'arrive pas à retenir pourrait-il devenir célèbre ? c'est contradictoire ! Hoche ! Grouchy !... Je ne me ferai jamais à ce chien blanc qui louche avec ses yeux rouges. Tournez-vous, Ganelon. Et jamais il ne m'obéit, ou alors il m'obéit d'une telle façon que je préférerais ne lui avoir rien ordonné. Tout plutôt que de renoncer à avoir faim. À mon âge, rien de savonneux comme la pente du renoncement. Trochu ! Il y a trop de généraux célèbres. Si mon valet de chambre avait le bon goût de s'appeler comme un peintre, la liste serait moins longue. Elle serait encore plus courte si je possédais une sonnette. Et si je poussais ce chien ridicule dans la cheminée : sous prétexte d'un os, par exemple. Je rabaisse d'un coup le rideau de fer derrière lui, fini ! personne ne le reverra jamais. Moi, Monsieur ? Un chien ? Je vous en prie, fouillez l'appartement ; j'avais un chien blanc qui louchait, en effet, mais il s'est marié ; selon les dernières nouvelles que j'ai eues de lui, il travaillait comme garçon de courses dans une banque, à Amiens. Me voilà bien, moi qui ne sais pas mentir. Tout de suite ils verront la supercherie ; « vous confondez avec votre ancien valet de chambre, Monsieur ». Oui, oui, c'est vrai, avec mon ancien valet de chambre, vous avez raison. À mon âge, on a tellement de souvenirs que lorsqu'on peut en classer plusieurs dans la même boîte, on le fait, au risque de les écraser un peu. Voilà que je deviens triste. Plus exactement, voilà que je me rendors. Je dormais, je me suis réveillé pour mon petit déjeuner, je suis allé vers lui : pas de petit déjeuner ; alors je fais demi-tour, je reviens sur mes pas, je vais me coucher pour dormir et tout à l'heure je dormirai. Non, c'est trop triste. Il faut absolument que je cesse de regarder ce chien loucher. Ganelon, vous n'êtes qu'un sale chien ! Vous ne voulez pas vous tourner vers le mur ? C'est donc moi qui vous tournerai le dos. Voilà. De ce côté-là, au moins, je ne vois rien qui me soit positivement désagréable. C'est un vieux carré de choux, disposé verticalement, chou par-dessus chou, avec des branchages entre les choux, et qu'on a collé sur mon mur, il y a très longtemps. Ce n'est pas gai, mais du moins je ne vois plus cet affreux chien blanc. Je me demande bien ce qu'il peut faire en ce moment derrière mon dos. Oh... Il doit continuer à loucher. Je ne vois plus les débris de mon petit déjeuner, non plus. Et maintenant qu'ils ne sont plus là pour me rappeler que j'ai faim, je me demande si j'ai encore faim. Ah, non ! Zut ! je ne me laisserai pas glisser sur cette pente. Hugo ! Cambronne !... Je voudrais bien savoir, où il en est, ce chien. Réflexion faite, voir un objet désagréable vaut mieux que d'y penser sans le voir. On s'inquiète, les choux perdent le pouvoir d'intéresser les yeux. Je sens que je vais pivoter de nouveau sur mon siège. Et entre ces deux demi-tours, il se sera passé quoi donc ? Rien. Rien en tout cas qui puisse améliorer nos rapports, tous les deux moi et Ganelon. Pivoter, sans cesser de prêter la voix à tous ces généraux qui défilent dans ma tête : — Kléber ! Montgoméry ! Turenne ! — Ah, ah !

DEUX : Oui, Monsieur.

UN : Vous étiez là ?

DEUX : Oui, Monsieur.

UN : Comme quel général vous nommez-vous, je n'arrive pas à me le rappeler.

DEUX : Comme César, Monsieur.

UN : Ah ? Ça m'étonne. Vous ne m'avez pas dit, hier, que vous vous appeliez César.

DEUX : Je ne m'appelle pas César, Monsieur, je m'appelle comme César : je m'appelle Jules.

UN : Eh bien, Jules, dites-moi d'abord où se trouve mon chien.

DEUX : Ganelon ? Il est là-bas, Monsieur, qui lève la patte sur vos Voltaire.

LA SPIRALE

(On monte un escalier.)

UN : Et cette tour, Monsieur, est ma demeure depuis que je suis né. Ne vous inquiétez pas du sort de vos valises. Mes domestiques s'en sont probablement chargés. Et au cas où vous ne les auriez pas ce soir là-haut dans votre chambre, mon Dieu ! rien ne presse : vous les aurez certainement demain, ou après-demain ; au plus tard dans quinze jours, trois semaines. N'êtes-vous pas essoufflé, Monsieur ? Je sais que la première fois, cet escalier en tire-bouchon, à vrai dire assez raide, essouffle le visiteur. Nous voici arrivés au quinzième palier, si vous le voulez nous pouvons faire une pause.

DEUX : ...

UN : Hou hou ? M'entendez-vous, Monsieur ?

DEUX ; *lointain* : Hein ? Oui, oui, j'arrive.

UN : Votre lampe n'est pas éteinte, au moins ?

DEUX : Non, non... J'arrive. Je m'étais arrêté... pour écouter... le mur.

UN : Ah ! vous aurez tout loisir de l'écouter, mon

cher Monsieur, c'est le même mur depuis le rez-de-chaussée jusqu'en haut. Ah ! voici que j'aperçois la lueur de votre lampe, vous n'êtes plus loin.

deux : Combien de marches, pensez-vous ?

un : Montez-en une dizaine encore, et vous m'aurez rattrapé.

deux : Une, deux, etc.

un : Voyez-vous ma lumière ?

deux : Je la vois, cinq, etc.

un : Courage, vous voici !

deux : ... neuf, dix. Ah ! ah ! Coucou le voilà !

un : Le voilà, ah, ah !

deux : Et où il est, votre palier ?

un : Ici. Là où je frappe la pierre de mon pied droit. Oh, je sais bien, ce n'est pas vraiment un palier. Simplement, c'est une marche un peu plus large que les autres. La place de s'asseoir et de poser un panier à provisions, au besoin.

deux : J'avais déjà remarqué. C'est le...

un : Le quinzième palier.

deux : Oui. Je vais m'asseoir un moment. Dites-moi, il y en a combien comme ça, des paliers, avant d'arriver à nos chambres.

un : À vrai dire, je n'en sais rien. Celui-ci, je sais que c'est le quinzième, parce que jusqu'à quinze on compte facilement. Mais au bout d'un moment, vous savez ce que c'est, l'attention se lasse, on ne sait plus si le palier numéro 102, par exemple, est celui qu'on vient de dépasser, celui où on est ou celui qu'on est sur le point d'atteindre. De sorte qu'entre le deux centième et le trois centième palier, on se décourage, on renonce à compter, et on fait bien ! parce que sitôt qu'on ne compte plus, ça paraît moins long.

deux : Pour bien faire, il faudrait compter par centaines.

un : Les paliers ? Oui. Mais au bout d'un certain temps, les centaines, ça devient comme les unités, on ne sait plus à laquelle on en est.

deux : Êtes-vous sûr que nos lampes contiennent suffisamment de pétrole pour y arriver, là-haut ?

un : N'ayez crainte. C'est bien le diable si nous ne sommes pas croisés par un de mes domestiques qui descend, ou rattrapés par un de mes domestiques qui monte. Et tous mes domestiques ont sur eux une provision de pétrole. Allons ! Êtes-vous suffisamment reposé ?

deux : Vous savez, dans votre mur, hein ? eh bien, cher Monsieur...

un : Dans mon mur ?

deux : Oui. Forcément. Puisque c'est une tour, il n'y a qu'un mur. Une tour, c'est comme un tube.

un : Un seul mur, du bas de la tour au haut de la tour. Pas seulement jusque là-haut où nous allons, où se trouvent mes appartements, non. Il continue encore après.

deux : Ah, parce que ce n'est pas au sommet de la tour que nous allons ?

un : Non ! Pensez-vous ! le sommet, c'est beaucoup plus haut. C'est tellement haut, mon cher Monsieur, que moi-même, je n'y suis jamais été.

deux : Et vos domestiques ?

un : Ils y montent parfois, sur mon ordre. Mais jusqu'à présent, je n'en ai vu redescendre aucun. Ça doit être très haut. Très, très.

deux : Oui. Difficile à chauffer, hein ? l'hiver. Et pour y installer le chauffage central, avec les conduites, tout... ça vous reviendra cher !

Enfin, pour en revenir à votre mur, eh bien moi, dans votre mur, sitôt que je tends l'oreille, cher Monsieur... oui, j'y entends des horloges. Z'entendez ? tic-tac. Horloges, ça.

un : Dans mon mur, cher Monsieur, il y a beaucoup plus d'horloges que vous n'en pouvez entendre. La plupart sont en panne depuis si longtemps. Et je prévois le jour où elles se seront, pour ainsi dire, toutes éteintes. On n'entendra plus rien, il faudra savoir qu'elles sont là, pour le savoir. Oui, tout mon mur, du haut en bas, est truffé d'horloges.

deux : Tenez, n'en est-ce pas une, ici, dont la grande aiguille commence à percer, à travers le salpêtre ?

un : Au contraire, c'en est une à laquelle, récemment encore, mes domestiques lisaient l'heure ; je l'avais fait acheter à Besançon. Mais peu à peu, minute par minute, vous voyez, elle s'est enfoncée dans le mur.

deux : Ses aiguilles, peut-être, étaient tordues en hélice.

un : Non, c'est le temps, qui fait ça, et sans doute aussi l'attraction exercée par les autres horloges, celles qui sont à l'intérieur. Ou peut-être est-ce le mur lui-même qui les avale : ce serait un mur particulièrement friand d'horloges.

La spirale

DEUX : J'aurais peut-être mieux fait de ne pas emporter ma montre.

UN : Vous avez une montre ? Quelle heure est-il ?

DEUX : Je ne sais pas. Je ne la regarde jamais. Elle indique bien une heure, mais ce n'est pas la bonne. Ce n'est pas mon heure, à moi. Ce doit être l'heure de quelqu'un d'autre. Je ne sais qui.

UN : Ainsi, vous n'avez pas l'heure.

DEUX : Je ne l'ai pas, cher Monsieur. C'est elle qui m'a. Ma vie est pareille à cet escalier en spirale : je ne sais jamais à quel palier j'en suis.

UN : Moi non plus. Ce que je sais, cher Monsieur, c'est que le niveau du pétrole baisse.

DEUX : Alors, en route ?

UN : En route, cher Monsieur. Un escalier en spirale est un ressort de montre qui se remonte avec les pieds.

MONOLOGUE 4 : FABLE

Je crois que je vais réciter une fable. Ce sera la fable d'un homme que j'ai connu. D'un homme, comment dire, oui, d'un homme, mais distingué. Je veux dire que quelque chose le distinguait des hommes ordinaires. Cette chose, c'était sa main gauche. Elle sortait trop de l'ordinaire pour qu'il la sortît volontiers de sa poche, cet homme, sa main. Il en avait honte. Elle était en bois. Ce n'est pas que le bois en lui-même lui parût une chose honteuse, à cet homme. Non, même une main en bois qu'il eût trouvée par hasard, il l'aurait serrée volontiers. Que cette main en bois lui appartînt à lui n'était pas non plus ce qui le rendait honteux. Non : il y a des hontes qui ne se raisonnent pas. On pourrait croire que ma fable s'arrête là, avec cette morale déjà forte. Pourtant, je continue, vous allez voir. J'ajouterai d'abord que cet homme, sa honte s'expliquait d'autant moins qu'elle n'était pas seule, sa main gauche, à être en bois, à cet homme. Le bras gauche aussi, il l'avait en bois. Et tout. C'était un homme de bois, un bonhomme en bois. J'aurais dû commencer par là. Je la récite mal, cette fable.

Monologue 4 : Fable

En fait, c'est l'histoire d'un bonhomme en bois, comme on en voit beaucoup, en bois ordinaire. Rien de particulier. Si : sur la tête, on lui avait collé des cheveux très longs. Et j'ajoute : verts. Des cheveux verts. Vous verrez plus tard l'importance de ce détail.

Alors un jour qu'il était sur le bord d'une route, immobile... Bien sûr immobile, je n'ai pas dit que ce fût un robot ! non ! — un bonhomme en bois, tout ce qu'il y a d'ordinaire, sauf que précisément... ça, j'aurais dû le dire, il avait une raison supplémentaire de ne pas bouger, c'est que... (comme je raconte mal !)... ses deux jambes l'apparentaient aux sirènes. Oui : elles étaient soudées. Elles faisaient bloc. Une seule grosse jambe, si vous voulez, mais grosse. Et c'est même ce qui lui permettait de tenir debout, à ce bonhomme en bois, cette espèce de boule cylindrique ; des pieds ne lui auraient pas suffi, vu sa hauteur. Car il était très grand. Immense. C'est même ça qui frappait au premier coup d'œil, j'aurais dû le dire.

Donc, un jour qu'il attendait sur le bord de la route, solidement planté dans le sol, en rang... en rang, oui, parce qu'il y en avait plusieurs, il y en avait même beaucoup des comme lui, ça aussi j'aurais dû le dire au début... des deux côtés de la route ils étaient. Et ils attendaient, en plein soleil. Il y avait bien de l'ombre, sur la route, mais ils ne pouvaient pas s'y mettre parce que c'est eux qui la faisaient, l'ombre, avec leurs longs cheveux verts... Avec leurs cheveux verts ; je ne sais pas pourquoi j'ai dit : longs ; c'est plutôt : larges qu'il faut dire ; comme des feuilles, quoi. Enfin, bref ! ce n'étaient pas vraiment des bonshommes en bois. C'était plutôt des arbres. Les arbres aussi sont en bois. Alors, ils attendaient tous ensemble comme ça. Je ne la raconte pas bien, cette histoire, mais après tout, une fable est une fable. Et puis l'important, c'est ce qui est arrivé, à ce moment-là.

Tout à coup, vous voyez l'enfilade des feuillages verts, n'est-ce pas, des deux côtés du chemin ? — tout à coup, tout au bout de l'enfilade, là où les deux bords ont l'air de se rejoindre à cause de la perspective, n'est-ce pas, et à cause de la couleur verte, on pourrait comparer ça à une bouteille — vue côté cul, n'est-ce pas, à travers son cul, à la bouteille — tout à coup, donc, au bout du goulot de la bouteille, si vous voulez, — et la comparaison s'impose d'avant plus que ce chemin était un chemin d'eau, où ils se miraient, les arbres... oui, c'était un canal, j'ai oublié de le mentionner, je suis impardonnable — tout à coup on entendit : boum !

Et c'est à ce moment-là que la fable commence. Ce n'est pas la fable de la bouteille... Oui, ça aussi je ne sais plus comment je m'y suis pris, j'essaye de rendre les choses nettes et puis, plus elles sont nettes, plus c'est moi qui m'embrouille — oui, j'aurais dû dire carrément que c'était une bouteille, bien que ce ne soit pas l'histoire de cette bouteille que je veuille raconter. Non : en réalité, ce qui avait fait boum, c'était le bouchon. Et voilà la fable : c'est la fable du bouchon.

Donc, il était une fois un bouchon. De liège. Un de ces bouchons qui ont connu le tire-bouchon et ne s'en remettront jamais tout à fait ; capable de flotter mais qui n'en savait rien ; et qui ne s'en serait même pas étonné si on le lui avait dit, car les bouchons flottent parfois, mais ne s'étonnent jamais ; un de ces bouchons dont on dit : mieux vaut boucher le bouchon que de boucher la bouteille, mieux vaut boucher la bouteille que de boucher le vin, mieux vaut boucher le vin que de boucher le buveur. Un bouchon. Rien d'extraordinaire. Mais distingué, cependant. Pas n'importe quel bouchon, puisque le 5 avril 1939 à dix-sept heures trente, c'est ce bouchon-là que j'avais dans la main gauche. Il faisait un soleil adorable, et mon bouchon prenait dans la lumière déjà crépusculaire une couleur tendre, bois de rose. Ma main gauche aussi est en bois de rose. Et quoi qu'il m'arrive, jusqu'à l'heure de ma mort, je crois que je me souviendrai de cet instant qui, avec un bouchon de rien du tout, terminait la plus belle fable de ma vie. Je suis triste de l'avoir si mal racontée.

C'était la fable du bouchon et du fabuliste.

GEORGES 2 : CITIZEN GEORGES

UN : Et alors, tenez-vous bien !... au moment où tout le monde regardait le chèque sans provision qui s'en allait en l'air, pof ! le voilà qui fait ni une ni deux, il vous met sa main en l'air et pof ! d'un coup, il vous renfonce le bouchon, il se lève, il enlève son chapeau, il fait un tête-à-queue et le voilà bombardé directeur du consortium. Rhan !

DEUX : Oh !

UN : Ah, mon vieux, toutes les femmes étaient pour lui.

DEUX : Ah, il est comme ça. Je vous dis qu'il est comme ça.

UN : Ah, mais oui : c'est un homme comme ça.

DEUX : Il faudra que je fasse son portrait, un jour. Pas à l'aquarelle bien sûr, l'aquarelle ne me réussit pas. Mais...

UN : Ni à l'huile, parce que avec l'huile, ces choses-là, ça devient lourd.

DEUX : Pas au fusain non plus, parce que le fusain,

ça s'efface, sitôt qu'on frotte. Et en plus, le fusain, c'est tout noir.

UN : Non, moi je lui ferais son portrait au stylo, voilà tout.

DEUX : Oui. Et pas même un stylo à bille, non, un stylo à encre, tout bonnement.

UN : Oui. Et pas même à l'encre de chine, non, pourquoi pas en chinois ! À l'encre.

DEUX : À l'encre, et en français.

UN : C'est ce qu'il lui faut, à Georges.

DEUX : Et en bon français, parce que faudrait pas que ce soit du français vulgaire !

UN : Oh non !

DEUX : En style noble, il faudrait que ce soit.

UN : Oui, parce que ce qui frappe d'abord, chez Georges, c'est sa noblesse.

DEUX : Voilà. Sa noblesse. C'est par là qu'il faudrait commencer. Et ce ne serait pas du tout cuit, parce que la noblesse de Georges, elle est spéciale, la noblesse de Georges.

UN : La noblesse de Georges. Spéciale. Et comment !

DEUX : Et comment !

UN : Prenez par exemple la noblesse en général, eh bien vous en avez plusieurs.

DEUX : Mais oui. Plusieurs.

UN : Il y a une noblesse d'épée...

DEUX : Il y a une noblesse de robe... oui, de robe.

UN : De robe. Et puis il y a une noblesse d'argent.

DEUX : Oui.

UN : Eh bien Georges, il a une noblesse d'autre chose.

DEUX : Voilà. Georges, sa noblesse à lui, c'est une noblesse d'ivrogne.

UN : C'est une noblesse de plombier.

DEUX : Une noblesse de plombier qui boit.

UN : Mais oui, il est comme ça.

DEUX : C'est comme ça qu'il est, et y a rien à faire. C'est de naissance.

UN : Non, il est comme ça, il est comme ça, il ne changera jamais. Ce n'est pas en...

DEUX : Mais non. Il y en a toujours qui disent : « Georges ? Ha ! il suffirait de... » Eh bien essayez donc, pour voir, que je leur réponds.

UN : Georges ? Voulez-vous que je vous dise ?

DEUX : Oui.

UN : Eh bien il n'y en a pas deux comme lui.

DEUX : Georges ? Pas deux comme lui ? Vous voulez dire qu'il n'y en a pas douze, qu'il n'y en a pas mille, comme lui.

UN : Et simple, avec ça.

DEUX : Une punaise, par moments, il suggère. Tellement il n'est pas fier.

UN : On dirait qu'il n'en revient pas lui-même d'être ce qu'il est.

DEUX : Et il y a de quoi, parce que c'est quelqu'un.

UN : Toujours l'air de s'excuser, il a. C'est le type à vous prendre par le bouton de votre veston, comme ça...

DEUX : Oui...

UN : Il est tout gêné, tout confus, on croit qu'il va

vous dire une bêtise de rien du tout, et il vous dit : vous savez, il m'est arrivé une chose bien curieuse, tout à l'heure, il n'y a qu'à moi qu'il arrive des choses pareilles, je viens de faire sauter l'Arc de Triomphe.

deux : Il vous a dit ça ?

un : Non, il m'a dit autre chose, je ne m'en souviens plus. Mais c'était une chose du même genre.

deux : Ça, c'est bien de lui. Vous ne me ferez tout de même pas croire qu'il vous arrive des choses comme ça, sans qu'on y mette du sien. Même quand on est modeste.

un : Alors je lui dis : tu vas avoir des ennuis avec la police...

deux : Georges ! Avec la police ! Ha !

un : Mais je ne le savais pas, il ne me l'avait pas dit.

deux : C'est vrai qu'il ne le dit à personne.

un : Il ne dit jamais rien. Il serait président de la République, personne ne le saurait.

deux : C'est qu'elle est belle, son usine. Et surtout elle est unique.

un : Vous êtes sûr qu'il n'y en a pas d'autres.

deux : Absolument sûr. Quand vous voyez un bâton blanc dans la main d'un agent de police, n'importe où, vous pouvez être sûr qu'il sort de l'usine de Georges. Il n'y a que lui qui en fabrique. Il travaille même pour l'exportation. Scotland Yard s'approvisionne chez Georges, vous pensez comme il peut avoir des ennuis avec la police !

un : Moi je ne connaissais que son usine de Savigny-sur-Orge, où on fabrique des bracelets-montres.

deux : Des menottes, vous voulez dire.

un : Il fait aussi le bracelet-montre, pour les gens qui ne portent pas les menottes.

deux : Enfin, tout ce que vous voudrez, il est peut-être idiot, il n'a peut-être aucune culture générale, mais il a de l'envergure.

un : C'est un type qui a réussi. Remarquez, ce n'est pas ça qui l'a empêché d'être... euh...

deux : Non, bien sûr, mais ça ce n'est pas lui, c'est sa femme qui...

un : Oui. Et puis ça ne prouve rien.

LA GRENOUILLE

UN : Il y a quelque chose de nouveau, chez vous...
DEUX : Oui.
UN : Qu'est-ce que c'est ? Attendez que je devine... Le lustre, il y était déjà... Ça sent un peu le camphre, mais je l'avais déjà remarqué... Le poste de télévision, y en a pas, mais y en n'a jamais eu... Ah ! y a un paravent !...
DEUX : Vous brûlez.
UN : Oui, mais un paravent, je me connais : ça ne suffit pas pour que je remarque qu'il y a un paravent, un paravent. Faut autre chose. Il y a autre chose. Allez, dites-le-moi, ce qu'il y a de nouveau, dans votre living-room.
DEUX : Justement, ce qu'il y a de nouveau, c'est derrière le paravent.
UN : C'est quoi ?
DEUX : C'est indéfinissable. C'est une présence.
UN : Oui, vous me dites ça parce qu'il y a un paravent devant. C'est à cause du paravent qu'elle est indéfinissable, cette présence. Mais s'il y avait pas de

paravent, on verrait tout de suite la présence de quoi que c'est.

DEUX : Bien sûr. Mais je suis bien content que vous l'ayez sentie sans la voir. Ça prouve que ça rayonne, comme présence. C'est comme quand il y a des fleurs dans une pièce, ce n'est pas tout à fait la même pièce. On sent qu'il y a quelque chose dedans, qui change tout, rien que parce que c'est là.

UN : C'est quelque chose de vivant, hein ?

DEUX : Oui, venez voir, derrière le paravent.

UN : C'est pas la cousine Paulette, non ?

DEUX : Vous brûlez. Non, c'est pas la cousine Paulette. Regardez.

UN : Ah !

DEUX : Hein !

UN : Eh bé !

DEUX : Hé oui, c'est comme ça.

UN : Mazette !

DEUX : Oh ! Faut pas exagérer.

UN : Hé ! dites ! C'est que !

DEUX : Oui, m'enfin...

UN : Votre femme le sait ?

DEUX : Non ! Pensez-vous.

UN : Ben dites donc !

DEUX : Heureusement, elle fait pas de bruit.

UN : Ça, je vous comprends, parce qu'elle est jolie.

DEUX : Oui, hein.

UN : Vous trouvez pas qu'elle ressemble un peu à la fille de Georges.

DEUX : Si. Quand elle sourit, comme ça, en dormant.

La grenouille

UN : Ça, pour une grenouille, c'est une belle grenouille.

DEUX : D'ailleurs, elle fait semblant de dormir.

UN : Oui, parce que pour dormir comme ça sur une échelle, faudrait avoir rudement sommeil.

DEUX : Oh, vous savez, dans un bocal, les grenouilles, ça ne se rend plus bien compte. Ça dormirait sur n'importe quoi. D'ailleurs, quand je l'ai introduite dans mon bocal, elle ne savait même pas que c'était une échelle, cette petite échelle. Et même l'eau qui est dans le fond du bocal, et pourtant, Dieu sait si ça connaît l'eau, les grenouilles, eh bien, elle ne l'a pas reconnue. Faut dire aussi que c'était de l'eau de Seltz. Mais une fois passée l'effervescence des bulles, l'eau de Seltz, y a rien de plus ordinaire comme eau. Non, il lui a fallu une bonne journée pour s'apercevoir que c'était de l'eau. Hein, bibiche ?

UN : Ah, mais, vous savez, faut faire un effort, pour découvrir la ressemblance qu'il y a entre une averse, un verre d'eau gazeuse et un chiffon humide. Se rendre compte que dans l'averse, dans le verre et dans le chiffon y a la même chose : de l'eau, eh bien, c'est déjà de la science.

LA GRENOUILLE : Couac.

DEUX : La v'là qui s'anime.

UN : Elle est causante ?

DEUX : Oui, assez.

UN : Qu'est-ce qu'elle dit ? Hein ? Qu'est-ce que vous dites, Grenouille ?

LA GRENOUILLE : Couac.

DEUX : Veux-tu être convenable.

un : C'est pas joli, ça. Et qu'est-ce que vous faites, Grenouille ?

la grenouille : Je barbote.

un : Vous barbotez. Et puis quoi encore ?

la grenouille : Je mange des mouches.

un : Et puis encore quoi ?

la grenouille : Je monte à l'échelle.

deux : Et puis qu'est-ce que vous faites quand vous êtes montée à l'échelle ?

la grenouille : Je redescends.

un : Oui. Et puis.

la grenouille : Je ne sais plus ce que je fais.

deux : Allons, allons, fais pas l'idiote.

la grenouille : Je barbote. Je mange des mouches.

un : Et quand vous avez fait tout ça, qu'est-ce que vous faites ?

la grenouille : Je ne sais plus ce que je fais. Quelquefois je monte à mon échelle ; quelquefois j'y descends. On m'y voit monter, on m'y voit descendre. Mais bien fort qui pourrait me dire pourquoi je monte et pourquoi je descends. Je ne sais plus.

un : N'est-ce pas quand il va pleuvoir, que vous montez à votre échelle ?

la grenouille : Je ne sais plus. C'est peut-être en effet ce que je devrais faire.

deux : Mais oui. Et quand il va faire beau, comme tu crains la chaleur, tu redescends.

la grenouille : C'est possible, j'ai dû essayer de faire ça, dans les débuts. Mais il pleut tellement souvent. Pour que je puisse monter à chaque fois qu'il pleut, monter ne serait-ce que d'un échelon par demi-heure, vous vous rendez compte de l'échelle qu'il me faudrait ! Et à force de monter, je n'aurais jamais le temps de redescendre quand il ferait beau : le beau temps, ça s'en va si vite.

deux : Oui, mais ça c'est des histoires, parce que pour redescendre, tu n'aurais pas besoin de repasser par tous les échelons. Une belle grenouille comme toi, jeune et tout, ça sait plonger.

la grenouille : Oh, ça, pour plonger comme ça, n'importe où, à condition qu'il y ait de l'eau, d'accord, je crains personne ! Comme grenouille, j'ai appris toute petite à plonger. Plonger, c'est rien. Mais quand il s'agit de viser où on plonge, les grenouilles y en a plus. Non, mais rendez-vous compte, si il fallait que je plonge de cinq ou six mètres de haut dans ce petit bocal, comment que je me casserais la figure à côté !

un : C'est vrai que vous auriez pu lui donner un bocal plus grand, à votre grenouille.

deux : On prend ce qu'on a. Et puis, c'est bien suffisant, c'est un bocal à cornichons, et elle est toute seule dedans. Les cornichons il y en avait une bonne centaine, et ils ne se plaignaient pas.

un : Ah oui, mais c'est pas pareil. Les cornichons, ça leur est égal, quand ils ont pas la place de plonger. Et puis quoi, ils étaient dans du vinaigre ?

deux : Oui.

un : Alors ! C'est pas comparable.

deux : Non, mais c'est pour dire qu'elle est jamais contente.

la grenouille : Je me plains pas.

DEUX : Non, mais tu n'es jamais contente. Y'a toujours quelque chose qui va pas. Tu fais une sale bobine, exprès pour m'embêter.

LA GRENOUILLE : Oh ! Couac, tiens.

DEUX : Comment ?

LA GRENOUILLE : Je vous dis couac. À tous.

DEUX : Voilà. C'est tout ce qu'elle trouve à répondre. Elle est malhonnête.

UN : Pauvre petite bête. Elle a l'air pourtant bien comme il faut, pour une grenouille. Bien fraîche et bien verte. Et distinguée.

DEUX : Oui, distinguée, parce qu'il a bien fallu que je la distingue des autres, pour la mettre dans mon bocal. Je n'allais pas en rapporter une douzaine à la maison. Mais au fond, elle est restée très batracienne.

UN : Ça prouve qu'elle a du caractère. Vous, si on vous isolait dans un bocal, je me demande si vous resteriez humain très longtemps.

DEUX : Moi ? Mais c'est mon rêve, de vivre tout le temps sur une échelle. Et dans un bocal. Bien sûr, pour que je reste humain, faudrait pas me mettre de l'eau dans le fond. Moi, ce qu'il me faudrait c'est plutôt un petit beaujolais, et puis des steacks-frites à la place des mouches.

UN : Pauvre petite bête. Elle a pas l'air de s'amuser. Hein, grenouille, qu'est-ce qu'il y a qui va pas ?

LA GRENOUILLE : Je m'encouac.

UN : Elle est adorable.

DEUX : Oui, hein ?

LA GRENOUILLE : Couac.

La grenouille

deux : Moi, il y a des moments, tellement elle est adorable, je ne sais pas ce que je ferais pour elle !
un : Quoi, par exemple ?
deux : Je ne sais pas. Vous n'avez pas soif ?
un : Si.
deux : Eh bien, c'est ça : je prendrais son bocal à deux mains et hop, à votre santé ! D'un coup, cul sec, souipft !... je me la mettrais dans l'estomac.
un : Gloup ?
la grenouille : Couac.
un : C'est pas très beau l'humanité !

LA MONTAGNE

UN : L'alpinisme. *(Un temps.)*
DEUX : On m'avait dit que c'était le bilboquet.
UN : Ah non, non, je préfère l'alpinisme.
DEUX : Pourtant, vous êtes fort, au bilboquet, non ?
UN : Oui !... mais l'alpinisme, c'est autre chose.
DEUX : Ça, je ne conteste pas. L'alpinisme et le bilboquet, il serait difficile de trouver plus différents, comme sports. Remarquez, l'essentiel, aussi bien avec la montagne qu'avec le bilboquet, c'est de passer un bon moment.

UN : Oui. Oui, mais tout de même, vous savez : l'alpinisme !

DEUX : J'avoue que je suis très mal placé pour en parler. Je connais bien la mer, je connais la forêt, la campagne... Qu'est-ce que je connais encore ? La ville, oui, je connais bien la ville. Mais la montagne, ça ! Zéro ! Je n'y suis jamais allé.

UN : Ah ! la la !...
DEUX : Vous, vous pensez à quelque chose. Vous avez l'œil vague, tout d'un coup. Attendez que je

devine à quoi vous pouvez bien penser. À la petite cousine de Georges ?

UN : Non.

DEUX : Au bilboquet.

UN : Non.

DEUX : À l'alpinisme ?

UN : Oui : à l'alpinisme.

DEUX : C'est drôle. Moi, quand je pense à l'alpinisme, ça ne me fait rien du tout.

UN : Bien sûr. Vous ne savez pas ce que c'est.

DEUX : La prochaine fois que j'aurai des vacances, j'irai voir comment c'est, la montagne. C'est joli ?

UN : Non. C'est affreux, la montagne. Pour aimer la montagne, faut aimer les affres. C'est pas votre genre. Vous, vous avez le tempérament classique. Je suis sûr que vous lisez Racine, pour vous endormir.

DEUX : Oui. J'aime bien Boileau, aussi. J'appelle un chat un chat. Vingt fois sur le métier je remets mon ouvrage, ce que je conçois bien s'énonce clairement, une merveille absurde est pour moi sans appas, et je trouve que le vrai peut quelquefois n'être pas vraisemblable. Enfin tout, quoi. Mais j'ai beau être classique, je ne vois pas pourquoi je n'aimerais pas la montagne. Car enfin, il n'est pas de serpent ni de monstre odieux qui, par l'art imité, ne puisse plaire aux yeux.

UN : C'est pas pareil. Pour aimer vraiment la montagne, faut être romantique. Ouvrez n'importe quel manuel de littérature, vous verrez qu'avant Jean-Jacques Rousseau, la montagne, ça n'existait pas. Tenez, un test, pour voir si vous êtes capable de comprendre les écrivains postérieurs à Jean-Jacques

Rousseau. Essayez de dire d'un air extasié : c'est affreux ! c'est horrible ! c'est épouvantable.

DEUX : Quel tempérament romantique vous avez ! Moi, je préfère le bilboquet.

UN : Même les écrivains modernes, je les comprends. Je vous paye des prunes si vous arrivez à dire convenablement ce qu'ils écrivent, à dire par exemple avec un sentiment de jubilation : oh ! c'est dégueulasse !

DEUX : Non. Décidément, tout ce que vous dites de la montagne, me tente très peu. Je crois que je passerai mes vacances de Noël au nord de la Marne, comme d'habitude.

UN : Vous n'avez pas le sens de la grandeur.

DEUX : Si. J'aime bien le château de Versailles. Il est très grand.

UN : Si vous voulez dire par là qu'il est plus grand que votre appartement, bien sûr. Mais ce n'est pas ce que je veux dire. Vous ne me comprenez pas.

DEUX : Alors, la montagne, c'est affreux ?

UN : C'est effroyable. Vous n'avez pas idée du fouillis que c'est, il y a des coins partout, c'est tout troué, il y a des endroits où le soleil ne vient jamais, ça s'écroule, c'est plein de zigzags. Enfin, c'est un truc qui devrait pas avoir de nom.

DEUX : Faites un effort. Essayez d'être clair. Vous me parlez de la montagne comme si je savais ce que c'était. Ça ne me dit rien.

UN : Attendez. Comment expliquer ce que c'est que la montagne à quelqu'un qui n'en a jamais vu ? Attendez. Vous avez déjà vu la mer ?

deux : Oui.

un : Eh bien, ce n'est pas pareil. Imaginez une mer qui ne bouge pas, mais qui ait tout de même des grosses vagues.

deux : Pas possible.

un : Si. Une mer absolument démontée, mais pas liquide.

deux : Oh... une mer qui ne serait pas liquide, ce ne serait pas une mer.

un : D'ailleurs, de toute façon, il lui manquerait quelque chose pour ressembler vraiment à une montagne. Ce qui frappe au premier coup d'œil, dans la montagne, c'est qu'elle est très grosse. On ne peut pas imaginer une chose plus grosse que la montagne.

deux : Je pense à une baleine.

un : Eh bien, la montagne, c'est une baleine encore plus grosse qu'une baleine. Mettons : un tas de baleines. Baleines qui ne bougeraient pas, qu'on aurait déversées par terre comme un tas d'ordures.

deux : Pouah...

un : Il manque encore quelque chose. Ce serait des baleines très accidentées, plutôt anguleuses que rondes, vous voyez ? Et puis alors, pas du tout élastiques. Des baleines bien dures.

deux : Je ne vois plus très bien. Ça ne ressemble plus du tout à des baleines, ce que vous dites.

un : Pas beaucoup, non. Personnellement, l'idée de comparer la montagne à un amas de baleines ne me serait jamais venue.

deux : Et en quoi c'est fait, la montagne ?

un : Je ne peux pas vous dire. En surface, il y a de la

terre, des cailloux, de la neige. Mais l'intérieur, on ne peut pas entrer dedans. Parce que je ne vous l'ai pas dit, mais dans les montagnes, ce qui compte, c'est surtout ce qu'on ne voit pas : le dedans.

DEUX : Je ne veux pas y aller. Ça me ferait peur.

UN : Pensez-vous ! Il y a des hôtels où on se croirait à Paris.

DEUX : Quand même. Je n'arrive pas à comprendre comment vous pouvez aimer ça, vous qui adorez par ailleurs des choses délicieuses. Comment peut-on aimer à la fois la montagne et le bilboquet ?

BOUTIQUE 7 :
L'HORLOGERIE

un : Bonjour Monsieur. Je suis bien content de me retrouver ici chez vous.

deux : Ah oui ?

un : J'adore les horlogeries. Je vais peut-être vous faire de la peine, mais je vous rapporte votre coucou.

deux : Ah oui ? posez-le là.

un : Vous êtes occupé, je vois. Quelle belle montre vous avez là ! Toute ronde, et hop en l'air ! et hop et hop !

deux : Oui, vous avez le coup d'œil. Contrairement aux apparences, ceci n'est pas un yoyo ordinaire. C'est une montre. Quand elle descend le long du fil, ses aiguillent tournent, dans le sens des aiguilles d'une montre, passant de midi, en haut, hop ! et zioupe, à six heures en bas. Quand la montre remonte, les aiguilles remontent le temps qu'elles ont descendu, de sorte qu'au sommet de sa course, elle marque de nouveau midi, comme si le temps n'avait pas passé. C'est une montre qui n'indique pas l'heure, mais qui mesure l'éternité.

un : Autrefois, j'avais une montre qui ne marchait pas. Oui. Une montre en bois. Elle me venait de mon grand-père, qui est mort quand même.

deux : D'une façon générale, les aiguilles d'une montre ne mesurent jamais que le temps qu'elles ont mis à faire le tour du cadran.

un : Oui. Je n'ai nullement l'intention de faire cadeau d'une montre à ma femme, mais on m'a parlé d'une montre... j'allais dire bracelet, mais justement pas. Pas une montre-bracelet, une montre ceinture. Vous voyez ? Comme sur les radios, vous avez un petit trait vertical qui se déplace, lentement-lentement. Lumineux, ce petit index fait le tour de la taille : au nombril à midi, et à minuit, juste au-dessus des fesses, enfin vous voyez l'endroit, eh bien : juste au-dessus. À ma cousine Paulette, j'aurais voulu l'offrir.

deux : Alors qu'est-ce qu'il a, ce coucou ?

un : Il va très bien, merci. Depuis trois semaines que je vous l'ai acheté. Il va bien. Ça m'ennuie de vous dire ça, mais... tenez je vous le rends. C'est de ma faute. J'aurais dû me rappeler qu'il est normal pour un coucou de dire : coucou ! n'est-ce pas ? de temps en temps. Eh bien ça m'était sorti de la tête. La première fois qu'il a dit : coucou, j'ai sauté en l'air ; ah la vache, j'ai dit. La deuxième fois j'ai essayé de m'y faire, mais non. Pas la peine d'essayer de me corriger. Je ne supporte pas. Voilà. Je ne supporte pas qu'on dise : coucou, comme ça, en ma présence, au moment où je m'y attends le moins. Alors je me suis dit qu'on pourrait peut-être, avec de l'adresse, n'est-ce pas, un tournevis aussi, ou un outil quelconque, n'est-ce pas... Oui j'ai

Boutique 7 : L'horlogerie

pensé, oui, j'ai imaginé qu'avec de la patience on pourrait, ce coucou, l'empêcher de dire : coucou. D'abord, puis, pourquoi pas, le modifier un peu à l'intérieur, qu'il dise autre chose que coucou. Par exemple pour qu'il dise... une seconde j'avais noté sur un papier... oui : pour qu'il dise par exemple : Pimpon... Pimpon : ça me plairait assez, un coucou qui ferait : pimpon. Ou... Ding, ding, tenez, j'ai marqué.

DEUX : Non.

UN : Non. C'est bon, n'en parlons plus.

DEUX : Je peux vous l'échanger. Voulez-vous un oignon, avec sa chaîne ? garantis XVIIIe siècle ? Quand on tire la chaîne, l'oignon vous lance une grande quantité de jus, qui vous fait pleurer. On peut aussi remplacer le jus par du vinaigre ou de l'acide chlorhydrique, et offrir l'oignon à quelqu'un d'autre.

UN : Et ça, qu'est-ce que c'est ?

DEUX : Oh, ça ! c'est un sablier géant pour dune de sable. Je n'en ai que la maquette en magasin, une maquette bien incapable de vous donner ne serait-ce qu'une vague intuition de l'effet produit par l'appareil dans sa grandeur nature. Le dernier que nous avons en magasin vient tout juste d'être expédié au Sahara, où il prendra place au centre du palais impérial d'un magnat du sable. L'objet coûtait d'ailleurs fort cher, mais ces nouveaux potentats ne comptent plus leur richesse, depuis que le sable est devenu une source d'énergie.

UN : Mes moyens sont trop modestes. Et cette horloge, là-haut, qui a l'air si pensive et si mouvante ?

DEUX : C'est l'horloge Henri Bergson. Elle est élastique, selon que le temps passe plus vite ou plus lentement. Dans les deux cas, elle ne donne aucune indication sur l'heure qu'il est.

UN : Je la prends.

DEUX : Cette pendule ne vous dit rien, celle-là ? Elle lance une rafale de mitraillette à chaque fois que votre enfant met ses doigts dans son nez.

UN : Je préfère l'autre.

VIEILLE NOBLESSE

UN : Je vous parle de cela, hélas, il y a bien longtemps ! C'est bien simple, j'étais encore tout petit, tellement petit que dans les omnibus, quand j'avais à voyager avec elle, ma mère, par économie, me cachait dans son étui à lunettes. Ce qui la gênait fort, car elle répugnait à porter ses lunettes en public, et les garder sur ses genoux, au hasard des secousses, c'était risquer de les casser. Pauvre maman, elle était simple, bonne et craintive.

DEUX : Allons, mon cher, vous vous vantez.

UN : De ma mère ? Ce serait à bon droit, et digne du bon fils que j'ai remords de n'avoir pas été tout à fait. Elle était une adorable femme.

DEUX : Je ne parle pas de Madame votre mère, dont je n'ai pas oublié les mérites. Mais je ne puis croire que vous ayez jamais été petit au point de trouver dans son étui à lunettes un asile, même momentané.

UN : Je n'ai point à rougir d'avoir été petit. Et je me suis prouvé assez grand, par la suite, pour qu'on n'osât point trop me venir jeter à la face la petite taille dont ma grandeur était issue.

deux : Mais, cette petite taille, est-ce que je vous la jette à la face ? Elle m'émeut, au contraire. Si petite qu'elle fût, je conteste simplement qu'elle ait jamais pu vous permettre de tenir dans un étui à lunettes.

un : C'est bon.

deux : C'est bon.

un : Voici ma carte.

deux : Je l'accepte. Voulez-vous que je vous la rende tout de suite ? Il n'est pas de petites économies, et je connais depuis si longtemps votre nom et votre adresse.

un : Vous apprendrez ainsi mon numéro de téléphone. Mes témoins seront chez vous demain à la première heure.

deux : Je les recevrai volontiers.

un : Vous les reconnaîtrez. Ils sont les mêmes qui me servaient de témoin, déjà, le jour de mon mariage.

deux : Vous me les avez envoyés bien souvent, et je les reconnaîtrai d'autant mieux qu'ils sont, à moi aussi, mes témoins habituels.

un : Pardieu, je n'y pensais plus. Tant mieux : ils s'entendront sans peine.

deux : Et rappelez-vous : lorsqu'ils eurent entre eux cette querelle au sabre, c'est nous qui fûmes leurs témoins.

un : Comme le monde est petit.

deux : Et plus petit de jour en jour. Un étui à lunettes suffira bientôt à contenir le monde.

un : Hélas. Mais reprenez donc une cacahuète. Cantal ! Holà ! Bercy ! La Garenne !

deux : Je vous envie vos domestiques.

un : N'en faites rien : c'est moi qui suis leur esclave. J'ai eu pour eux tous les égards. Je me suis toujours efforcé de les traiter comme le faisaient nos pères. Jamais ils ne m'ont entendu les appeler de leur prénom, ou de ces noms stupides dont ils s'affublent entre eux depuis 89 : Durand, Martin, Hugo, Merville, Labussière, j'ai conservé pieusement la coutume de leur donner celui de leur province natale. Non plus Champagne ou Labrie, comme dans Molière, mais Vaugirard, Bécon, Daumesnil, Seine-et-Marne. Ma jeune lingère s'appelle Quatorzième. Jamais je ne me suis montré dur, ni même autoritaire. Jamais, par exemple, je ne me suis opposé à ce qu'ils se mariassent entre eux. Mes domestiques ont trouvé en moi la crème des maîtres. Je ne sais comment cela se fait, depuis le jour où mes revers de fortune m'ont forcé de les congédier, je n'ai qu'à crier leur nom, que dis-je ! le murmurer seulement, mieux encore, frapper dans mes mains ? Même pas, le moindre geste, mon petit doigt qui se lève, un rien suffit pour qu'ils accourent, je ne dirai pas sans empressement, non : pour qu'ils n'accourent pas du tout. Je suis obligé de me servir moi-même.

deux : Les domestiques ne sont plus ce qu'ils étaient. Mais nous, le sommes-nous restés ?

un : Hélas ! Les grandes familles se perdent.

deux : Croyez-moi : il n'y a pas que les grandes familles qui se perdent.

un : À quoi bon se révolter. Si vous et moi, qui portons deux des noms les plus anciens de l'histoire de France, au lieu de nous abriter sous des pseudonymes stupides, si tout à coup nous révélions au monde de quels noms prestigieux ils sont les masques, ces noms, ceux de nos pères, qui les reconnaîtrait ?

DEUX : Et pourtant nous étions à Azincourt, nous étions à Tolbiac.

UN : Nous étions à Fontenoy, nous étions à La Rochelle.

DEUX : Et à Périgueux, et à Bar-le-Duc.

UN : Et à Lamarck-Caulaincourt.

DEUX : Et à La Motte-Piquet-Grenelle.

UN : J'en passe.

DEUX : Moi aussi.

UN : Et cela en ligne directe !

DEUX : Car nous ne parlons plus de la branche maternelle !

UN : Ni de la branche grand-maternelle !

DEUX : Ni de la branche arrière-grand-maternelle !

UN : Car ça en fait, des branches, tout ça.

DEUX : Je pense bien, que ça fait des branches.

UN : Mais tenez, rien que du côté de papa, on remonte à...

DEUX : Je pense bien, que vous remontez haut. C'est comme nous, toute la famille, on remonte à... Oh, plus haut que Bouvine, on remonte à...

UN : L'ennui, bien sûr, c'est qu'après il faut descendre de tout ça.

DEUX : Et sans se casser la figure, mais ça, c'est des jeux de mots, parce qu'on peut très bien descendre de... ça n'empêche pas de remonter à... En même temps.

Vieille noblesse 195

un : Nous, dans notre famille, le titre et tout ça remonte, attendez, ça remonte, ça remonte...
deux : Attendez, ça remonte... ça remonte... Voyons, ça remonte... *(Il rote.)*
un : Oui, à peu près

LES RAISONS DES CHOSES
QUI ARRIVENT

un : En tout cas, vous voilà dans un bel état.

deux : Ah ça, pour ça, c'est vrai. Ça c'est une certitude.

un : Et vous ne comprenez pas pourquoi ça vous est tombé dessus, comme ça, tout à coup, pof.

deux : Je viens de vous raconter tout, depuis le début. Vous en savez autant que moi.

un : Enfin tout de même, ça n'arrive pas à tout le monde. Il doit y avoir une raison.

deux : Mais je me creuse ! je me creuse ! Y a pas qu'à vous que je la raconte, cette histoire ! Je n'arrête pas de me la raconter, à moi. Tout, en détail, depuis le début ! ça fait bien cinq cents fois que je me la raconte, et que je ne trouve rien ! rien qui explique que ça me soit arrivé, à moi ! qui explique pourquoi d'un seul coup, tout a tourné de cette façon catastrophique, et que vous me voyez dans l'état où je suis.

un : Deux plâtres, dont un en l'air suspendu à une poulie, votre pied gauche. Un nez cassé, tout le cuir chevelu recousu dans la teinture d'iode. Un œil fermé sous bandeau. Combien de côtes enfoncées, ne vous fatiguez pas à me le répéter...

DEUX : Faudrait que je les recompte. J'ai plus de mémoire, c'est bien simple.

UN : Les deux épaules luxées...

DEUX : On me nourrit avec une paille, et je ne parle pas de mon coccyx, que les médecins n'ont pas vu. Moi-même je ne sais pas où il est passé.

UN : Et la tête s'en va.

DEUX : Oui, je n'ai pas de honte à l'avouer, la tête s'en va.

UN : Tout ça, il va falloir que ça se guérisse.

DEUX : Je guérirai sûrement, seulement, à mon âge, le temps que ça va prendre, il y a de fortes chances que quand je guérirai je serai mort depuis longtemps. Ma guérison, je la vois tout bonnement posthume.

UN : Pourtant, vous étiez si gai, le matin de votre départ ! Vous étiez de bonne humeur, les affaires marchaient merveilleusement ! Pas un instant l'idée ne me serait venue que votre voyage pût se terminer aussi mal. Qui aurait pu prévoir ? Enfin tout de même vous avez dû commettre une erreur quelque part ! ou bien il a dû se passer dans votre entourage quelque chose que vous n'avez pas remarqué, ou dont vous ne vous souvenez pas...

DEUX : Mais si ! je me rappelle tout ! Quand je voyage, j'observe tout et je retiens tout. Dans l'avion, par exemple, s'il y avait eu des terroristes avec des mitraillettes, je les aurais remarqués et je m'en souviendrais. Seulement voilà, j'ai beau creuser, je ne vois rien dans mes souvenirs qui aurait pu m'amener à me méfier, encore moins à prévoir ce qui allait m'arriver. Rien ! Car vous avez raison : le matin du départ tout allait, vraiment, on ne peut mieux. J'adore Washington, et je l'adorais ce matin-là d'autant plus sincèrement qu'on devait m'y remettre cent millions de dollars en espèces, soit cinq cents millions de francs nouveaux qui me reviennent pour mes quatre derniers romans, dont j'ai vendu les droits d'adaptation cinématographique. Pas une grosse somme à proprement parler, mais quand même ; et puis je savais que le président Carter m'attendait pour dîner, et je raffole de cet homme-là. Je le trouve désopilant. Il ne s'en rend d'ailleurs pas compte, Carter, qu'il l'est, désopilant. Mais moi, chaque fois que je mange avec lui, c'est bien simple, je n'arrive pas à avaler une bouchée du repas, tellement je rigole, plié en deux. Il ne comprend pas pourquoi ; il doit s'imaginer que c'est une vieille tradition chez les Français. Bref je m'installe en première classe dans le Concorde, tout va bien, je commande du champagne et tout. Une charmante jeune femme vient s'asseoir près de moi, elle a lu tous mes livres, et ça lui fait vraiment plaisir quand je lui glisse ma main le long de sa cuisse par une fente de sa jupe, pas de ma faute si quatre ou cinq boutons-pression se sont fait la paire, bref : un voyage sans surprise comme j'en fais plusieurs dizaines par an. Voyez-vous quelque chose là-dedans qui aurait pu me mettre sur mes gardes ? non. L'avion se pose à Washington sans le moindre incident. Je me portais parfaitement bien, il faisait beau, j'étais de bonne humeur ; la Cadillac d'un de mes éditeurs est là comme convenu, le chauffeur s'occupe de mes valises ; une petite demi-heure d'autoroute, et nous voici rendus chez la baronne de Rothschild, une petite maison qu'elle a dans les bois, la baronne je dis : pas la mère, non ni la fille mais une cousine beaucoup plus jeune, adorable, qui s'appelle Betsy. Elle me reçoit comme d'habitude en maillot de bain une pièce, elle m'embrasse comme du bon pain, je ne me sens même pas fatigué mais que diable, avant de me rendre à la Maison-Blanche, je me dis qu'un bain serait le bienvenu. Dans ma chambre tout va bien, sur la table je repère une enveloppe, elle contient mes cent mille dollars et je les range dans ma serviette blindée. Bon, je viens de la raconter une fois de plus, cette histoire et je n'y trouve rien que de tout à fait normal, elle frise même la banalité ! À ma place, voyons, est-ce que vous auriez trouvé dans tout ça le moindre sujet de vous méfier ?

UN : Le chauffeur n'avait rien de particulier.

DEUX : Si : neuf mois de plus que la dernière fois. Je le connais depuis dix ans. Le valet de la baronne aussi. Écoutez, une preuve que je me sentais dans une sécurité parfaite : pendant que mon bain coulait, je me suis amusé à téléphoner à Rome et j'ai bavardé gaiement avec mon amie la comtesse de Borghèse. Nous avons ri ! Mais ri !... Bon, je termine mon histoire. J'entre dans la salle de bains ; je me déshabille en chantant « ils sont dans les vignes les moineaux ». J'entre dans l'eau qui est à point, je fais semblant de me laver distraitement. J'ai comme une vague tendance à m'assoupir, mais je me ressaisis, je me lève dans ma baignoire. Je lève un pied pour enjamber l'un des rebords. Mon pied redescend vers le carrelage. Le savon, qui m'avait échappé des mains, était tombé sur le carrelage, je pose mon pied dessus, hop ! je dérape et vlan ! je m'écrase entre le bidet et le lavabo. En un clin d'œil. Ça s'est passé si vite que pour un peu je ne m'en serais pas aperçu. Heureusement, j'avais fait du bruit. Il a fallu qu'on me ramasse. Télégramme d'excuses à Carter, on me met dans le plâtre, vite l'aéroport et le Boeing personnel de la baronne, vite Paris, vite l'hôpital et me voici. Alors, est-ce que vous comprenez, vous ?

un : C'était un savon de quelle marque ?

deux : Fabrication personnelle de la baronne.

un : Et le bidet, l'aviez-vous remarqué auparavant ?

deux : Mais oui, ne faites pas le malin.

un : J'ai vu des agents de la CIA se déguiser en lavabos.

deux : Mais j'ai pensé à tout ça, mon ami ! à tout. Et je n'ai rien, absolument rien trouvé qui explique. Il faut toujours en revenir à ça : le pied qui se lève, le savon sur le carrelage, la glissade, le bidet à droite, le lavabo à gauche et entre les deux moi qui tombe.

un : Non, ce n'est pas possible. Il y a sûrement autre chose. Voyons. Faites le vide dans votre esprit. Réfléchissez. Souvenez-vous. Au fond de votre inconscient, vous savez ce qui s'est réellement passé. Mais vous refusez de vous en souvenir.

deux *pleurant* : Mais non ! Il ne s'est rien passé ! Quoi ! Je prends le Concorde à Roissy, je m'envole, il

Les raisons des choses qui arrivent

fait beau, Carter m'attend, cent mille dollars à mettre dans ma poche, il faisait beau...

UN : Enfin, c'est incroyable.

DEUX : À Washington la Cadillac m'attend. La baronne son maillot une pièce. Un bain et tout et tout et tout et rien et rien et rien...

GEORGES 3 :
LES VACANCES DE GEORGES

UN : Quoi ! Dans le plâtre, vous aussi ?

DEUX : Pourquoi : moi aussi ?

UN : Vraiment, vous m'écœurez.

DEUX : Je vais vous raconter comment ça m'est arrivé.

UN : Est-ce que vous avez jeté un coup d'œil sur moi ? Non. Votre plâtre, vous ne voyez que ça, et ce qu'il y a dedans : vous.

DEUX : Moi, oui. En partie du moins, je suis dans le plâtre.

UN : Et moi ! je n'y suis pas, dans le plâtre ?

DEUX : Si, mais vous, ce n'est pas pareil. Je vais vous raconter comment ça m'est arrivé. Asseyez-vous.

UN : Non ! Je suis déjà assis, figurez-vous. Dans mon fauteuil roulant. Et Georges, ça vous est bien égal, comment il va, Georges ?...

DEUX : Pas égal vraiment. Mais comme il a passé ses vacances en Grèce, je ne vois pas de quoi il se plaindrait, Georges.

un : Et son plâtre ? Vous ne me demandez pas de ses nouvelles ?

deux : Ah, lui aussi ? Bon. Eh bien je m'installe ; vous allez me raconter ça. Je vous raconterai mes vacances après.

un : ... Georges !...

deux : Qu'est-ce qui lui est arrivé.

un : Oh, mais... Moi aussi ça m'est bien égal, ce qu'il lui est arrivé.

deux : Ah !... Alors !...

un : Simplement je préfère que ce soit moi qui vous le raconte, plutôt que Paulette, la pauvre, dans l'état où elle est.

deux : Commencez par Georges, après on verra.

un : Georges. Eh bien Georges, il s'est fait assommer par un crabe.

deux : Assommer ?

un : Oui. Là, au sommet de la tête. Il a senti un choc ici, et puis : poff ! Assommé.

deux : D'où venait-il, ce crabe ? Il tombait du ciel ? La même histoire que pour ce dramaturge grec, là, rappelez-moi son nom...

un : Eschyle ?

deux : Eschyle ! Décidément ça n'arrive qu'en Grèce, ce genre d'histoire. Eschyle... Vous connaissez ?

un : Eschyle, Sophocle et Euripide, oui ! Vous allez vous taire ?

deux : Non, mais l'histoire, vous la connaissez ?

un : ...

deux : Non, mais faut pas vous fâcher. Je vous la

raconte, parce que c'est tout de même assez curieux. Ça commence vers euh... Peu importe. Ça se passe aux environs d'Athènes. Un aigle qui planait dans le ciel au-dessus des collines aperçoit soudain dans un sentier une tortue qui se promène sans se douter de rien. L'aigle se laisse tomber sur elle, la ravit et l'emporte. Rideau. Deuxième acte : dans les rues d'Athènes, en gros plan, Eschyle, beau vieillard de trente-cinq ans environ, flâne, mais avec inquiétude, en prenant soin de ne pas trop s'approcher des maisons, car un oracle lui a prédit qu'il mourrait assommé par une maison qui lui tomberait sur la tête. Sur quoi, acte trois, l'aigle passe au-dessus de lui, voyez comme tout se rejoint et pof ! maladresse ou malveillance, il ouvre un large bec laisse tomber sa proie, gros plan de la tête d'Eschyle recevant la tortue sur la tête d'Eschyle, lequel tombe raide mort, non sans avoir eu le temps de se dire : encore une astuce de l'oracle : la tortue porte sa maison sur le dos, c'est donc bien une maison qui me tombe sur la tête, je suis mort, point final.

UN : Et la tortue, qu'est-ce qu'elle dit ?
DEUX : L'histoire n'en parle pas.
UN : Et l'aigle ?
DEUX : Non plus.
UN : Alors, c'est pas complet.
DEUX : L'aigle et la tortue, vous retrouverez ça dans La Fontaine, probablement.
UN : Et le crabe ?
DEUX : Quoi, le crabe ?

un : Georges, ce n'est pas une tortue qui l'a assommé, c'est un crabe.

deux : Un aigle lui a laissé tomber un crabe sur la tête ?

un : Non, c'est le contraire.

deux : Je me demande ce que vous entendez par : « Le contraire d'un aigle ».

un : Non. Pas le contraire d'un aigle. Le contraire d'une chute.

deux : Je ne vois pas ce que ça peut être, ça : le contraire de la chute d'un crabe.

un : En l'occurrence, le contraire de la chute d'un crabe sur la tête de Georges, c'est la chute de Georges sur la tête. Euh...

deux : Sur la tête d'un crabe ?

un : Non ! sur la tête de Georges. Je veux dire que Georges est tombé la tête la première sur le dos d'un crabe.

deux : De quelle hauteur ?

un : De quinze mètres.

deux : Je ne vois pas pourquoi ce n'est pas le crabe qui est mort, dans ces conditions. En fin de vacances, Georges vous fait au moins dans les quatre-vingt-quinze kilos. Alors de quinze mètres, calculez.

un : Mais il n'est pas mort, ce crabe ! ni Georges ! En fait, le mot « chute » est mal choisi. C'est plutôt « plongeon », que j'aurais dû dire. De quinze mètres, oui ! sur la tête, oui ! Mais dans l'eau. Dans deux ou trois mètres d'eau.

deux : Deux mètres d'eau... Comment mesurez-vous trois mètres d'eau ? — Bien sûr, si c'était de l'eau du robinet, facile ! Vous prenez un mètre et vous mesurez le tuyau qui est au-dessus du robinet. Vous en mesurez trois mètres. Trois mètres de tuyau, trois mètres d'eau, c'est la bonne mesure. On peut faire un proverbe là-dessus. En plomb. Mais Georges, avec ses quatre-vingt-quinze kilos, je ne le vois pas plonger dans un tuyau, même plein d'eau. Surtout d'une hauteur de quinze mètres. Il y a dans votre histoire quelque chose de flou.

un : Je n'ai pas dit : trois mètres de tuyau d'eau. Georges, c'est dans trois mètres de Méditerranée qu'il a plongé. De quinze mètres de haut. Trois mètres de Méditerranée dans le sens de l'épaisseur ; pas trois mètres de surface : trois mètres de profondeur.

deux : Ah oui, je vois. Sur un crabe, au fond de l'eau. Un crabe qui pissait par là.

un : Qui quoi ?

deux : Qui pi, non ! qui pa ! pa ! pa ! qui passait par là. C'est ma machine à écrire, depuis qu'elle est tombée dans un ravin, l'autre jour. On croit taper un A, et puis c'est l'I qui s'imprame sur le papier, ou alors c'est l'inverse, vous voyez ? I qui s'imprame ou A qui s'imprime.

un : Ça c'est la diction. C'est votre diction qui s'est détraquée. Montrez-moi voir ça. Ouvrez la bouche.

deux : Faudrait que j'aille chez le dentiste. C'est là, vous voyez : là. La kinine. La kanane. En haut à droite. Li.

un : Faites : Ah.

deux : Ih...

un : Faites : Ih...

deux : Ah...
un : Faites Ih... ah... Ih... ah...
deux : Ih... ah... (...) Aïe !
un : Voilà. Vous pouvez refermer la bouche.
deux, *clac* : Merci. Maintenant je vais pouvoir vous raconter pourquoi je suis entièrement dans le plâtre.

NOËL

UN : Allez ! N'en parlons plus. Noël, c'est comme le gaz.

DEUX : Je veux bien que vous soyez déprimé. Tout de même, ce n'est pas une raison pour dire des choses que vous ne pensez pas vraiment. Noël, c'est comme le gaz ! Je vous le dis tout net : ce soir je refuse de vous suivre dans cette voie.

UN : Noël, c'est comme le gaz, que vous le vouliez ou non. Il y a des différences, mais ça se ressemble. Le gaz vient par des tuyaux et Noël par la cheminée, c'est différent. Mais c'est pareil en ceci : que le gaz et Noël, ça vient tout seul. Le gaz, on ouvre un robinet ; Noël, on dispose des chaussures. Et puis après, on ne s'en occupe plus. Ça vient tellement tout seul qu'on a l'impression que c'est gratuit. Seulement, il y a des lendemains. Moi, ce matin, chez moi, il y a eu deux coups de sonnette. L'un, c'était la note du gaz, et l'autre, la note du Père Noël.

DEUX : Mon pauvre ami !... ça a dû vous faire un coup !

UN : Deux coups, ça m'a fait.

deux : Oui, je vous comprends. De ce point de vue, le gaz et Noël, c'est un peu la même chose. C'est sournois.

un : Le plus sournois, ce n'est pas le gaz. L'encaisseur du gaz, je le connais. Il est venu en personne. Mais ce n'est pas le Père Noël qui est venu se faire payer. Je l'aurais bien reçu, le chameau ! Non, non. Ce n'était même pas l'encaisseur de Noël. C'était l'encaisseur des grands magasins.

deux : Là, j'avoue que je ne comprends pas. Ça devait être une erreur.

un : Moi non plus, je ne voulais pas comprendre. Mais j'ai tout de suite pensé à autre chose.

deux : C'est ce que j'admire chez vous : cette promptitude à penser à autre chose à propos de tout.

un : À autre chose, mais pas à n'importe quoi.

deux : Voilà ! Il faut que je note ça tout de suite sur mon carnet. Plus tard, j'écrirai un livre sur vous.

un : J'ai pensé à mon tailleur. Rue de la Paix, il habite, mon tailleur. Irlandais, il est, mon tailleur. O'Birriby, il s'appelle, mon tailleur. Je lui commande un pantalon de flanelle au début du printemps, il prend mes mesures, je précise même qu'en prenant mes mesures il me chatouille d'une manière typiquement irlandaise ; huit jours après on sonne, voilà mon pantalon, je l'ouvre, je suis sur le point de l'enfiler, qu'est-ce que je vois ? Mon pantalon, commandé rue de la Paix chez O'Birriby, contient une étiquette cousue, l'étiquette d'O'Birriby ? Non ! L'étiquette du rayon confection des Nouvelles Galeries de la Belle Samarillette !

DEUX : Non !

UN : Si. Remarquez, je ne m'en plains pas, il m'allait très bien, ce pantalon. O'Birriby ne fait peut-être pas ses pantalons lui-même, mais du moins, il sait choisir.

DEUX : Tout de même, quand on s'adresse à un tailleur irlandais...

UN : N'est-ce pas ? Eh bien quand on s'adresse au Père Noël, c'est le même tour de passe-passe. J'ai trouvé dans mes chaussures une éponge splendide, je ne dis pas. Une immense éponge, telle qu'en la fragmentant j'ai de quoi me laver la figure pendant une bonne quinzaine d'années, mais : premièrement il a fallu que je la paye ce matin au saut du lit, deuxièmement au lieu de me la fabriquer lui-même, j'ai la preuve que le père Noël l'a tout bonnement achetée au rayon hygiène du grand Baril de l'Hôtel de Vase. Alors ! est-ce que ça vaut la peine ?

DEUX : Non. Ça ne vaut pas la peine.

UN : D'ailleurs, je ne lui avais pas demandé une éponge. Il s'est trompé. Je lui avais demandé une paire de chaussures.

DEUX : Il a peut-être trouvé que ce n'était pas très commode à mettre dans des chaussures, des chaussures. Une éponge, ça se faufile.

UN : C'est ça. Cherchez-lui des excuses. Non seulement Noël c'est comme le gaz, mais c'est encore pire que le gaz. Car au moins, le gaz, c'est toujours du gaz. Imaginez que vous tournez votre robinet, et qu'au lieu du gaz vous receviez un grand jet de mayonnaise dans la figure. Vous seriez content ?

deux : Dans un sens, je serais content, oui. Je serais content sur le moment parce que j'aime bien la mayonnaise. Attendez, attendez : j'ai dit sur le moment. Oui. Il faut que je réfléchisse. Je crois que je m'en lasserais, finalement. Remarquez : je ne sais pas ce que ça vaut, la mayonnaise, comme combustible. Parce que si ça brûle aussi bien que le gaz, et même un petit peu moins bien, moi je ne tiens pas tellement à être abonné au gaz ; je ne demanderais pas mieux que d'être abonné à la mayonnaise. Mais, évidemment, si la mayonnaise ne brûle pas, ça ne ferait pas mon affaire longtemps ; le temps de manger quatre ou cinq langoustes, et je crois que je reviendrais au gaz. D'autant plus que la mayonnaise, d'abord il vaut mieux la faire soi-même, et puis ça doit encrasser la tuyauterie. Il y a aussi la question du compteur. Un compteur de gaz, quand on lui donne de la mayonnaise à compter, peut-être qu'il ne sait pas comment on fait. C'est difficile de compter de la mayonnaise. Oh ! pas plus que de compter du gaz, bien sûr ! Je n'ai jamais compris comment c'était possible, de compter du gaz. Car enfin, c'est gazeux, le gaz. Ce n'est pas une succession de petits morceaux de gaz mis bout à bout. Enfin, pour en revenir à ce que vous me disiez... eh ben... euh... Vous venez dîner ce soir à la maison ? Il y aura de la langouste.

un : Voyez-vous, quand vous ne comprenez pas un raisonnement que je vous fais, je le supporte très bien. Mais quand vous faites des efforts pour le comprendre, quelquefois j'ai envie de prendre votre tête, de la poser doucement sur une table et de me servir d'un tournevis. Comment expliquez-vous ça ?

DEUX : C'est drôle, ma femme m'a déjà fait la même réflexion. Pourtant, je croyais l'avoir bien comprise votre histoire de gaz et de mayonnaise. Ah... mais peut-être que vous n'aimez pas la mayonnaise ?

UN : J'aime bien le gaz, aussi. Mais avec la langouste, je suis comme vous, je préfère la mayonnaise.

DEUX : Eh bien alors, venez dîner chez moi. Ma femme la prépare admirablement.

UN : Volontiers. Je vous demande simplement la permission d'enlever mes chaussures. Je vais mettre mes éponges. Elles sont toute neuves. Puisque pour vous, ça ne fait aucune différence.

DEUX : Pourquoi me dites-vous ça ? Si vous êtes en colère, adressez-vous au Père Noël. C'est lui qui a confondu. Peut-être qu'il se rappelait seulement que vous lui aviez demandé quelque chose qui prend l'eau, dans ce sens-là, les chaussures et les éponges, c'est pareil.

UN : Vous allez voir, votre derrière, si je le botte avec une éponge.

LE FUSIL ET LE VIOLON

UN, *seul en scène, armé d'un fusil de chasse, vise et tire en l'air* : Je l'ai eu ?
DEUX : Oui, je crois. Vous dérangez pas, je vous l'apporte.
UN : Il était beau, hein ?
DEUX : Oui, oui. C'est un lapin.

> *Un essuie le nez de son fusil avec son mouchoir, et s'assied sur sa canne-pliant. Deux entre, portant par les oreilles un lapin.*

UN : C'est un beau lapin.
DEUX : Vous avez beau dire, moi, il y a quelque chose que je ne comprends pas, dans la chasse. Vous tirez en l'air. Un lapin.
UN : Oui. C'est mystérieux.
DEUX : Je ne vois pas quel plaisir vous pouvez trouver là-dedans.
UN : On casse la croûte ?
DEUX : Oh, non, pas déjà. Pauvre bête. Un lapin.
UN : Non, j'ai des sandwiches.
DEUX : Ah, vous aussi, vous préférez.

UN : Tiens !

DEUX : Quoi ?

UN : Vous êtes venu avec votre fusil ?

DEUX : Où voyez-vous ça ?

UN : Sous votre bras. Ce n'est pas une boîte à fusil ?

DEUX : Non, c'est une boîte à violon.

UN : Oui, mais dedans, il y a un fusil, non ?

DEUX : Non, pourquoi ?

UN : Je ne sais pas... Moi si j'avais une boîte comme ça, j'y mettrais mon fusil.

DEUX : Vous n'avez pas de boîte à fusil ?

UN : Non. J'ai un fusil, mais je n'ai pas de boîte à fusil. Et vous ?

DEUX : Moi, non, je n'ai pas de fusil.

UN : Ben alors, donnez-moi votre boîte, ça me rendra service.

DEUX : Ah, non.

UN : Puisque vous n'avez pas de fusil à mettre dedans, elle ne vous sert à rien.

DEUX : Je n'ai pas de fusil, mais j'ai un violon.

UN : Tiens, c'est drôle. Moi, je n'ai pas de violon, mais j'ai un fusil. C'est juste le contraire.

DEUX : Tiens, oui, c'est drôle.

UN : Et où est-il, votre violon ?

DEUX : Eh bien, justement, je le mets dans ma boîte à violon. Il est là.

UN : Ah ! c'est pour ça que vous ne voulez pas me donner votre boîte.

DEUX : D'une part, oui. Et d'autre part, parce qu'elle serait trop petite pour votre fusil, ma boîte.

UN : Pensez-vous. Ça se démonte.

Le fusil et le violon

DEUX : C'est ça, votre fusil, hein ?

UN : Oui. Il est beau, hein ?

DEUX : Je ne suis pas très connaisseur. Comment ça s'appelle, ça ?

UN : Quoi donc ?

DEUX : L'espèce de petit pois, sur le bout ?

UN : Je ne me rappelle plus. Mais c'est très important.

DEUX : À quoi ça sert ?

UN : Eh bien, il faut que vous l'ayez dans l'œil en même temps que le pigeon, par exemple. Ou sans ça, c'est raté.

DEUX : Il faut se mettre ce petit pois dans l'œil ? C'est dangereux.

UN : Vous !... Pas vraiment dans l'œil. Je veux dire : quand vous voyez entre ces deux petits pois le pigeon, et sur le pigeon le troisième petit pois... comme ça, tenez... À ce moment-là, vous appuyez sur la détente.

DEUX : Et alors, le pigeon se prend pour un pigeon aux petits pois, et il tombe ?

UN : Mais non. Ce n'est pas ça. Oh, zut ! vous me faites marcher.

DEUX : Oh, vous savez, moi, les armes à feu.

UN : Un pigeon aux petits pois !... Vous ne mangez pas ? Faut dire que manger son sandwich d'une main et son fusil de l'autre, c'est pas commode.

DEUX : Qu'est-ce que vous voulez que je vous dise ? Je ne demanderais pas mieux que de vous la donner, ma boîte, mais il n'y a pas de place dedans.

UN : Il est gros, votre violon ?

deux : Non, il est... il est gros comme l'intérieur de la boîte.

un : Vous savez, moi, votre violon, je n'y tiens pas du tout. On dirait que vous avez peur que je vous le prenne ! Pas du tout. Il n'y a que la boîte, qui m'intéresse. Je préfère même que vous la vidiez, avant de me la donner.

deux : Une boîte à violon, ça ne se vide pas comme ça. Et puis, si je vous la donne, où est-ce que je mettrai mon violon, moi ?

un : Enfin ! vous n'allez tout de même pas laisser votre violon dans sa boîte jusqu'à la fin de votre vie ! Ça ne serait pas la peine d'avoir un violon. Moi, quand ma femme achète une boîte de sardines, à peine rentrée à la maison, elle sort les sardines de leur boîte, et jamais il ne lui est arrivé de les y remettre une fois qu'elles en sont sorties.

deux : Les violons et les sardines, ce n'est pas pareil.

un : Ah ?... Alors !

deux : Ainsi, jamais votre femme ne trouvera une demi-douzaine de violons dans une seule boîte. Tandis que s'il n'y avait qu'une sardine par boîte de sardines...

un : Ce ne serait pas une boîte de sardines. Ce serait un étui à sardine.

deux : Justement, ça n'existe pas.

un : Ça ne serait pas la première fois que ma femme achèterait une chose qui n'existe pas.

deux : Dites-moi, votre femme, comment s'y prend-elle pour être aussi séduisante ? L'autre jour, dans la rue, je la suivais distraitement, et tout à coup je m'aperçus que je faisais partie d'un cortège.

UN : Je vais vous dire : ma femme a un secret.

DEUX : Elle a surtout des jambes ! Des jambes qui donnent envie de partir en week-end avec elle.

UN : Non, croyez-moi, ses jambes sont très ordinaires. Seulement voilà, elle a un secret.

DEUX : Quel secret ? Dites vite, il faut que j'en parle à ma femme.

UN : Elle porte des bas.

DEUX : Ah ! Je me disais, aussi.

UN : Votre femme a des jambes ?

DEUX : Oui.

UN : Vite, offrez-lui des bas ! On ne la reconnaîtra plus.

DEUX : Comment dites-vous ? Il faut que je le note.

UN : Des Bas. BAS B comme baiser, A comme amour, S comme Suivez-moi-jeune-homme.

DEUX : Merci. Et comment va-t-elle, votre femme ?

UN : Deux choses m'ennuient. D'abord, elle écoute continuellement RTL, et puis c'est curieux, je croyais lui plaire, et voilà que depuis quelque temps, dès que je m'approche d'elle, elle se sauve. Je suis très malheureux.

DEUX : Permettez-moi de vous parler franchement. Vous avez un charme incontestable, mais il y a quelque chose dont vous ne pouvez pas vous rendre compte. Croyez-moi : consultez un dentiste.

UN : Je m'en doutais.

DEUX : Et puis faites comme moi : matin et soir, lavez-vous les dents.

un : Avec quoi ?

deux : Avec une brosse à dents.

un : Une brosse à dents ? Il faut que je note ça. Prenez mon fusil.

deux : Brosse à dents. Une brosse à dents, et vous retrouvez le bonheur conjugal. Alors, quand vous appuyez sur ces petites pédales, là, qu'est-ce que ça fait ?

un : Ces petites pédales ! Je vous dis que ça s'appelle des détentes. On n'appuie pas dessus avec ses pieds. Vous pensez si ce serait commode.

deux : Vous appuyez dessus avec vos doigts, peut-être.

un : Avec un seul doigt.

deux : Lequel ?

un : Celui-ci.

deux : Ça doit vous gêner, quand vous avez envie de connaître en même temps la direction du vent. Et ça donne un résultat, quand vous appuyez dessus, cette détente ?

un : Oui. Ça fait pan.

deux : Pan ?

un : Oui. Pan.

deux : Et l'autre ?

un : Elle fait pan aussi.

deux : Ah, elles font pan toutes les deux. Oui. Ce doit être bien monotone.

un : Pas pour les pigeons. Ils n'ont pas le temps de s'y habituer.

deux : J'ai entendu : boum, tout à l'heure. Qu'est-ce que c'était ?

un : Boum ? Je ne sais pas. Je n'ai pas remarqué.
deux : Mais si.
un : Alors, c'est que vous appelez boum ce que j'appelle pan.
deux : Peut-être. Ce n'était pas très joli, en tout cas. Même pour les pigeons, ça ne doit pas être bien agréable à écouter. Vous auriez certainement beaucoup plus de succès si vous chassiez avec un violon. C'est plus varié, c'est plus doux.
un : Oui, mais je ne sais pas en jouer, d'abord ; et puis vous savez, les chasseurs, ils ne cherchent pas tellement à faire plaisir aux pigeons. On peut même dire qu'ils font ce qu'ils peuvent pour leur être désagréables.
deux : C'est drôle. Moi, je connais des violonistes, ils ne feraient pas de mal à une mouche.
un : Les chasseurs et les violonistes, ce n'est pas pareil.
deux : Ah !... Alors !...
un : Ce sont deux mentalités différentes.

LA MOTO

un : Prrrrrrrrrrrrrr.

deux : Je voudrais bien savoir pourquoi vous faites ce bruit-là.

un : Hein ?

deux : Ah, ça fait bien, ça. Au début de notre dialogue. Vous pouvez être fier.

un : C'était bien ?

deux : Oh, il n'y a rien à dire ! C'est une trouvaille. Et puis ça vous va bien, c'est joli.

un : Oui, on me l'a dit plusieurs fois, déjà. Faudra pas me le prendre hein ? parce que...

deux : Oh soyez tranquille.

un : Parce qu'on vient de me le prêter. Je ne l'ai pas encore lu.

deux : Qu'est-ce que vous n'avez pas encore lu ?

un : Ce roman, là, que vous avez pris sur le bidon de pétrole. Ce n'est pas de ça que vous me parliez ? Non ? C'est un quiproquo ?

deux : Ah, ce bouquin ? Mais non, ce n'est pas de ça que je vous parlais.

un : Je croyais. Vous aviez l'air content.

deux : D'abord, il ne s'appelle pas qui proquo, ce roman, il s'appelle *Quo Vadis*.

un : C'est ça, *Quo Vadis*. Il paraît que c'est bien.

deux : J'ai vu le film. Ce n'est pas une nouveauté, vous savez, déjà quand je l'ai vu, c'était un très vieux film, puisque c'était des Romains, qui jouaient dedans. Alors si le livre a été tourné avant le film, vous pensez, c'est un document qui doit remonter à la préhistoire.

un : Oh, les romans, c'est toujours la même histoire, il n'y a que la présentation, qui change.

deux : Non. L'histoire aussi, elle change, à force de la raconter.

un : C'est pour ça que je préfère les vieux livres. On est plus près de la vérité originelle. L'autre jour par exemple, j'ai lu le prix Goncourt, eh bien c'est à peine si j'ai reconnu l'histoire. Elle est bien mieux racontée dans Erckmann-Chatrian, par exemple, ou dans l'*Énéide*. C'est bien simple, on ne dirait plus la même.

deux : Question de traduction. Traduire, c'est trahir, qu'il a dit, je ne sais plus qui. Il n'y a qu'à voir ce que Peter Cheney, ou même un écrivain sérieux comme Conan Douille ont fait de la Bible, par exemple. On ne reconnaît même plus les personnages. Et notez bien que la Bible, moi, je la lis en français, traduite du latin, parce que avant elle était en latin, traduite du grec parce que avant elle était en grec, traduite du breton.

un : Mais non, pas du breton !

deux : Ça, j'en suis absolument sûr, c'est un Breton qui me l'a dit.

UN : Puisque vous trouvez ça bien, *Quo Vadis*, relisez-en un bout pendant que je finis de revisser le truc sur le chose, j'en ai pour une minute.

DEUX : Ça fait une demi-heure, que vous essayez de revisser le truc sur le chose.

UN : Voyez-vous, la difficulté, ce n'est pas tellement le truc.

DEUX : C'est le chose ?

UN : Non. C'est les douze rondelles qu'il faut faire tenir entre les deux.

DEUX : On en a pour un bout de temps.

UN : Non, non, je m'habitue, peu à peu. Maintenant, je connais les deux cent quatre-vingt-huit manières principales qu'elles ont de me gicler à la figure, ces douze rondelles. Je néglige les autres, qui sont plus nombreuses, mais qui, justement parce qu'elles sont plus nombreuses, se reproduisent rarement. Et pour chacune des cent quatre-vingt-huit principales, maintenant, j'ai une parade. Alors, si vous voulez bien vous replonger dans *Quo Vadis*... J'en ai pour une seconde... attention... attention... Ça y est... Maintenant, il faut que j'essaye, si elles tiennent, mes rondelles. Une toute petite seconde.

DEUX : Avec vos rondelles, voulez-vous que je vous dise ? Vous n'êtes plus le même. Il y a quelque chose en vous qui me déplaît profondément, quand vous me parlez de vos rondelles. Alors, tâchez d'en finir au plus vite. Vous êtes prévenu.

UN, *loin* : Hein ?

DEUX : *Quo Vadis*. D'abord, je ne vous parlais pas de *Quo Vadis*. Toujours votre manière de changer de conversation, quand vous vous sentez pas à votre aise. Fuyant, voilà ce que vous êtes. Fuyant comme vos douze rondelles. Une rondelle, voilà ce que vous êtes. Ce n'est pas de *Quo Vadis* que je vous parlais, c'est...

un : Prrrrrrrrrrrrrr.

deux : Ah, vous avez deviné ?

un : Ben oui, vous voyez, j'ai deviné.

deux : Et en plus, vous êtes content de vous ?

un : Assez, oui. Je ne peux pas vous expliquer comment je l'ai deviné, parce que vraiment, ça ne s'explique pas, il faut le sentir, avec le bout des doigts, n'est-ce pas... ce qu'il faut faire pour qu'elles tiennent, mes rondelles.

deux : C'est ça. Recommencez à parler de vos rondelles.

un : Quoi ? vous parliez d'autre chose ? Alors, c'est un quiproquo.

deux : Vous savez très bien que non. D'abord il s'appelle *Quo Vadis*, votre bouquin, et puis il ne s'agit pas de ça. Ne faites pas l'innocent.

un : Qu'est-ce que j'ai fait ?

deux : Vous n'avez pas honte de faire un bruit pareil avec votre bouche ?

un : Moi, je fais un bruit avec ma bouche ? Quel bruit ?

deux : Quel bruit ? Tenez, moi aussi, je peux le faire : Prrrrrr rrrrrr.

un : Bravo ! Chapeau. Bien imité. Mais ce n'est pas moi qui ai fait ce bruit-là, c'est le moteur de ma moto.

deux : Votre moto ? Où est-ce que vous voyez une moto ?

UN : Tout ça, c'est ma moto, vous ne pouvez pas la voir, parce que je suis en train de la réparer, alors elle ne ressemble plus vraiment à une moto. Mais le moteur, tenez, il est reconnaissable. Je viens de le faire marcher pour voir si les rondelles qui sont entre le truc et le chose ne sautent pas quand le machin vibre.
DEUX : Ben, dites donc, elle ne fait pas beaucoup de bruit. Votre motocyclette.
UN : Ah, mais, dans la rue, elle fait plus de bruit que ça. Sans ça je ne l'aurais pas achetée, vous pensez. J'aurais plutôt acheté un moulin à café électrique, pour impressionner mes voisins. Non, le bruit du moteur, sans haut-parleur, c'est comme si on n'avait pas de moto. Personne n'en achèterait. Y a un micro sur la culasse, et un haut-parleur sur le garde-boue arrière. Je vous ferai entendre ça demain, quand j'en aurai fini avec mes rondelles.
DEUX : Ah ben oui, ça, je ne dis pas non.

LE TRAIN DE BELGRADE

UN : Vous êtes essoufflé...

DEUX : Oui.

UN : Alors, reposez-vous sur ma chaise longue. J'en ai pour une seconde.

DEUX : Faites vite. Mon taxi nous attend en bas.

UN : J'ai dit : pour une seconde. Vous voyez bien que je suis prêt : mes chaussures, ma cravate, mon water-prouf.

DEUX : Vous avez fait votre valise ?

UN : Elle est là.

DEUX : Vous avez fait pipi ?

UN : Oui.

DEUX : Alors allons-nous-en.

UN : Taisez-vous un peu. J'étais en train de faire quelque chose qu'il faut absolument que je fasse avant de partir, et voilà que je ne sais plus ce que c'est... Ah ! mon stylo ! Vous voyez, pour un peu... je revisse le capuchon de mon stylo et je suis à vous ? Voilà. Attendez que je réfléchisse. Qu'est-ce qu'il y avait encore...

DEUX : Il est midi. Le train part dans une demi-heure.

un : On l'aura. Ah ! Le couvercle de ma tabatière. Où est-il...

deux : Sous votre nez !

un : Sous mon nez ? Qu'est-ce qu'il a, mon nez : je ne sens rien.

deux : Laissez votre nez tranquille ! Il est là, votre couvercle ! Là ! Sur la tête de votre buste.

un : Ah ! merci. Sans couvercle, le tabac se dessèche, par la chaleur qu'il fait.

deux : Et la tête de votre buste, vous ne craignez pas qu'elle se dessèche ? par la chaleur qu'il fait !

un : Elle ? pas de danger ! j'ai bouché tous les orifices. Elle a le nez bouché, les oreilles bouchées, tout bouché. Moi aussi, d'ailleurs, j'ai le nez bouché, ce qui fait qu'il y a quelque chose de commun à cette tête et à la mienne. C'est sans doute la raison de votre méprise : en réalité ce n'est pas mon buste.

deux : C'est vous qui paierez le taxi.

un : La vérité, d'ailleurs, c'est que ce n'est pas un buste du tout.

deux : Alors, foutez-le à la poubelle !

un : C'est une tête de statue. D'une statue qui a été décapitée. Le Septante Octante de la révolution de Nonante. Comme on disait dans ce temps-là.

deux : Emmenez-la avec nous. Si nous ratons le train de Belgrade, on pourra toujours prendre celui de Bois-Colombes.

un : Je ne crois pas que ce soit la même gare. Mais ne vous affolez pas. Je connais bien Belgrade. C'est comme si nous y étions. Qu'est-ce que j'avais encore à faire ?...

DEUX : Votre gaz.

UN : Mon gaz. Vous avez parfaitement raison. Cherchez voir si vous ne trouveriez pas un bout de chewing-gum qui traînerait sur un meuble.

DEUX : Pour votre gaz ?

UN : Ah ! le voilà ! Oui, je me suis résigné à le fermer avec un bout de chewing-gum, mon gaz, vous voyez. Parce qu'il n'y a plus de robinet depuis avant-hier : reste plus qu'un trou. Voilà. C'est un bout de chewing-gum assez ancien. Il a longtemps appartenu à...

DEUX : Je ne veux pas le savoir ! Il est midi deux !

UN : J'abrège. Je bouche mon gaz. Sans précipitation. C'est malcommode, constatez-le vous-même... Parce que le robinet du gaz, je l'ai arraché avant-hier.

DEUX : Il vous gênait ?

UN : Non, mais ça faisait un moment qu'il était sur le point de tomber. Comme une dent, vous voyez ? — c'est des trucs qui agacent. En plus, je n'ai jamais pu supporter les dentistes. Alors ça m'obsédait. Tous les quarts d'heure, j'allais vérifier si mon robinet était encore là. Je n'avais plus le temps de rien faire. Alors, vous pensez ! Avec tout le boulot qui me tombe dessus depuis cette épidémie de choléra dans mon arrondissement, la mortalité qui n'arrête pas de grimper, sans compter le prix de l'essence pour mes sept corbillards. Sept, Monsieur, mais oui ! sept ! Bref, mon robinet : zioupe ! par la fenêtre ! Par une des fenêtres de mes voisins d'en face, là-bas, vous voyez ?

DEUX : Vous vous vous vous vous...

UN : Et puis tout ça ne vous regarde pas. Vous nous

faites perdre du temps. Voyons... voyons... qu'est-ce que j'ai encore à boucher...

DEUX : Rien ! Tout est bouché ! Midi trois ! Téléphonez à la gare, que le train de Belgrade vienne nous chercher devant chez vous, je ne veux plus en entendre parler.

UN : Mais si, mais si, vous verrez, un taxi ça demande cinq minutes. Ou six. Ou sept. Ou huit. Ou neuf.

DEUX : Arrêtez-vous de perdre vos secondes, on dirait que vous les bavez ! Vous pataugez déjà, vos pieds ! dans une flaque de minutes sur le parquet ! vous ressemblez à une fuite.

UN : Je suis de votre avis : filons ! Ma vareuse... mon parapluie... ma houppelande, mon sabre ?...

DEUX : Vous les avez sur vous.

UN : Mais je suis sûr que j'oublie quelque chose. Quelque chose d'important. Rien qu'une seconde, laissez-moi réfléchir... Ah, non... j'ai un trou.

DEUX : Bouchez-le !

UN : Non, non... quand on a un trou, rien n'est perdu. Il suffit de regarder par le trou ; au bout d'un moment, on voit le reste : ce qui manque.

DEUX : Moi, si j'avais un trou, j'irais me cacher dedans. Vous, Belgrade et le reste. Vous surtout, avec votre façon de n'être jamais prêt quand... quand... quand...

UN : Ça y est ! Mon poisson !

DEUX : Votre poisson ?

UN : Heureusement que j'y pense, pauvre petite bête. Je l'avais sorti de son aquarium, comme tous les jours, à la même heure... Ah, je suis malheureux... Où est-il ?...

DEUX : Pas chez lui.

UN : Non, non... Il a dû aller se promener dans des endroits invraisemblables. Vous ne pouvez pas savoir, ce qu'il peut leur passer par la tête, à ces petits oiseaux sans plumes ! ils sont fous, voilà fous !... pourvu qu'il ne lui soit rien arrivé...

DEUX : Je ne vous comprends pas. Laisser un poisson en liberté ! dans un appartement ! et je suis sûr qu'il est parti sans eau. Vous n'avez même pas pensé à lui acheter un bidon.

UN : Occupez-vous de vos poissons ! J'élève le mien comme je l'entends. J'ai des principes.

DEUX : Tout le monde a des principes. Moi aussi. Moi, mes poissons, je ne les sors pas. Jamais.

UN : Ça prouve que vous n'aimez pas les animaux.

DEUX : J'ai même horreur des animaux. Mais je garde assez de contrôle sur moi-même pour qu'ils ne s'en aperçoivent pas. Mes poissons, je les fais surveiller par un vétérinaire. Et si je ne sors pas mes poissons, n'importe quel vétérinaire vous dira pourquoi : les poissons, ça ne leur réussit pas, de prendre l'air.

UN : Un poisson, c'est un être humain, au même titre que tout le monde. Il n'est pas dans le buffet. Mais cherchez donc avec moi au lieu de m'écraser avec votre puritanisme !

DEUX : Il y a quelque chose de brillant, là-bas...

UN : Où ?

DEUX : Qui bouge. Derrière la glace de votre armoire à glace.

un : C'est lui ! Pauvre petite bête ! Il est tout froid. Ce qu'il lui faut, c'est un bon bain bien bouillant, dans son aquarium.

deux : Moi, ma sœur, elle leur payait des vacances tous les ans.

un : Où ça ?

deux : Dans l'huile.

un : Ils devaient être surpris.

deux : Surtout au bout d'un moment, quand elle avait allumé le gaz sous l'huile.

un : Plouc ! le voilà qui se couche. Il va s'endormir. Tout doucement... doucement... Et comme vous le voyez là, il ne se réveillera pas avant... Quelle heure est-il ?

deux : Plus de midi et quart ! Andouille !

un : Alors en effet, faisons vite. J'oublie encore quelque chose.

deux : Oui. Votre chapeau.

un : Où est-il ?

deux : Dehors. Je viens de le jeter par la fenêtre. Sur le toit du taxi.

un : Vous avez bien fait. Ah ! j'allais oublier ma montre.

deux : Vous en avez déjà une. En route.

un : En réalité, j'en ai trois. Une, deux, trois. Il est vrai qu'elles marquent toutes la même heure.

deux : Je suis parti !

un : Attendez ! À quelle heure vous dites qu'il est le train pour Belgrade ?

deux : Midi vingt-cinq.

un : Et quelle heure vous dites qu'il est ?

deux : Midi un quart.
un : Alors, c'est que votre montre retarde. Il est midi vingt-huit. À mes trois montres.
deux : Vous ! vous ! vous !
un : Oui. Il est en train de Belgrade de démarrer.
deux : Tant pis ! Venez ! Nous prendrons le train de Lisbonne ! Il y en a un vers treize heures quinze.

PERSÉCUTION

un : Vous êtes sûr que c'est à nous qu'ils en veulent ?

deux : À qui voulez-vous que ce soit ? Il est minuit, y'a personne dans les rues, et à chaque fois que nous changeons de route ils nous suivent.

un : C'est peut-être des admirateurs. (Marchez plus vite, j'ai une chaussure qui me lâche).

deux : Je ne sais pas si c'est des admirateurs, mais quand nous sommes sortis du studio, rue du Ranelagh, ils étaient là, dans la porte cochère en face. Ils nous attendaient. C'est la rue quoi, ici.

un : La rue de la Pompe.

deux : Vous les voyez ?

un : Non, ils sont encore dans l'avenue Mozart.

deux : Allez, hop, au pas de course, on va prendre l'avenue Victor-Hugo.

un : Ma chaussure va me lâcher. Ma chaussure me lâche ! J'ai été lâché par ma chaussure.

deux : Ça y est ! On les a semés. On est dans l'avenue Victor-Hugo.

un : Ma chaussure aussi, je l'ai semée.

deux : C'est malin ! Pourvu qu'ils ne la reconnaissent pas.

un : Si j'allais la rechercher.

deux : Restez là. Collez-vous bien contre la porte.

un : Il y a bien longtemps que je n'avais pas songé à Victor Hugo. Quel grand homme, Hugo !

deux : Rentrez le ventre. Votre ventre n'est pas dans l'ombre. On dirait un ballon de football, et naturellement vous vous êtes habillé en blanc.

un : Attendez, je vais me noircir l'abdomen avec mon stylo.

deux : Chut ! les voilà.

un : Si ils prennent l'avenue Victor-Hugo, qu'est-ce qu'on fait ?

deux : On les laisse passer.

un : On pourrait peut-être essayer de leur faire peur en criant « hou » dans le noir, et alors ils se sauveraient.

deux : Ça y est, je les vois. Qu'est-ce que je vous disais, andouille, voilà le grand qui ramasse votre chaussure.

un : Mince.

deux : Il la flaire, il la donne à l'autre. L'autre la met dans sa poche ; ça y est, ils viennent, ils vont nous passer devant, on va tâcher d'écouter ce qu'ils disent.

deux : Et mon ventre, qu'est-ce qu'on en fait ?

un : Tenez, prenez mon chapeau. Les voilà.

Passant.
A.B.
Murmures.

A : Kréponiek, bubon, kréponiek chatoum epoustomaille.

B : Epoustométron, piss cailloubi, bubon. Este akropek vani, vanira croubinief.

A : Na, na, bubon.

B : Ti, ti, bubon, tititi. Naraillou Kréponiek. Similou-similocène, agadi, révolapouste, parabo.

A : Téti, astéti, cuncta terrarum subacta, biribim Kréponiek Georges kur Paulette.

A : Georges kur Paulette foutra-pétrombine, garaillou.

A : Na, na, bubon.

B : Ti, ti, bubon, estime mocassin puss Georges, kur den mist profonde aparabim miste 22 long rifle.

A : Egonè, lambène Mercélis Verlant ? Kur bis escampetouménos ?

B : O.K. O.K. *Ils passent.*

DEUX : Eh bien, comme ça, nous voilà renseignés.

UN : Oui. Je peux dire adieu à ma chaussure.

DEUX : C'est tout l'effet que ça vous fait.

UN : Je peux garder votre chapeau ? Je vous le rendrai demain.

DEUX : Vous n'avez plus besoin de cacher votre ventre, puisqu'ils sont sortis.

UN : C'est pas pour mon ventre, c'est pour mettre à mon pied, là où je n'ai plus de chaussure.

DEUX : Ça y est, ils enfilent la rue de Tilsitt.

UN : Ben pendant ce temps-là, moi, je vais enfiler votre chapeau.

DEUX : Je vous le disais ! Je vous l'ai toujours dit ! qu'il fallait pas faire de l'actualité ! qu'on finirait par se faire remarquer. Eh bien maintenant, ça y est, nous sommes remarqués. Et par des espions, encore ! Parce que ces deux-là, vous ne vous en êtes peut-être pas aperçu, avec votre ventre ridicule, mais ils ne parlaient pas français, ils parlaient espion.

UN : Ah, c'était de l'espion, ce qu'ils disaient.

DEUX : Parfaitement. Je le sais parce que je l'ai appris, l'espion. Je parle l'espion couramment. Eh bien j'aime autant vous dire que ces deux-là ne nous ont pas à la bonne.

UN : D'ailleurs c'est bien simple, celui qui m'a fauché ma godasse, il vous ressemble comme deux gouttes d'eau.

DEUX : Pardi ! C'est pour ça qu'il ne m'aime pas. Et l'autre, vous l'avez vu avec son ventre ? On aurait juré que c'était vous.

UN : Si on les suivait pour voir où ils vont. Garadi barbou, bubon ?

DEUX : Vous parlez l'espion aussi ? Alors, on y va, suivons-les, j'ai justement mon 22 long rifle sur moi.

UN : Moi aussi. En route ! Parlons espion pour qu'on nous reconnaisse pas.

DEUX : Vite, enfilons la rue de Tilsitt ! — Tiens, regardez, il y en a un qui a perdu sa godasse.

UN : Attention ! Ils nous attendent sous la porte cochère !

DEUX : Kréponiek, bubon, kréponiek chatoum epoustomaille !

UN : Ti, ti, bubon, agadi révolapouste parabo.

DEUX : Biribim !

UN : Egonè, biribim ?

DEUX : Biribim, je vous dis, savez ce que ça veut dire biribim ?
UN : Pouste !

Coup de feu.

DEUX : Qui c'est qui a tiré ? C'est eux ou c'est nous.
UN : Me suis pas rendu compte.

Loin.

A : Qui c'est qui a tiré, c'est vous, ou c'est nous ?
B : Sais pas !

Loin.

UN-DEUX : Nous non plus.

LA BOÎTE D'ALLUMETTES

UN : Le célèbre détective craqua une allumette et fixa le spahi dans les yeux : Auriez-vous l'obligeance, scanda-t-il avec force, de me dire l'heure qu'il est ? — Un trouble étrange s'empara du spahi : je n'ai pas de montre, blêmit-il, je vous le jure. — Qu'est-ce qui vous prend, patron, s'étrangla Potasse, qui était à cent lieues de comprendre le stratagème de son chef. Cependant celui-ci faisait mine d'allumer son cigare en pensant à autre chose. Un silence lourd pesait sur les cerveaux. Soudain, le fin limier fit volte-face et ponctua : Et ça, qu'est-ce que vous en pensez, Feld-Marchal Bittenberg ? Il exhibait un lacet de chaussure. Oh, laissa échapper Potasse dans sa surprise. Car il était impossible de s'y méprendre, c'était bien là un lacet du type employé lors de la Dernière Guerre par la Wehrmacht. Le spahi, pâle comme un mort, n'avait pu réprimer un coup d'œil furtif vers son pied droit. Mais déjà Potasse s'était jeté à plat ventre et maintenait sa cheville à pleins poumons dans sa poigne d'ancien champion de lutte gréco-romaine : Ah ! je te tiens, se cramponnait-il avec une rage mêlée de dégoût. Tous se précipitèrent la tête en avant pour mieux voir. La bottine droite du pseudo-spahi n'avait pas de lacet, mais bel et bien une misérable ficelle du modèle le plus commun. Je suis fait, fait comme un rat, siffla le soi-disant poilu entre ses dents, avec un accent germanique auquel on ne pouvait pas se tromper.

DEUX : Vous avez du feu ?

UN : Oui. C'est bien, hein ? Moi j'aime ça, quand c'est logique.

DEUX : Oui. Tout ça, c'est de la déduction, pas ? Vous ne trouvez pas que ça ressemble un peu à Conan Douille ?

UN : C'est le même genre. C'est du roman policier scientifique. C'est pas tellement ce qui se passe qui plaît, c'est la manière de raisonner. Vous avez lu Edgar Pou ?

DEUX : Edgar Pou ? non. Mais j'ai lu Edgar Poé, c'est bien un peu le même système. Un autre Edgar, tenez, c'est Edgar Wallace.

UN : Ah oui, mais c'est pas pareil. C'est déjà plutôt du roman d'aventure.

DEUX : Vous avez du feu ?

UN : Je vous ai donné ma boîte d'allumettes. Moi ce qui me plaît, ce n'est pas le genre américain, c'est le genre anglais. Le genre Sherlock Holmes.

DEUX : Tout de même, les Anglais, c'est toujours un peu froid. Moi je préfère votre histoire de spahi. Il y a le mystère, il y a le problème à résoudre, mais il y a aussi le style. On sent bien que c'est français. Je ne crois pas, vous savez, que vous m'ayez donné votre boîte d'allumettes.

un : Moi, dès le début, j'ai senti qu'il y avait quelque chose de louche du côté du lacet, et même je m'étais dit : pourquoi ne veut-il jamais montrer son pied, ce spahi. Seulement, je n'avais pas fait le rapprochement entre les deux. Mais si, vous me l'avez demandée tout à l'heure et je l'ai posée sur votre paquet de cigarettes.

deux : Ce qu'il y a de bien, c'est qu'on a tous les éléments du problème en main. Alors il suffirait de réfléchir pour découvrir soi-même le coupable. Seulement, on est trop paresseux, on préfère attendre la fin. Si vous l'aviez posée sur mon paquet de cigarettes, elle y serait encore, votre boîte d'allumettes.

un : Ah ! et puis tout de même, ce n'est pas donné à tout le monde, de savoir réfléchir. La plupart des lecteurs n'ont aucune idée de ce que peut être une déduction. En tout cas je ne l'ai pas avalée.

deux : Je ne l'ai pourtant pas mise dans ma poche.

un : Cherchez-la, mon vieux, moi aussi, je voudrais bien en griller une avant le dernier chapitre.

deux : Où voulez-vous que je la cherche, puisque je ne sais pas où elle est ? Vous êtes drôle ! C'est pas un volume, c'est dix-huit volumes qu'il aurait fallu à votre détective pour retrouver son faux spahi s'il n'avait pas su où le chercher. Vous le voyez mettre son chapeau et enfourcher sa motocyclette comme ça, sans avoir réfléchi ? Et se lancer à travers les cinq continents, tête baissée, au hasard ?

un : Non, c'est vrai. Il n'y a qu'une méthode, c'est

de s'enfermer dans une chambre où il fait bien noir, de s'allonger autant que possible, de fumer la pipe et de réfléchir.

DEUX : On ne peut pas fumer la pipe, puisque votre boîte d'allumettes a disparu. On peut éteindre la lumière. Mais l'essentiel, c'est de réfléchir.

UN : Réfléchissons. Il s'agit d'une boîte d'allumettes.

DEUX : D'une boîte d'allumettes. Alors. Caractéristiques de cette boîte d'allumettes. Elle se présentait, si mes souvenirs sont exacts, sous la forme d'un parallélépipède rectangle.

UN : Allez-y, je vais prendre des notes.

DEUX : La face supérieure rouge, avec des inscriptions blanches. Les deux faces latérales marron, constituant les frottoirs. Les trois autres faces étaient bleues.

UN : Une, deux trois et trois six. C'était donc un parallélépipède rectangle à six faces.

DEUX : Oui, mais formant tiroir.

UN : Vous allez avoir du mal à me rendre compte clairement de cette particularité. On ferait mieux de sauter.

DEUX : Vous savez bien qu'il ne faut rien sauter. C'est comme ça qu'on néglige le détail révélateur.

UN : Laissez-moi mener l'enquête. Après tout, c'est moi qui l'ai achetée cette boîte d'allumettes. Alors répondez-moi, je sais où je vais. Quel était le contenu de ce parallélépipède rectangle ?

DEUX : Il contenait des petits bouts de bois, eux-mêmes parallélépipédiques rectangles, mais d'une forme plus allongée. À l'une de leurs extrémités, un enduit chimique de couleur marron...

UN : Glissez, mon vieux.

DEUX : Quand on mène une enquête, on n'a pas le droit de glisser.

UN : Combien y avait-il d'allumettes dans ce paralléli... dans cette boîte ?

DEUX : Je n'en sais rien. Je ne les ai pas comptées.

UN : Alors, il vaut mieux y renoncer tout de suite. Si nous retrouvons une boîte d'allumettes, nous ne pourrons jamais savoir si c'était bien celle que nous cherchions.

DEUX : Voulez-vous me donner un instant la direction de l'enquête ?

UN : Prenez-la.

DEUX : Passez-moi le cendrier que je vérifie les mégots.

UN : Voilà, voilà. C'est passionnant, hein.

DEUX : On va aisément arriver à quelque chose. Attendez. Pouce !

UN : Pourquoi, pouce ?

DEUX : Parce que je vais tout de même chercher vos allumettes dans ma poche pour qu'on puisse continuer de fumer. Je suis sûr qu'elles y sont. Après on fera comme si on n'avait rien vu, et on reprendra l'enquête.

GEORGES 4 :
LE RÊVE DE GEORGES

UN : Ne me réveillez pas avant que je le veuille ! Par les fleurs, par le daim qui tremble sous la feuille, par les astres du ciel ne me réveillez pas : je dors.

DEUX : Je le sais bien, que vous dormez. C'est pas une raison pour ne pas me dire bonsoir.

UN : Allez-vous-en. Je dors. Vous m'embêtez.

DEUX : Dites donc, mon petit bonhomme, si vous vouliez pas que je vous embête, fallait pas rêver de moi. Si vous croyez que ça m'amuse de faire de la figuration dans vos cauchemars ! Moi je serais mieux tranquillement chez moi, à dormir de mon côté.

UN : Avec ça qu'ils doivent être folichons, vos rêves. Ah oui ! Je vois ça d'ici, une belle collection d'obscénités.

DEUX : Pas vrai. Mes rêves sont toujours d'une haute tenue. Même quand je dors, moi, je suis convenable. J'ai été élevé chez les Pères.

UN : En tout cas je vous ferai remarquer que dans mon rêve, en ce moment, il ne se passe rien de répréhensible. Vous ne pouvez rien me reprocher. Je ne rêve ni de votre femme ni de votre cousine Paulette.

DEUX : Non, mais vous y pensez.

UN : C'est parce que vous êtes là. D'ailleurs, je ne suis pas du tout certain que ce soit mon rêve, tout ça. Ce serait le vôtre que ça ne m'étonnerait pas tellement. Parce que dans mes rêves d'habitude, c'est beaucoup plus agréable. D'abord je ne rêve jamais de vous...

DEUX : Oui, eh bien, moi non plus, je ne rêve jamais de vous. Et pour ce qui est de mes rêves, je vous garantis que quand je rêve, c'est autre chose.

UN : Enfin, que ce soit vous ou que ce soit moi qui rêve, faut avouer que c'est pas brillant.

DEUX : C'est exactement comme si on ne rêvait pas. C'est à se demander si ce qu'on fait en ce moment, ce ne serait pas de la figuration dans un rêve de Georges.

UN : Oui. Ça, ça serait bien de lui, de faire des rêves aussi stupides.

DEUX : Ah ! ben oui, c'est sûrement Georges qui est en train de rêver de nous, regardez, je le reconnais bien, c'est le living-room de sa maison de campagne.

UN : Oui, oui. Je le reconnais. C'est le *living-room* de Georges. Et la chose que vous êtes à cheval dessus, c'est la motocyclette de Georges.

DEUX : Oui. Et voilà la femme de Georges.

UN : Ah oui. Je ne la connaissais pas.

DEUX : Moi non plus. Je ne savais pas qu'elle était en bronze.

UN : Elle ressemble à un obus.

DEUX : Mais c'est un obus. Georges a épousé un obus.

UN : Je ne savais pas.

DEUX : Il a fait son service dans l'artillerie.

UN : Il aurait pu le choisir, son obus. J'ai rarement vu obus aussi affreux.

DEUX : Les obus, on les prend comme ça vient.

UN : Puisqu'on est dans le rêve de Georges, tenez, on va lui montrer ce qu'on sait faire. Imaginez que je suis un canon.

DEUX : Pas besoin de l'imaginer, il y a longtemps que je le sais, que vous êtes un canon.

UN : Alors passez-moi donc la femme de Georges.

DEUX : Bonne idée. Ouvrez la bouche.

UN : J'espère que ça ira comme calibre.

DEUX : Ouvrez-la plus grande que ça.

UN : Aaaaaaaaaah...

DEUX : Voilà.

UN : Ham !

DEUX : Vous pouvez y aller. Mais ne faites pas trop de bruit, faut pas que Georges se réveille. Vous êtes prêt ? Feu !

UN : Boum !

DEUX : Et voilà. Georges doit être rudement content que sa femme lui soit sortie de la tête.

UN : Ça fait du bien de faire boum de temps en temps. Mais j'aurais dû la bombarder par la fenêtre. Le plafond, maintenant, il a un grand trou.

DEUX : Mais non. C'est pas un trou, ça.

UN : Vous avez raison, ce n'est pas un trou. Qu'est-ce que c'est ? Ça me rappelle quelque chose.

DEUX : Oui. Attendez. Je connais.

UN : Moi aussi, mais je ne sais plus ce que c'est.

DEUX : Je l'ai entendu y a pas longtemps.

UN : De qui ça peut bien être...

deux : C'est pas de Beethoven ?

un : Si ! C'est son concerto pour violon et orchestre. Vous faites bien de me le dire. Où est mon violon ?

deux : Vous alors ! C'est bien le moment de chercher votre violon !... Dépêchez-vous, c'est commencé, vous allez être en retard.

un : C'est de la faute de ma femme, il a fallu absolument qu'elle me prépare des sandwiches. À chaque fois c'est pareil.

deux : Vous avez votre billet ?

un : Vous en faites pas, j'ai déjà fait un trou dedans. Le train pour Bar-le-Duc, s'il vous plaît, c'est bien sur le quai numéro 2 ?

deux : Oui, mais il est parti. Avec un peu de chance, vous pourrez peut-être encore l'attraper sur le quai numéro 3. Mais si vous ne voulez pas courir, je vous conseillerai d'aller tranquillement l'attendre sur le quai 80 ou 90, là vous aurez le temps, d'ici qu'il arrive.

un : Je suis fatigué. C'est bien de Georges, de rêver des bêtises pareilles. Ça ne vous va pas du tout, l'uniforme de chef de gare.

deux : Comment, de chef de gare ! C'est ma panoplie de chef d'orchestre. Avec un petit drapeau de chef d'orchestre.

un : Oui, mais le sifflet ?

deux : Au bout du cordon ? C'est pas un sifflet, c'est une petite flûte.

un : Oui. C'est une flûte de Pan. À chaque fois qu'on fait pan avec, ça lui fait un petit trou.

deux : Je croyais que c'était des bulles, ces petits trous. On m'avait dit que c'était la fermentation.

un : Non, ce n'est pas une flûte de Gruyère. Je vous dis que c'est une flûte de pain. Le gruyère, il est à l'intérieur.

deux : On trouve des sandwiches, dans le rêve de Georges, en ce moment.

un : Non, pensez-vous. C'est votre femme qui me l'a préparé.

deux : Oui, je vois. Ce que vous prenez pour du gruyère, dans votre sandwich, ce n'est pas du gruyère.

un : C'est quoi ?

deux : C'est ma femme.

un : Votre femme ? Ah oui. Bonjour, Madame.

deux : Qu'est-ce qu'elle dit ?

un : Tenez, je vous la passe. Au revoir, Madame. Je vous passe votre mari.

deux : Allô, c'est toi Bibiche ? Comment ça va ? Toujours mal aux oreilles ? Oui, je suis avec lui dans le rêve de Georges. Georges, tu sais. Je rentrerai quand il se réveillera. Elle vous dit bonjour.

un : Dites-lui que moi aussi.

deux : Lui aussi. Oui, il a l'air toujours aussi idiot. Il porte le traditionnel maillot blanc de l'Olympique de Marseille. Et voici qu'à leur tour entrent les joueurs du Red Star, au pas de course, il fait un temps splendide, les tribunes sont couvertes de monde, les joueurs s'alignent, un coup de sifflet, le ballon est parti, il est parti comme un obus. Le voilà qui passe en trombe devant notre micro...

un : Brrrrr !...

deux : Vous avez entendu le fracas de son moteur, il a maintenant près de deux tours d'avance devant Georges.

un : Brrrrr !...

deux : ... et la cousine Paulette.

un : Brrrrr ! Brrrrr ! Brrrrr ! Qu'il fait froid.

deux : C'est le vent. Brrrrrrrrr...

un : Vous avez tort de conduire si vite. Brrrrrrr...

deux : Je conduis comme je peux. Brrrrr.

un : Comment, comme vous pouvez ?

deux : Je ne sais pas conduire. Brrrrr...

un : Même en rêve ? Brrrrr...

deux : Même en rêve. Brrrr...

un : Alors, passez-moi le volant, on va se tuer. Brrrrr.

deux : Je voudrais bien, mais y en a pas. Brrrr...

un : Où est-ce que vous l'avez mis ? Une auto de course, il y a toujours un volant ! Brrrr...

deux : C'est peut-être pas une auto de course. Brrr.

un : Alors, qu'est-ce qui ferait ce bruit-là ? Brrrr...

deux : Sais pas. Peut-être un moustique. Brrr.

un : Ah bon. Alors, si c'est un moustique, faut pas faire ce bruit-là. Les moustiques, c'est pas Brrr... C'est Bzzz...

deux : Tiens, un moustique. Bzzzzz...

un : Tâchez de l'attraper. Bzzzzz.

deux : Ça y est, le voilà qui passe.

Bruit de claque.

un : Voilà.

deux : C'était pas un moustique.

un : Qu'est-ce que c'était ?

deux : C'était moi. Regardez dans le creux de votre main, me voilà tout aplati.

un : Oui. Vous bougez encore.

deux : Je vous jure. C'est bien la dernière fois que j'accepte de jouer un rôle dans les rêves de Georges.

un : Quel sale type. Je te m'en vais le réveiller en sursaut, vous allez voir ça.

deux : Ah oui, parce que moi je veux bien rendre service, mais y a des limites. Qu'est-ce qu'elle va dire, ma femme, en me voyant rentrer comme ça, tout aplati.

un : Je vous dis qu'on va le réveiller. Venez.

deux : Où êtes-vous ?

un : Là, sur sa table de nuit.

deux : Je ne vous vois pas. Il fait nuit sur la table de nuit.

un : C'est moi, le truc phosphorescent. Qui fait du bruit. Vous m'entendez ?

deux : Non.

un : Tic, tac, tic tac...

deux : Ça y est, je vous entends.

un : Tic tac... Je suis le réveil à Georges... Tic, tac, tic, tac... appuyez-moi sur le nez, tic, tac, tic, tac.

deux : Là !

Sonnerie de réveil.

un : C'est fini. Georges se réveille.

deux : On peut s'en aller.

L'AUTO

un : Vous entendez quelque chose ?

deux : Non.

un : C'est ce qu'il faut.

deux : Vous êtes sûr que nous roulons ?

un : C'est une splendeur, cette automobile. Bien sûr, que nous roulons. Ce n'est tout de même pas les maisons qui roulent, et vous voyez bien qu'elles défilent.

deux : De ce côté-là, oui.

un : De l'autre côté, aussi.

deux : Ah oui... de l'autre côté aussi. Oui, nous roulons, pas de doute. Ce que c'est agréable. Il suffirait de fermer les yeux, on se croirait dans son lit.

un : Vous pouvez. Moi, il vaut mieux pas que je les ferme.

deux : Non. Vous êtes prudent, hein ? Je n'aurais pas cru.

un : Prudent, prudent... j'irais plus vite, s'il n'y avait pas cet imbécile de triporteur, devant nous.

deux : Doublez-le.

un : Peux pas, la rue n'est pas assez large.

DEUX : Je ne savais pas que vous aviez votre permis de conduire.

UN : Je ne l'avais pas. C'est comme la voiture, je l'ai gagnée, il y a quinze jours.

DEUX : Mais dites-moi, vous les faites tous, les concours.

UN : Non, celui-là, c'est ma femme. C'était un concours pour les sous-vêtements féminins, vous savez ? la gaine Starlett. Seulement, comme du côté chaussettes du docteur Qui-rit, c'est moi qui le faisais, le concours pour gagner l'auto, le permis de conduire on l'a mis à mon nom.

DEUX : C'est bien, les concours. Moi, en ce moment, je fais celui du fromage qui fait floc, vous savez ? Le fromage immangeable.

UN : Qu'est-ce que c'est, le gros lot ?

DEUX : Un fauteuil à l'Académie française.

UN : Ça vaut la peine. C'est du bon fauteuil.

DEUX : Oh, mais dites donc ! Vous gazez, hein ?

UN : Oui, je fais une pointe ; quand le compteur marquera 150, vous me préviendrez. En plein Paris, ce n'est pas prudent de dépasser 150.

DEUX : Ben, qu'est-ce qu'il est devenu, le triporteur ?

UN : Le triporteur ? Oh, je lui ai passé dessus. Sans ça, on n'en finit pas.

DEUX : J'ai rien senti.

UN : Vous pensez ! Une automobile comme ça, avec les amortisseurs qu'elle a dans tous les coins, on écraserait son père et sa mère sans que ça fasse une secousse.

deux : Pourquoi vous ne prenez pas la rue de Miromesnil, c'est plus court.

un : La rue de Miromesnil ? Elle n'est pas assez large. Une auto comme ça, ça ne passe pas dans ces petites rues de rien du tout. Je descends le Malesherbes et je prends la Royale. C'est tout ce que je peux faire. Et encore, la rue Royale, on va voir.

deux : Il n'y a pas de cendrier, dans votre limousine.

un : Pas de cendrier dans ma limousine ? Vous voulez dire qu'il n'y a pas de limousine autour de mon cendrier, oui ! Partout, c'est du cendrier. Vous pouvez jeter vos cendres par terre, elles n'y resteront pas, tout ça ça s'en va sans qu'on s'en aperçoive, dans le courant d'air chaud.

deux : Et qu'est-ce qu'il va en faire, de mes cendres, le courant d'air chaud ?

un : Dans le tuyau d'échappement, pof, dans la figure de cet imbécile qui nous suit avec sa Packard dans le rétroviseur.

deux : C'est pas prudent.

un : Allons ! vous avouerez que pour acheter une Packard, faut vraiment avoir envie de se faire rigoler au nez.

deux : Doucement, eh !

un : Oui, oui ! C'est bête, d'être obligé de ralentir comme ça. C'est moche, Paris, pour la circulation ; on se dit : la rue Royale, ça va, je peux y aller, et puis résultat, vous voyez : je frotte des deux côtés. Faudrait nous élargir tout ça.

deux : Attention à l'obélisque.

un : Encore un truc qu'on aurait dû supprimer depuis longtemps.

deux : Oh non, eh ! passez par-dessus.

un : C'est bien pour vous faire plaisir. Gi !

deux : Pourquoi vous dites : Gi !

un : Parce que les Champs-Élysées, y a plus de problème. On se croirait à la campagne. Vous allez voir comment qu'on va se les taper, les Champs-Élysées !

deux : Attention, c'est plein de quatre-chevaux, vous en avez déjà aplati trois ou quatre.

un : Elles n'ont qu'à rouler dans les petites rues.

deux : 150 ! 151, 152... Eh !

un : Ça, c'est de la voiture, hein ?

deux : Tout de même, essayez de passer à côté des agents !

un : Les agents ! Pan ! Ils ont l'habitude, les agents : ils se couchent.

deux : Attention à l'Arc de Triomphe !

un : Je vais lui élargir son trou dans le milieu, vous allez voir comment. Ce sera une bonne chose de faite.

deux : 210, 215, 220.

un : Pof ! Regardez-le dans le rétroviseur, l'Arc de Triomphe.

deux : Oh ! Pulvérisé, vous l'avez.

un : Hein ? Dans une demi-heure trois quarts d'heure, on est à Dunkerque.

deux : À Dunkerque. Oui. Mais qu'est-ce qu'on fera, à Dunkerque ?

un : Je connais un petit restaurant, on va faire un de ces gueuletons, vous allez voir ! Des nouilles à l'eau, avec du beurre, mais alors ! quelles nouilles,

quelle eau, quel beurre ! On a tout Dunkerque dans son assiette, vous verrez, c'est typique.
DEUX : Et la mer du Nord ?
UN : Et la mer du Nord, si vous aimez les nouilles bien salées.

LA LETTRE D'ISLANDE

UN : Je peux entrer ?

DEUX : Ouais, ouais. Fermez la porte, asseyez-vous dans un fauteuil et ne faites pas de bruit.

UN : Ah, bon. Vous travaillez ?

DEUX : Je ne travaille pas. J'écris.

UN : Il ne faut pas !

DEUX : Comme si c'était par plaisir !

UN : Vous m'inquiétez. Vous n'écrivez pas votre testament, tout de même ?

DEUX : Mais non. Il y a longtemps que c'est fait. Je ne vous en ai pas envoyé un exemplaire ?

UN : De votre testament ? non.

DEUX : C'est dommage. C'est ce que j'ai fait de mieux. Asseyez-vous, je vous dis. Je ne peux pas écrire dans une pièce où il y a quelqu'un debout.

UN : Vous n'écrivez pas à Georges, par hasard ?

DEUX : Mais non. Qu'est-ce qu'il devient ? vous avez de ses nouvelles ?

UN : Oui. Il est entré dans un régiment de sapeurs-pompiers.

deux : Georges ? Pourquoi il a fait ça ?

un : Il ne l'a pas fait exprès. C'est les freins de sa voiture qui ont pété, il y avait un régiment de sapeurs-pompiers qui passait, il est entré dedans.

deux : Ah bon ! J'aime mieux ça.

un : Les sapeurs-pompiers, ils auraient mieux aimé autre chose.

deux : Vous ne pouvez pas vous taire un peu, non ?

un : Si, bien sûr. Heureusement, les sapeurs-pompiers, ils l'ont vu venir. Ils se sont serrés un petit peu pour qu'il passe. C'est une lettre, que vous écrivez ?

deux : Non, c'est une réponse.

un : Sans blague ? Vous avez reçu une lettre ?

deux : Est-ce que vous allez me laisser tranquille ? Oui, j'ai reçu une lettre ! Tenez, lisez-la, ça vous distraira.

un : Merci. Eh bien dites donc ! En voilà, une lettre ! C'est pas à moi qu'on écrirait des lettres comme ça. Voyons, voyons... Przzzt, Krostrripse... Tiens, je ne peux pas lire.

deux : C'est de l'islandais.

un : Vous recevez des lettres en islandais ? Dites donc, vous êtes un peu snob. Et vous répondez en islandais ?

deux : Mais non, je ne réponds pas en islandais ! Parce que pour ça, il faudrait que j'apprenne l'islandais !

un : Et vous ne voulez pas ?

deux : Non.

un : Vous avez tort. Il paraît que c'est une bien belle

langue. Et puis, ça vous servirait pour comprendre les lettres que vous recevez d'Islande. Ce que je me demande, c'est comment vous faites pour répondre à des trucs pareils : Przzt, Krostripse, Bzafala... laptri.

DEUX : Je suis allé à l'ambassade d'Islande pour qu'on me la traduise. Tenez, voilà la traduction, lisez ça dans votre fauteuil et laissez-moi écrire.

UN : Merci. Elle n'est pas signée, hein.

DEUX : Non. C'est une lettre anonyme.

UN : De qui ?

DEUX : Si c'est pour faire rire que vous dites ça, vous feriez mieux de monter une usine de naphtaline.

UN : Non, ce n'est pas pour faire rire. Seulement, je voudrais bien savoir comment vous pouvez répondre à quelqu'un, si vous ne savez pas qui c'est.

DEUX : Ce n'est pas ça qui est difficile. Le difficile, c'est de trouver un endroit tranquille pour écrire. Si vous ne voulez pas vous taire, allez-vous-en.

UN : Encore, la lettre, je veux bien ! Mais l'enveloppe ? Qu'est-ce que vous mettrez sur l'enveloppe ?

DEUX : Rien. Ce n'est pourtant pas difficile à imaginer ? Rien. Je laisserai l'enveloppe en blanc.

UN : Vous mettrez tout de même un timbre pour l'Islande ? Non, non, ne me répondez pas. Travaillez. Pendant ce temps-là, je vais la lire, cette lettre anonyme. Ça me fait bien plaisir, parce que moi, des lettres anonymes, je n'en ai jamais reçu. C'est vrai ! Alors, qu'est-ce qu'elle dit cette lettre... « Mademoiselle »... Comment, Mademoiselle ? Pourquoi vous appelle-t-il mademoiselle ?

deux : Mais je ne sais pas, moi ! Sans doute parce qu'il ne me connaît pas.

un : Sans doute, oui. Mais alors, s'il ne vous connaît pas, il n'a aucune raison de vous écrire. Surtout une lettre anonyme.

deux : Mais c'est ça qui me révolte ! Quand vous écrivez une lettre anonyme, vous, bien sûr vous ne la signez pas, mais au moins, sur l'enveloppe, vous tâchez de mettre l'adresse exacte ! Eh bien, celui-là, non ! Il s'est trompé. Alors non seulement je ne sais pas qui l'a écrite, cette lettre, mais je ne sais pas à qui elle a été écrite ! Vous comprenez ?

un : C'est sûrement quelqu'un de pas normal. Je ne savais pas que les Islandais étaient comme ça.

deux : Vous comprenez, oui ? Vous comprenez les problèmes que ça pose, quand on veut répondre à une lettre pareille !

un : Il fallait me le dire. Je vais vous aider.

deux : Oh, ça !

un : Mais si. Montrez voir. Où en êtes-vous ?

deux : C'est bien simple : je n'ai pas commencé.

un : Voyons... « Monsieur ».

deux : Mais non, je l'ai barré.

un : Madame.

deux : Je l'ai barré aussi. J'ai commencé à écrire : ma chérie, qu'est-ce que vous en pensez ?

un : Barrez-le.

deux : C'est ce que je pensais faire au moment où vous êtes entré.

un : C'est difficile. Prenez une autre feuille.

deux : Il vaut mieux, oui.

un : Eh bien, voilà ! Votre lettre, vous n'avez qu'à la signer. Une feuille blanche, et pas un mot de plus. C'est ce qui leur faut à ces gens-là.
deux : J'ai même envie de ne pas la signer !

LA PENDULETTE

un : Un canif, peut-être.

deux : Non. La ficelle aussi est précieuse.

un : Vous avez raison. Défaites-en soigneusement le nœud : la ficelle, c'est la moitié du paquet.

deux : C'est une ficelle de chez Couverchel.

un : Il travaille bien, Couverchel. Et le nœud, de chez qui il est ?

deux : Ne dites pas de bêtises. Un nœud, ça n'existe pas.

un : Si ça n'existait pas, ça n'aurait pas de nom. Et puis c'est tout de même quelqu'un qui l'a fait, ce nœud. Vous avez déjà vu quelqu'un faire quelque chose qui n'existe pas ?

deux : Oui.

un : Qui ?

deux : Dieu.

un : Vous l'avez vu.

deux : Non, mais on m'en a parlé.

un : Et puis, ça ne prouve rien, parce que ce qu'il a fait, Dieu, c'est avant, que ça n'existait pas. Mais après, ça s'est mis tout de suite à exister. Même, ça existe encore aujourd'hui, c'est dire si c'est solide, comme existence. Eh bien un nœud, c'est pareil.

deux : Et un œuf, c'est pareil ?

un : Oui. Avant qu'on le fasse, ça n'existe pas, et après, ça existe. C'est même pour que ça existe qu'on les fait, les nœuds et les œufs. Alors ne dites pas que c'est quelque chose qui n'existe pas.

deux : Comparez pas tout le temps les trucs. Un œuf, c'est un œuf. Ça se suffit à soi-même. J'aimerais être capable de faire un œuf. Quand on fait un œuf, c'est pour faire un œuf. Quand on fait un nœud, c'est pas pour le plaisir de faire un nœud.

un : C'est pas pour le plaisir de faire un œuf qu'elles font des œufs, les poules. C'est parce que ça sert à quelque chose.

deux : À nous, oui, mais pas à elles.

un : Tout de même ! Ça sert aussi un petit peu aux poussins, les œufs, non ?

deux : Je voudrais bien que vous me disiez ce qui lui tient lieu de poussin à un nœud. J'ai vu des nœuds, dans mon existence, mais jamais je n'en ai vu sortir quoi que ce soit.

un : Est-ce que vous avez jamais vu sortir quelque chose d'un bouchon ? Pourtant regardez ce bouchon. Il existe. Pour qu'une chose existe, c'est pas nécessaire qu'il en sorte quelque chose.

deux : Eh bien, regardez-le, ce fameux nœud !

un : Ce fameux nœud ? Qu'est-ce que vous en avez fait ?

deux : Fini ! Il n'existe plus !

un : Bien sûr, vous l'avez dénoué.

deux : Eh bien ! essayez d'en faire autant avec un bouchon ! Essayez donc qu'un bouchon n'existe plus !

un : Donnez-moi une toute petite bombe atomique de rien du tout, et je vous le fais disparaître, votre bouchon. Un bouchon, c'est un nœud très difficile à défaire, mais on peut le défaire.

deux : Pas du tout. On peut le détruire, mais pas le défaire. Avec votre bombe, il n'en restera rien de votre bouchon. Tandis que ce nœud, j'ai eu beau le défaire, il n'a rien perdu d'essentiel. Un bouchon, c'est un bouchon, un œuf, c'est un œuf, mais un nœud, c'est de la ficelle. Un point c'est tout.

un : Eh bien, voilà une chose pas vraie ! Un point, vous me direz ce que vous voudrez, ce n'est pas tout. Ça n'a jamais été tout, dans aucun pays, en aucun temps. Si c'était tout, un point, ça ne vaudrait vraiment pas la peine de se donner la peine d'être autre chose. Déchirez pas le papier.

deux : Je fais attention, allez. C'est du papier de chez Papier.

un : Papier, c'est une vieille maison, pour le papier.

deux : Oui. Ils ont des trucs à eux.

un : La boîte aussi est belle, dites donc.

deux : C'est la vraie boîte. C'est pas la boîte comme on en fait dans le commerce. Ça, ça s'appelle une boîte.

un : C'est pas une boîte ordinaire.

deux : Non. C'est une boîte en bois.

un : Il vous a gâté, Georges, pour sa fête.

deux : Oui. Ça a l'air égoïste, de ne fêter que sa

propre fête et jamais celle des autres. Mais pour ce qui est de la fête de Georges, on peut dire qu'il la fête bien. Qu'est-ce que vous avez eu, vous ?

un : Une belle gomme.

deux : C'est pas beaucoup.

un : Non. Mais j'en avais envie depuis tellement longtemps.

deux : On ouvre ?

un : Ouvrez.

deux : Ça s'ouvre de tous les côtés. C'est une boîte de chez un Japonais.

un : Oh ! qu'elle est belle.

deux : C'est pas grand, mais c'est beau. Et ça pèse bien son poids.

un : Vous êtes sûre qu'elle est électronique ?

deux : Oui. Entièrement électronique.

un : On dirait pas, à la voir.

deux : C'est l'intérieur, qui est électronique.

un : Électronique. Au fond, c'est du luxe. Électrique, déjà, ça fait un peu snob. Mais électronique. Vous croyez que ça a besoin d'être électronique, une pendule ?

deux : Si ça vous suffit, à vous, l'heure distribuée mécaniquement. Comme du chewing-gum.

un : Ça m'a suffi jusqu'à maintenant. Je me demande si l'électronique va réellement apporter du neuf dans notre manière de savoir l'heure qu'il est.

deux : Peu de chose. La liberté, tout simplement. La spontanéité.

un : Les tortues, encore, je veux bien qu'elles y gagnent, à être électroniques. Ça fait plus vivant.

C'est même un joli spectacle de voir ces petites bêtes, quand elles sentent qu'elles ont des accus à zéro, se trimbaler tout droit, comme si elles avaient faim, et sans qu'on leur dise rien, vers la prise de courant où elles ont deux petites fiches sous le nez pour se brancher dessus. C'est émouvant. Seulement, pour indiquer l'heure, je me demande si c'est bien utile, la spontanéité des pendules. Vous croyez qu'elle aura d'elle-même l'idée de se régler sur l'observatoire, votre pendulette électronique ?

DEUX : En tout cas, elle a le téléphone. 84-00. Et puis moi, j'aimerais autant qu'elle m'indique l'heure sans se documenter, franchement, comme elle la sent.

UN : Ça me gêne qu'elle n'ait pas d'aiguilles.

DEUX : Question d'habitude. Vous ne vous apercevez même plus que les automobiles n'ont pas de brancards.

UN : C'est vrai.

DEUX : On l'essaye ?

UN : Oui. Comment on fait ?

DEUX : On appuie sur le bouton de la mise en marche, et puis on lui demande l'heure qu'il est, et elle répond.

UN : C'est une pendulette parlante ! Allez-y. Ce qu'elle est mignonne.

DEUX : Voilà. Essayez voir.

UN : Ça m'intimide. Qu'est-ce que je vais lui dire ?

DEUX : Dites-lui d'abord bonsoir. Il faut être poli.

UN : Bonsoir, pendulette. Quelle heure est-il ? Répond pas.

DEUX : Quelle heure est-il ?

PENDULETTE : Il doit être dans les sept heures cinq, j'ai pas vérifié.

UN : Ah ben ça y est. Vous lui plaisez.

DEUX : Tu dis pas l'heure qu'il est au monsieur...

PENDULETTE : Il avait qu'à écouter.

DEUX : Et pan.

UN : Et dis-moi, Pendulette, quelle heure il est pas ?

PENDULETTE : L'heure qu'il est pas, je vous la dirai quand elle sera devenue l'heure qu'il est.

DEUX : Vous voyez, c'est tout de même mieux qu'un réveille-matin.

UN : C'est frais, comme impression. On se sent tout jeune.

DEUX : À propos, Pendulette, écoute bien. Tu me réveilleras demain à neuf heures et demie.

PENDULETTE : Fainéant.

UN : Et toc.

PENDULETTE : Si c'est pour me vexer que vous dites toc, je vous préviens que je vais me détraquer systématiquement. On ne dit pas toc à une pendule, monsieur. Et pour ce qui est de l'heure, c'est pas moi qui l'ai inventée, vous pouvez la garder pour vous.

DEUX : Il n'a pas dit toc méchamment. C'est un brave bougre.

PENDULETTE : Parce que si c'est ça que vous voulez, je peux aussi faire semblant d'être une vieille pendule à ressort. Si vous croyez que ça m'amuse, de vous causer. Moi je préférerais faire tic-tac, c'est moins fatigant, ça use moins d'électricité, et pour ce que vous en faites, de vos heures, je ne vois pas pourquoi on se donnerait du tintouin, nous autres pendules, pour vous les compter d'une manière moins monotone. Vous voulez ? Vous voulez que je fasse tic-tac ? Parce que je sais faire tic-tac, faut pas croire ! Je connais mon métier, je connais les traditions. Écoutez voir un petit peu : Tic tac, tic tac, tic tac, tic, tac. Bing ! Bing ! *(Huit fois.)*

DEUX : Elle est très amusante.

UN : On voit tout de suite que c'est une pendule suisse.

PENDULETTE : Bing !... Remarquez, je sonne huit heures, je sais bien qu'il est pas huit heures, pas. C'est un exemple. Tic tac, tic tac. Parce que je suis *exaque*, si je veux. Il y a rien de plus facile. Suffit de s'entendre sur ce que vous voulez. Moi, je suis accommodante. Et puis vous savez, je coûte pas cher en électricité. Je consomme quasiment pas plus qu'une lanterne de bicyclette.

DEUX : Quelle heure est-il ?

PENDULETTE : Je sais pas, j'ai pas de montre. Moi, vous comprenez, je demande pas grand-chose. Il y a qu'une chose que j'aime bien, c'est causer. Je vous préviens, j'arrête pas. Causer, moi je trouve que c'est l'idéal, pour passer le temps. Tic tac, comme disait ma grand-mère. Et puis alors, ne me faites pas la blague de me couper le courant, parce que je vous préviens, à ce moment-là, je marche plus. Si vous êtes pas gentil, à chaque fois que vous me demanderez l'heure qu'il est, vous savez ce que je vous répondrai ?

UN ET DEUX : Non.

PENDULETTE : Je vous répondrai pas bing, ah non ! Je vous répondrai Merde.

UN : Eh bien dites donc !

DEUX : Elle est spontanée, hein, comme pendule ?

PENDULETTE : Et puis alors, si vous êtes gentil, j'ai de la culture, vous savez. « L'Horloge », poème de Charles Baudelaire :

Horloge, dieu sinistre, effrayant, impassible,
Dont le doigt nous menace et nous dit : souviens-toi !
Les vibrantes douleurs, dans ton cœur plein d'effroi...

UN : Oui, oui, on connaît.

DEUX : Elle a dû travailler dans une cour.

PENDULETTE : Enfin, bref. Vous tenez à ce que je dise dix-neuf heures huit minutes, ou sept heures huit minutes.

DEUX : Comme tu voudras, mon petit.

UN : Vous pouvez dire qu'il vous a fait un beau cadeau, Georges.

DEUX : Oui.

PENDULETTE : Ah, la la ! la la ! la la !

UN ET DEUX : Qu'est-ce qu'il y a ?

PENDULETTE : Ah, la la.

DEUX : Mais qu'est-ce qu'il y a donc, ma petite pendule ?

PENDULETTE : Ah ! ce que j'en ai marre d'être une pendule.

POUR DE LA CROTTE

UN : Je vous observe depuis un moment. Vos allées et venues, tout, votre air soucieux. Vous n'êtes pas comme d'habitude.

DEUX : Je pense bien ! Je me prends pour Napoléon.

UN : Tiens.

DEUX : Quoi : « Tiens ! » ? Vous n'avez pas vu mon petit chapeau ?

UN : Ce n'est pas parce que vous portez un bicorne que vous vous prenez pour Napoléon. Faut pas dramatiser.

DEUX : Et ma redingote ? Elle ne se prend pas pour la redingote de Napoléon, peut-être ?

UN : Mon imperméable se prend bien pour l'imperméable d'Humphrey Bogart.

DEUX : Et alors ?

UN : Et alors, ce n'est pas une raison pour que je me prenne pour Humphrey Bogart.

DEUX : Et mon ulcère à l'estomac, controversé par les historiens ? Osez soutenir que ce n'est pas l'ulcère à Napoléon !

un : Si vous étiez Napoléon, vous ne seriez pas ici, vous seriez aux Invalides.

deux : Je ne dis pas que je suis Napoléon, je dis que je me prends pour Napoléon.

un : Mais non.

deux : Comment, « mais non » ? À la fin, vous êtes agaçant !

un : Ce qui me semble vrai, en tout cas, c'est que moi, vous me prenez pour une andouille.

deux : Pas comparable. Il s'agit de se prendre. Pas d'être pris par quelqu'un d'autre. Et puis, vous avez beau faire le malin, je ne sais pas pour qui vous vous prenez, mais c'est pas beau à voir. Il faut bien se prendre pour quelqu'un ! vous n'allez pas me dire que vous vous prenez pour personne !

un : Pourquoi voulez-vous que je me prenne ? Que je me prenne les pieds, oui, ça m'est arrivé, dans un trou, et dans le quart d'heure qui a suivi, oui, j'avoue que je me suis pris pour Talleyrand, à cause de mon entorse qui me faisait boîter, comme Talleyrand. Mais ça n'a pas duré. Je suis allé chez un cordonnier qui m'a coupé mon pied, zioupe ! et qui l'a remplacé par un pied standard. Tenez, le voici : rhan !

deux : Houff ! Vous n'avez pas honte de flanquer un coup de pied au cul à un type qui se prend pour Bonaparte ?

un : Vous m'aviez dit : Napoléon.

deux : Rien de tel qu'un coup de pied au cul pour vous rajeunir un homme. Et puisque vous êtes là, prenez-moi un drapeau tout propre, vous allez m'accompagner au pont d'Arcole. C'est pas loin.

un : Il n'y a pas de pont d'Arcole à Paris.

deux : Au bout de la rue Bonaparte.

un : C'est le pont des Arts.

deux : Vous n'avez jamais vu un pont se prendre pour un autre pont ?

un : C'est vous qui me prenez pour un pont ! Espèce de pont vous-même.

deux : Voilà ! Insultez-moi ! Je comptais sur vous pour m'aider, dans l'état pathologique où vous me voyez patauger, et voilà ! Des coups et des injures ! Vous êtes bien comme tous les psychiatres.

un : Vous avez tort de vous considérer comme un cas unique. Moi qui vous parle, vous connaissez Georges ?

deux : Oui. Je sais. Voilà une bonne quinzaine de jours qu'il se prend pour un cheval. Je conviens que c'est encore pire.

un : C'est surtout très prétentieux. Pour avoir l'intelligence d'un cheval il faudrait qu'il se lève de bonne heure, Georges.

deux : Tout le monde devrait se lever de bonne heure, pour avoir l'intelligence d'un cheval.

un : Tout le monde, vous avez raison. L'intelligence du cheval est bien supérieure à celle de l'homme, il suffit de faire l'expérience. Prenez un homme, mettez-le à quatre pattes et essayez de le chevaucher : il ne comprendra pas. Tandis qu'un cheval comprend très bien qu'un homme se mette à califourchon sur lui.

deux : Tout de suite, il comprend. Malin, le cheval.

un : Oh oui !

deux : Et encore, s'il ne s'agissait que de l'intelligence ! Mais prenez les qualités morales ! l'altruisme, par exemple ! Personne n'a jamais vu un cheval manger un homme. Tandis que l'inverse...

un : Là vous exagérez. On n'a jamais vu un homme manger un cheval.

deux : Parce que c'est trop gros ! Mais petit à petit, à plusieurs et à la moulinette, combien l'homme mange-t-il de chevaux par jour ?

un : Certes. Entre le gentleman et la brute, l'homme est la brute, le cheval est le gentleman.

deux : Moi, ce n'est pas pareil. Je ne suis ni un cheval ni un gentleman.

un : Je sais ! vous êtes un type qui se prend pour Napoléon !

deux : Non. J'essayais, simplement, vous voyez. En réalité, je suis un mufle. J'ai rendez-vous avec ma femme, il y a de cela déjà près de vingt minutes. C'est elle qui veut que je me prenne pour quelqu'un.

un : Prenez-vous pour vous-même.

deux : Elle ne supporte pas. Vous supportez, vous ?

un : Que vous soyez un imbécile ? Mais mon cher ami, je ne supporte que les imbéciles.

deux : Oui, mais ça, c'est parce que vous êtes un imbécile vous-même.

un : Et comment !

deux : Votre femme ne vous oblige pas à vous prendre pour quelqu'un.

un : Si. Mais comme elle me prend pour un imbécile, je n'ai pas beaucoup d'efforts à faire.

deux : Vous croyez que c'est sa femme qui oblige Georges à se prendre pour un cheval ?

un : Non. Ça, ça doit lui venir de son arrière-grand-père, qui était cheval, sous Napoléon trois.

deux : « Sous Napoléon trois »... vous voulez dire sous...

un : Non, pas sous les fesses de Napoléon III, tout de même. Mais pas très loin.

deux : Ah, ça fait plaisir de ne plus se prendre pour personne, tout à coup.

un : C'est très mauvais pour la santé, de se prendre pour. Et même de se prendre. Moi, la plupart du temps, je ne me prends pas, je me laisse.

deux : Faut pas trop se laisser non plus. Au bout d'un moment on devient triste, et finalement on se perd.

un : Moi, je connais un type qui se prend pour le Président de la République. Enfin... « je le connais »... non : je l'ai vu plusieurs fois, c'est tout. Mais on me l'a dit.

deux : Un type qui se prend pour le président de la République... ça me dit quelque chose... oui !... Ah, j'ai son nom sur le bout de la langue... euh...

un : Oui. Remarquez : ce n'est pas le premier qui se prend pour le président de la République. Il y en a eu beaucoup.

deux : Oui. Mais ils s'appelaient autrement.

L'ITINÉRAIRE

UN : Dépêchez-vous parce que si vous arrivez à l'heure vous aurez de la chance.

DEUX : Où est-ce que c'est que vous dites ?

UN : À la Bastille.

DEUX : Au revoir.

UN : Et allez donc le voilà parti. Ne vous en allez pas comme ça !

DEUX : Eh bien si, justement, puisque vous me dites que j'ai rendez-vous à la Bastille, faut que je m'en aille.

UN : Bon, alors au revoir ! Moi ça m'étonnerait que vous trouviez Georges en partant comme ça, mais enfin ça vous regarde.

DEUX : Quoi ! Pour arriver là-bas, il me semble que la première des choses à faire, c'est de partir d'ici, non ?

UN : Oui. Mais vous connaissez la fable de La Fontaine ? Rien ne sert de partir à point si on se trompe de direction.

DEUX : Je ne me tromperai pas de direction...

UN : Vous ne voulez pas m'écouter ?

DEUX : Faites vite, mon vieux, je vais être en retard, et Georges sera parti.

UN : Alors écoutez-moi. Perdez l'habitude, quand vous allez quelque part, de prendre vos jambes à votre cou et de filer comme une flèche avant de savoir où c'est.

DEUX : La Bastille ! Tout de même ! Je connais la Bastille.

UN : On ne le dirait pas. Parce que la Bastille, vous savez quoi, mon ami ? La Bastille, première remarque ; il y en a plus. Elle a été prise en 1789. Et les gens qui l'ont prise ont probablement oublié de la remettre à sa place ; on ne sait pas ce qu'elle est devenue. C'est comme la bicyclette que j'ai achetée l'année dernière, vous savez la mentalité des gens. Tant qu'il s'agit de prendre, ça va, mais quand il faut restituer...

DEUX : Je vous en prie : ne me dites que l'essentiel, on parlera de tout ça un autre jour.

UN : Tout ça pour vous dire que si vous avez vraiment l'intention d'aller à la Bastille proprement dite, eh ben autant rester ici. Elle n'a jamais été remise à sa place. Seulement, à la place de la Bastille, il reste tout de même quelque chose, un grand vide, si vous voulez, qu'on a laissé intact, et que justement on appelle la place de la Bastille.

DEUX : Eh bien oui, c'est là que j'ai rendez-vous avec Georges.

UN : Une seconde ! Deuxième remarque : La place de la Bastille, c'est grand. Si on veut se rencontrer place de la Bastille, il faut prendre ses précautions. C'est comme quand deux navires veulent se rencontrer, il ne suffit pas qu'ils se donnent rendez-vous à huit heures vingt, par exemple. Ils risqueraient de se chercher longtemps, les navires.

DEUX : Tout le monde sait que vous êtes très intelligent. Mais je vous jure, c'est pas le moment.

UN, *sévère* : Mais qu'est-ce que vous avez à être nerveux comme ça ? Voici les instructions de Georges. Je les résumerai aussi brièvement que possible. Au centre de la place, il y a une colonne. Votre rendez-vous n'est pas au sommet de cette colonne, mais à sa base.

DEUX : Bonsoir.

UN : Attendez ! Vous ne savez même pas de quel côté.

DEUX : Je tournerai autour.

UN : Justement ! Georges aussi tournera autour. Imaginez que vous tourniez dans le même sens ! Vous ne vous rencontrerez jamais.

DEUX : Alors ?

UN : Alors, Georges a décidé ceci. Vous ferez tous les deux le tour de la colonne, en restant aussi près que possible de sa base, mais ! Mais lui, Georges, tournera dans le sens des aiguilles d'une montre, tandis que vous, vous tournerez dans le sens inverse de celui des aiguilles d'une montre. Compris ?

DEUX : Compris. Je vais prendre un taxi.

UN : Attendez. Vous avez le nez tout noir.

DEUX : Georges aussi aura le nez tout noir. On a convenu de ça ensemble. C'est pour être plus sûr de se reconnaître.

UN : C'est idiot. Il fera nuit sombre. Et puis, vous

ne trouverez pas de taxi à cette heure-ci. Prenez l'autobus. C'est aussi rapide.

DEUX : Il y en a un, pour aller à la Bastille ?

UN : Je vous conseillerais bien de prendre le 73, qui passe au bout de la rue à droite, mais alors, ne prenez pas la rue à droite, c'est plus court, mais il y a toujours beaucoup de monde, prenez plutôt la rue à gauche, vous tombez aussi sur le 73, mais voyez-vous, je ne vous conseille pas le 73, parce que vous êtes déjà en retard. Le 86 va bien plus vite.

DEUX : Alors je vais prendre le 86.

UN : Si vous voulez. Moi je vous parlais du 86 plutôt comme exemple, parce que pour attraper le 86, vous avez vingt bonnes minutes de marche. Enfin, vous êtes libre.

DEUX : Au revoir.

UN : Tout de même, vous feriez mieux de prendre le métro. Faut changer, mais vous êtes sûr d'en avoir un tout de suite.

DEUX : Où il est, votre métro ?

UN : Oh ! vous trouverez bien. Des métros, il y en a un peu partout. En marchant droit devant vous, c'est bien le diable si vous ne tombez pas sur une station.

DEUX : Je tâcherai.

UN : Vous comprenez, je vous conseillerais bien le 86, qui va tellement plus vite, mais si vous êtes pour prendre l'autobus, autant le 73, n'est-ce pas ? C'est tellement plus près. Seulement, voilà, le 73, à cette heure-ci, il est toujours complet, alors en fin de compte, j'ai renoncé à donner des conseils. Vous partez ?

DEUX : Je suis parti.
UN : Hé ! N'oubliez pas : place de la Bastille... D'ailleurs attendez-moi une minute ! Faut que j'y aille ! Je vous accompagne.
DEUX : Je m'en fiche, j'irai pas.

LE TILBURY

UN : Hue !

DEUX : Poussez-le, commissaire.

UN : Vous êtes sûr qu'il n'y a pas de démarreur ?

DEUX : Chez les deux-chevaux, si. Mais pas chez un cheval.

UN : Il n'a pas l'air commode. Vu de face. On se demande avec quoi ça regarde, un cheval ? Avec ses yeux, ou avec ses trous de nez ? Vous savez ça, commissaire ?

DEUX : Ça dépend s'il est normal ou pas. C'est comme nous. Il y a des gens on se demande s'ils vous regardent avec leurs oreilles ou quoi. Georges, par exemple, à chaque fois qu'il me dit quelque chose j'ai l'impression d'être sourd.

UN : Vous êtes dingue, oui.

DEUX : Sourdingue, si vous y tenez.

UN : Hue ! Pourquoi tu pars pas, cheval ?

DEUX : Parce que vous êtes devant son nez.

UN : Attention, y a une mouche. Il va éternuer. Une mouche qui lui grimpe dans la narine droite.

DEUX : Si on arrive à Bar-le-Duc, ça sera pas demain la veille.

UN : Qui c'est qui a voulu aller à Bar-le-Duc en tilbury ?

DEUX : Je savais pas ce que c'était. Venez donc vous asseoir sur le banc à côté de moi. J'ai apporté mon petit Littré.

UN : Moi j'ai apporté mon petit litron. Ça fera la paire. Allez, hue ! Cheval ! Montre-nous de quoi t'es capable ! Moi je vais m'asseoir. Les rênes.

DEUX : Rennes : je cherche : Quadrupède du Nord, du même genre que le cerf.

UN : Non. Rênes avec un seul N et un circonflexe.

DEUX : Ah les rênes : tenez les voilà. Remarquez, un renne ou deux, c'est pas mal non plus, comme cheval.

UN : Les rennes ! Ça tire les traîneaux, pas les tilburys.

DEUX : Dommage qu'il ne neige plus.

UN : De toute façon, Rennes, c'est pas Bar-le-Duc.

DEUX : Non, mais est-il bête ! Parole vous devenez gâteux ! Rêne : « courroie de la bride d'un cheval ».

UN : Hop ! Hop et hop ! — c'est ça que vous appelez des rênes ? Eh bien je vous les passe.

DEUX : Ce cheval, j'en ferai qu'une bouchée à la reine, avec vos rênes. Flop ! Flop.

UN : Mais non. Il ne bougera pas. Tout ce qu'il faut, c'est qu'il mâchonne cette espèce de sucre d'orge en fonte qu'on lui a glissé à travers son râtelier.

DEUX : Le mors.

UN : Le roi est mort, vive la reine.

deux : Je vous réponds plus, c'est bien simple. C'est peut-être ça qui l'empêche d'avancer. Son mors.

un : Oui. Il mord son mors, voilà tout ce qu'il fait.

deux : Le mors, ça vaut pas la côtelette de morse, comme chewing-gum. Au Groenland, jadis, je nourrissais mes rennes avec du morse en conserve.

un : Vous savez, ce cheval, c'est bien possible qu'il soit mort.

deux : Non. Chez le loueur de tilburys, j'ai bien précisé que je voudrais un cheval vivant.

un : Hue cocotte.

deux : Vaudrait peut-être mieux...

un : Lui parler en morse ? J'étais justement en train d'y penser.

deux : Tic, titic tic tititic tic titic tic...

un : Si vous commencez à l'injurier, il va se buter.

deux : L'injurier, non...

un : Quoi ! je sais le morse, moi aussi. Je l'ai compris, ce que vous disiez, tic titic tic ! Vous l'avez traité de Bourrin.

deux : Bon, bon télégraphiez-lui vous même, que nous sommes attendus à Bar-le-Duc.

un : Je me demande s'il a toutes ses pattes, ce cheval.

deux : Tout à l'heure, quand il galopait, j'en ai compté trente-deux.

un : C'est la stroboscopie qui fait ça.

deux : Je ne suis pas stroboscope.

un : Alors c'est que vous n'avez pas d'instruction. Trente-deux pattes !

deux : Ça existe.

un : Oui. Il y a des chevaux qui ont trente-deux pattes. Je vais même vous dire combien il y en a, des chevaux qui ont trente-deux pattes. Il y en a huit. Et encore, il faut qu'ils s'y mettent tous ensemble.

deux : Quatre pattes chacun ?

un : Quadrupède, parfaitement.

deux : Il y a dans le monde des tas de choses que je ne comprendrai jamais.

un : Vous n'avez qu'a compter : une patte, deux pattes, trois pattes... C'est bien ce que je pensais : il en manque une.

deux : S'il n'a que trois pattes, c'est pas un cheval, c'est un genre de tricycle.

un : Ah, non ! Il y en a quatre, ce qui fait illusion c'est qu'il s'est croisé les deux pattes de devant. Qu'est-ce que vous faites ? Je ne vois pas la nécessité de consulter une carte routière quand on ne bouge pas.

deux : J'essaye de repérer l'endroit où on est. Et j'ai le regret de vous informer qu'il n'y a absolument rien sur cette carte qui ressemble à l'endroit où on est.

un : Bêtise sur bêtise ! Louer un tilbury, pétrifier un cheval, acheter une carte qui n'est même pas ressemblante !

deux : Zouip ! Zouip ! Zouip !

un : Pourquoi faites-vous : « zouip » ?

deux : Ce n'est pas moi qui fait zouip, c'est mon fouet. Zouip, zouip ! Flac ! Ce cheval est en panne.

un : Mais enfin bon sang de bonsoir ! Quel besoin avons-nous d'aller à Bar-le-Duc, commissaire ?

deux : Eh bien commissaire je suis sur une piste. Il

y a une duchesse qui m'a donné rendez-vous dans un bar. Mais je ne me rappelle ni le nom du bar ni celui de la duchesse. Alors faute de mieux, mon flair m'oriente vers Bar-le-Duc. C'est une piste approximative, je veux bien, mais c'est une piste.

un : Vous auriez pu me le dire. Allez, hue ! hue ! — je t'en fiche, il bouge pas d'un poil.

deux : Ah ben si, regardez, sa queue qui s'élève doucement...

un : Ah oui. Sa queue monte. Elle monte. Pourquoi il fait ça ?

deux : Voilà la réponse, il fait, tout court. Il fait du crottin.

COLLECTIONS

un : Collectionner, collectionner ! je veux bien. Mais collectionner quoi ? Vous connaissez Georges ? Il collectionne des billets de cinq cents francs. Je trouve ça idiot.

deux : Ça, je lui ai dit. Voilà une collection qui lui coûte les yeux de la tête, n'est-ce pas...

un : Et puis c'est idiot. Je l'ai vue, sa collection de billets de cinq cents francs : ils sont tous pareils. Il en a plein une grosse malle, je vous demande un peu ! Où est l'intérêt ?

deux : C'est ce que je lui ai dit : moi, je n'appelle pas ça une collection, j'appelle ça un tas.

un : Et puis il est tout seul, alors, il ne peut même pas échanger.

deux : C'est surtout qu'il ne *veut* pas échanger. Moi, un jour, j'avais un billet de cent francs en double ; je lui dis, Georges, tu as sûrement des billets de cinq cents en double, si ça peut t'amuser on va faire un échange. Il n'a pas voulu. Non, il n'y a que les billets de cinq cents qui l'intéressent.

un : C'est un maniaque.

DEUX : Tous les collectionneurs sont des maniaques. Regardez Antoine, par exemple. Vous savez ce qu'il collectionne.

UN : Oui, les poils.

DEUX : Eh bien vous ne me ferez pas croire qu'on collectionne des poils sans arrière-pensée. L'autre soir, après dîner, il attire ma femme dans un coin et lui dit : madame, j'aimerais que vous me donniez un de vos poils pour ma collection.

UN : Non !

DEUX : Oui, oui. Il a même eu l'audace d'ajouter : si ça ne vous dérange pas, je voudrais bien le choisir moi-même.

UN : Et alors ?

DEUX : Alors je l'ai fichu à la porte.

UN : C'est pourtant pas drôle, les poils.

DEUX : Il y en a, si. Moi je ne déteste pas. Mais ce n'est pas la question.

UN : Et puis, un poil isolé, ça ne veut rien dire.

DEUX : Qu'on fasse collection de scalps, je veux bien.

UN : Et encore ! Le scalp, dites donc ! D'abord, il ne suffit pas d'être collectionneur, pour scalper les gens. Faut des qualités physiques, n'est-ce pas, les gens ne se laissent pas scalper si facilement. Et puis ce qu'il y a, surtout, et ça c'est vrai pour toutes les collections, c'est qu'une fois qu'on a commencé, il n'y a pas de raison pour que ça s'arrête. Quand on a réuni une douzaine de scalps, on se dit : quand est-ce que j'en aurai deux douzaines et ainsi de suite. Tout ça c'est des trucs, on n'en voit pas le bout. On ne pense plus qu'à ça, on en a pour toute sa vie, et ce n'est pas parce qu'on a scalpé ses trente mille têtes de pipe qu'on est plus heureux quand on meurt.

DEUX : Ça, c'est bien vrai. Voyez-vous, à mon avis, le tort des collectionneurs, c'est de vouloir collectionner des objets trop nombreux. Les femmes, par exemple. Eh bien si vous commencer à collectionner les femmes... Vous connaissez Don Juan ?

UN : Oui, très bien ! J'étais à Oxford avec lui.

DEUX : Eh bien vous savez ce qui lui est arrivé : il voulait s'arrêter à trois mille, et puis il n'a pas pu.

UN : Sans blague ? Ah, c'est pour ça qu'il est entré dans les ordres !

DEUX : Bien sûr. Il s'est dit : autant en finir tout de suite.

UN : C'est exactement ce que je me suis dit. Je ne suis pas entré dans les ordres, mais j'ai bazardé ma collection, et je crois que j'ai bien fait.

DEUX : Vous aviez une collection de femmes ?

UN : Non, une collection de tire-bouchons. Mais les tire-bouchons, c'est comme les femmes, il n'y en a pas un qui ressemble à l'autre, vous n'avez pas idée de la variété des tire-bouchons. Il y a les tire-bouchons rigides et les tire-bouchons pliants, il y en a des métalliques, des en bois, des à vis et à écrou, des à levier, il y a les tire-bouchons à oreille, on n'en finit plus, et quand on s'est mis en tête de les avoir tous. Si encore je m'étais borné à une époque ! Une collection de tire-bouchons Louis XV, par exemple, je suppose qu'il arrive un moment où on peut se dire qu'elle est complète. Mais le tire-bouchon en général ! C'est pas ça que je vous conseillerais.

DEUX : Faut pas que ça devienne de l'esclavage. Moi, j'ai fait une collection, maintenant elle est finie, je ne m'en occupe plus.

UN : Une collection de quoi ?

DEUX : Venez voir. Elle est là, sous ce globe de verre.

UN : Eh bien, voilà une collection qui ne tient pas beaucoup de place.

DEUX : C'est assez drôle, d'ailleurs, que vous, vous ayez fait collection de tire-bouchons, et que moi, de mon côté...

UN : Oui. C'est curieux. Ça ressemble à un bouchon. Qu'est-ce que c'est ?

DEUX : Eh bien. C'est une collection de bouchon.

UN : Ah ! c'est une... Mais je n'en vois qu'un, de bouchon.

DEUX : Oui. C'est une collection d'un seul bouchon.

UN : Il a quelque chose de particulier ?

DEUX : Rien du tout. C'est un bouchon ordinaire. Je l'ai trouvé par hasard, dans le goulot d'une bouteille de vin rouge. Alors, je l'ai mis sous globe.

UN : Des bouchons comme ça, il me semble qu'il y en a des masses.

DEUX : Oui. Mais pas dans ma collection.

UN : Et ça ne vous tente pas, d'augmenter votre collection ? Je vous apporterai tous les bouchons que j'ai chez moi, si vous voulez.

DEUX : Non, ce ne serait plus une collection, ce

serait un tas. Ce qui fait la valeur d'une collection, c'est la rareté.

UN : Vous avez raison. Tel qu'il est, isolé sous globe, votre bouchon est un objet rare. Et bien sûr, il serait moins rare s'il était plus nombreux.

DEUX : Et puis je me connais, une collection de trois bouchons ne me suffirait pas. Il m'en faudrait bientôt quatre, six, mille. Il me faudrait tous les bouchons. J'ai préféré collectionner quelque chose d'unique.

UN : Je n'aurais jamais cru que c'était si beau, sous globe, un bouchon. Ah, vous avez là une belle collection, si, si ! voilà ce que j'appelle une collection. Surtout, n'y touchez plus.

DEUX : Pas si bête.

Réponse à une enquête sur le langage	9
Peinture flamande	13
Cherche, mon chien, cherche	18
Les huîtres	23
Monologue 1 : Elle	26
Boutique 1 : Des lunettes	34
Boutique 2 : Optique nocturne	41
La culture en maison	46
Mauvaise humeur	51
Boutique 3 : Psychothérapie d'une pendule	55
À la bonne heure	61
Monologue 2 : Éphémérides	63
Un conte	67
Chers Maîtres	71
Le pot-au-feu	76
Boutique 4 : Horloges, pendules, montres	80
Boutique 5 : La peau de phoque	85
Pessimisme	90
Politique	97
Pour ou contre la binarité	101
La retombée des fêtes	106

Georges 1 : L'enterrement	110
Self-défense	116
Boutique 6 : Garçons de café	120
Objets perdus	125
Confession	130
Informations	135
Feuilleton historique	138
Monologue 3 : Documentaire	143
Jeu télévisé : « Décrochez la timbale »	147
Au salon de l'auto	152
Le chien et le valet	157
La spirale	161
Monologue 4 : Fable	166
Georges 2 : Citizen Georges	170
La grenouille	175
La montagne	182
Boutique 7 : L'horlogerie	187
Vieille noblesse	191
Les raisons des choses qui arrivent	196
Georges 3 : Les vacances de Georges	202
Noël	208
Le fusil et le violon	213
La moto	220
Le train de Belgrade	225
Persécution	232
La boîte d'allumettes	237
Georges 4 : Le rêve de Georges	242
L'auto	249
La lettre d'Islande	254
La pendulette	259
Pour de la crotte	267

Réponse à une enquête sur le langage	9
Peinture flamande	13
Cherche, mon chien, cherche	18
Les huîtres	23
Monologue 1 : Elle	26
Boutique 1 : Des lunettes	34
Boutique 2 : Optique nocturne	41
La culture en maison	46
Mauvaise humeur	51
Boutique 3 : Psychothérapie d'une pendule	55
À la bonne heure	61
Monologue 2 : Éphémérides	63
Un conte	67
Chers Maîtres	71
Le pot-au-feu	76
Boutique 4 : Horloges, pendules, montres	80
Boutique 5 : La peau de phoque	85
Pessimisme	90
Politique	97
Pour ou contre la binarité	101
La retombée des fêtes	106

Georges 1 : L'enterrement	110
Self-défense	116
Boutique 6 : Garçons de café	120
Objets perdus	125
Confession	130
Informations	135
Feuilleton historique	138
Monologue 3 : Documentaire	143
Jeu télévisé : « Décrochez la timbale »	147
Au salon de l'auto	152
Le chien et le valet	157
La spirale	161
Monologue 4 : Fable	166
Georges 2 : Citizen Georges	170
La grenouille	175
La montagne	182
Boutique 7 : L'horlogerie	187
Vieille noblesse	191
Les raisons des choses qui arrivent	196
Georges 3 : Les vacances de Georges	202
Noël	208
Le fusil et le violon	213
La moto	220
Le train de Belgrade	225
Persécution	232
La boîte d'allumettes	237
Georges 4 : Le rêve de Georges	242
L'auto	249
La lettre d'Islande	254
La pendulette	259
Pour de la crotte	267

L'itinéraire 272
Le tilbury 277
Collections 282

DU MÊME AUTEUR

Aux Éditions Gallimard

NAÏVES HIRONDELLES *suivi de* SI CAMILLE ME VOYAIT !
LA MAISON D'OS.
JE DIRAI QUE JE SUIS TOMBÉ.
LE JARDIN AUX BETTERAVES.
SI CAMILLE ME VOYAIT... *suivi de* LES CRABES ou LES HÔTES ET LES HÔTES.
« ... OÙ BOIVENT LES VACHES ».
OLGA MA VACHE — LES CAMPEMENTS — CONFESSIONS D'UN FUMEUR DE TABAC FRANÇAIS.
CARNETS EN MARGE.

Dans la collection Le Manteau d'Arlequin

IL NE FAUT PAS BOIRE SON PROCHAIN, *fantaisie monstrueuse en quatre tableaux.*

Aux Éditions l'Arbalète/Gallimard

LA BOÎTE À OUTILS.
LES DIABLOGUES *et autres inventions à deux voix.*
LES NOUVEAUX DIABLOGUES.

Aux Éditions Julliard

MÉDITATION SUR LA DIFFICULTÉ D'ÊTRE EN BRONZE.

COLLECTION FOLIO

Dernières parutions

2725. Joseph Conrad — *L'Agent secret.*
2726. Jorge Amado — *La terre aux fruits d'or.*
2727. Karen Blixen — *Ombres sur la prairie.*
2728. Nicolas Bréhal — *Les corps célestes.*
2729. Jack Couffer — *Le rat qui rit.*
2730. Romain Gary — *La danse de Gengis Cohn.*
2731. André Gide — *Voyage au Congo* suivi de *Le retour du Tchad.*
2733. Ian McEwan — *L'enfant volé.*
2734. Jean-Marie Rouart — *Le goût du malheur.*
2735. Sempé — *Âmes sœurs.*
2736. Émile Zola — *Lourdes.*
2737. Louis-Ferdinand Céline — *Féerie pour une autre fois.*
2738. Henry de Montherlant — *La Rose de sable.*
2739. Vivant Denon / Jean-François de Bastide — *Point de lendemain,* suivi de *La Petite Maison.*
2740. William Styron — *Le choix de Sophie.*
2741. Emmanuèle Bernheim — *Sa femme.*
2742. Maryse Condé — *Les derniers rois mages.*
2743. Gérard Delteil — *Chili con carne.*
2744. Édouard Glissant — *Tout-monde.*
2745. Bernard Lamarche-Vadel — *Vétérinaires.*
2746. J.M.G. Le Clézio — *Diego et Frida.*
2747. Jack London — *L'amour de la vie.*
2748. Bharati Mukherjee — *Jasmine.*
2749. Jean-Noël Pancrazi — *Le silence des passions.*
2750. Alina Reyes — *Quand tu aimes, il faut partir.*

2751. Mika Waltari — *Un inconnu vint à la ferme.*
2752. Alain Bosquet — *Les solitudes.*
2753. Jean Daniel — *L'ami anglais.*
2754. Marguerite Duras — *Écrire.*
2755. Marguerite Duras — *Outside.*
2756. Amos Oz — *Mon Michaël.*
2757. René-Victor Pilhes — *La position de Philidor.*
2758. Danièle Sallenave — *Les portes de Gubbio.*
2759. Philippe Sollers — *PARADIS 2.*
2760. Mustapha Tlili — *La rage aux tripes.*
2761. Anne Wiazemsky — *Canines.*
2762. Jules et Edmond de Goncourt — *Manette Salomon.*
2763. Philippe Beaussant — *Héloïse.*
2764. Daniel Boulanger — *Les jeux du tour de ville.*
2765. Didier Daeninckx — *En marge.*
2766. Sylvie Germain — *Immensités.*
2767. Witold Gombrowicz — *Journal I (1953-1958).*
2768. Witold Gombrowicz — *Journal II (1959-1969).*
2769. Gustaw Herling — *Un monde à part.*
2770. Hermann Hesse — *Fiançailles.*
2771. Arto Paasilinna — *Le fils du dieu de l'Orage.*
2772. Gilbert Sinoué — *La fille du Nil.*
2773. Charles Williams — *Bye-bye, bayou!*
2774. Avraham B. Yehoshua — *Monsieur Mani.*
2775. Anonyme — *Les Mille et Une Nuits III (contes choisis).*
2776. Jean-Jacques Rousseau — *Les Confessions.*
2777. Pascal — *Les Pensées.*
2778. Lesage — *Gil Blas.*
2779. Victor Hugo — *Les Misérables I.*
2780. Victor Hugo — *Les Misérables II.*
2781. Dostoïevski — *Les Démons (Les Possédés).*
2782. Guy de Maupassant — *Boule de suif* et autres nouvelles.
2783. Guy de Maupassant — *La Maison Tellier. Une partie de campagne* et autres nouvelles.
2784. Witold Gombrowicz — *La pornographie.*
2785. Marcel Aymé — *Le vaurien.*
2786. Louis-Ferdinand Céline — *Entretiens avec le Professeur Y.*
2787. Didier Daeninckx — *Le bourreau et son double.*
2788. Guy Debord — *La Société du Spectacle.*

2789. William Faulkner — *Les larrons.*
2790. Élisabeth Gille — *Le crabe sur la banquette arrière.*
2791. Louis Martin-Chauffier — *L'homme et la bête.*
2792. Kenzaburô Ôé — *Dites-nous comment survivre à notre folie.*
2793. Jacques Réda — *L'herbe des talus.*
2794. Roger Vrigny — *Accident de parcours.*
2795. Blaise Cendrars — *Le Lotissement du ciel.*
2796. Alexandre Pouchkine — *Eugène Onéguine.*
2797. Pierre Assouline — *Simenon.*
2798. Frédéric H. Fajardie — *Bleu de méthylène.*
2799. Diane de Margerie — *La volière* suivi de *Duplicités.*
2800. François Nourissier — *Mauvais genre.*
2801. Jean d'Ormesson — *La Douane de mer.*
2802. Amos Oz — *Un juste repos.*
2803. Philip Roth — *Tromperie.*
2804. Jean-Paul Sartre — *L'engrenage.*
2805. Jean-Paul Sartre — *Les jeux sont faits.*
2806. Charles Sorel — *Histoire comique de Francion.*
2807. Chico Buarque — *Embrouille.*
2808. Ya Ding — *La jeune fille Tong.*
2809. Hervé Guibert — *Le Paradis.*
2810. Martín Luis Guzmán — *L'ombre du Caudillo.*
2811. Peter Handke — *Essai sur la fatigue.*
2812. Philippe Labro — *Un début à Paris.*
2813. Michel Mohrt — *L'ours des Adirondacks.*
2814. N. Scott Momaday — *La maison de l'aube.*
2815. Banana Yoshimoto — *Kitchen.*
2816. Virginia Woolf — *Vers le phare.*
2817. Honoré de Balzac — *Sarrasine.*
2818. Alexandre Dumas — *Vingt ans après.*
2819. Christian Bobin — *L'inespérée.*
2820. Christian Bobin — *Isabelle Bruges.*
2821. Louis Calaferte — *C'est la guerre.*
2822. Louis Calaferte — *Rosa mystica.*
2823. Jean-Paul Demure — *Découpe sombre.*
2824. Lawrence Durrell — *L'ombre infinie de César.*
2825. Mircea Eliade — *Les dix-neuf roses.*
2826. Roger Grenier — *Le Pierrot noir.*
2827. David McNeil — *Tous les bars de Zanzibar.*
2828. René Frégni — *Le voleur d'innocence.*

2829.	Louvet de Couvray	Les Amours du chevalier de Faublas.
2830.	James Joyce	Ulysse.
2831.	François-Régis Bastide	L'homme au désir d'amour lointain.
2832.	Thomas Bernhard	L'origine.
2833	Daniel Boulanger	Les noces du merle.
2834.	Michel del Castillo	Rue des Archives.
2835.	Pierre Drieu la Rochelle	Une femme à sa fenêtre.
2836.	Joseph Kessel	Dames de Californie.
2837.	Patrick Mosconi	La nuit apache.
2838.	Marguerite Yourcenar	Conte bleu.
2839.	Pascal Quignard	Le sexe et l'effroi.
2840.	Guy de Maupassant	L'Inutile Beauté.
2841.	Kôbô Abé	Rendez-vous secret.
2842.	Nicolas Bouvier	Le poisson-scorpion.
2843.	Patrick Chamoiseau	Chemin-d'école.
2844.	Patrick Chamoiseau	Antan d'enfance.
2845.	Philippe Djian	Assassins.
2846.	Lawrence Durrell	Le Carrousel sicilien.
2847.	Jean-Marie Laclavetine	Le rouge et le blanc.
2848.	D.H. Lawrence	Kangourou.
2849.	Francine Prose	Les petits miracles.
2850.	Jean-Jacques Sempé	Insondables mystères.
2851.	Béatrix Beck	Des accommodements avec le ciel.
2852.	Herman Melville	Moby Dick.
2853.	Jean-Claude Brisville	Beaumarchais, l'insolent.
2854.	James Baldwin	Face à l'homme blanc.
2855.	James Baldwin	La prochaine fois, le feu.
2856.	W.-R. Burnett	Rien dans les manches.
2857.	Michel Déon	Un déjeuner de soleil.
2858.	Michel Déon	Le jeune homme vert.
2859.	Philippe Le Guillou	Le passage de l'Aulne.
2860.	Claude Brami	Mon amie d'enfance.
2861.	Serge Brussolo	La moisson d'hiver.
2862.	René de Ceccatty	L'accompagnement.
2863.	Jerome Charyn	Les filles de Maria.
2864.	Paule Constant	La fille du Gobernator.
2865.	Didier Daeninckx	Un château en Bohême.
2866.	Christian Giudicelli	Quartiers d'Italie.

2867.	Isabelle Jarry	*L'archange perdu.*
2868.	Marie Nimier	*La caresse.*
2869.	Arto Paasilinna	*La forêt des renards pendus.*
2870.	Jorge Semprun	*L'écriture ou la vie.*
2871.	Tito Topin	*Piano barjo.*
2872.	Michel del Castillo	*Tanguy.*
2873.	Huysmans	*En Route.*
2874.	James M. Cain	*Le bluffeur.*
2875.	Réjean Ducharme	*Va savoir.*
2876.	Mathieu Lindon	*Champion du monde.*
2877.	Robert Littell	*Le sphinx de Sibérie.*
2878.	Claude Roy	*Les rencontres des jours 1992-1993.*
2879.	Danièle Sallenave	*Les trois minutes du diable.*
2880.	Philippe Sollers	*La Guerre du Goût.*
2881.	Michel Tournier	*Le pied de la lettre.*
2882.	Michel Tournier	*Le miroir des idées.*
2883.	Andreï Makine	*Confession d'un porte-drapeau déchu.*
2884.	Andreï Makine	*La fille d'un héros de l'Union soviétique.*
2885.	Andreï Makine	*Au temps du fleuve Amour.*
2886.	John Updike	*La Parfaite Épouse.*
2887.	Daniel Defoe	*Robinson Crusoé.*
2888.	Philippe Beaussant	*L'archéologue.*
2889.	Pierre Bergounioux	*Miette.*
2890.	Pierrette Fleutiaux	*Allons-nous être heureux?*
2891.	Remo Forlani	*La déglingue.*
2892.	Joe Gores	*Inconnue au bataillon.*
2893.	Félicien Marceau	*Les ingénus.*
2894.	Ian McEwan	*Les chiens noirs.*
2895.	Pierre Michon	*Vies minuscules.*
2896.	Susan Minot	*La vie secrète de Lilian Eliot.*
2897.	Orhan Pamuk	*Le livre noir.*
2898.	William Styron	*Un matin de Virginie.*
2899.	Claudine Vegh	*Je ne lui ai pas dit au revoir.*
2900.	Robert Walser	*Le brigand.*
2901.	Grimm	*Nouveaux contes.*
2902.	Chrétien de Troyes	*Lancelot ou Le chevalier de la charrette.*
2903.	Herman Melville	*Bartleby, le scribe.*

2904.	Jerome Charyn	*Isaac le mystérieux.*
2905.	Guy Debord	*Commentaires sur la société du spectacle.*
2906.	Guy Debord	*Potlatch (1954-1957).*
2907.	Karen Blixen	*Les chevaux fantômes* et autres contes.
2908.	Emmanuel Carrère	*La classe de neige.*
2909.	James Crumley	*Un pour marquer la cadence.*
2910.	Anne Cuneo	*Le trajet d'une rivière.*
2911.	John Dos Passos	*L'initiation d'un homme : 1917.*
2912.	Alexandre Jardin	*L'île des Gauchers.*
2913.	Jean Rolin	*Zones.*
2914.	Jorge Semprun	*L'Algarabie.*
2915.	Junichirô Tanizaki	*Le chat, son maître et ses deux maîtresses.*
2916.	Bernard Tirtiaux	*Les sept couleurs du vent.*
2917.	H.G. Wells	*L'île du docteur Moreau.*
2918.	Alphonse Daudet	*Tartarin sur les Alpes.*
2919.	Albert Camus	*Discours de Suède.*
2921.	Chester Himes	*Regrets sans repentir.*
2922.	Paula Jacques	*La descente au paradis.*
2923.	Sibylle Lacan	*Un père.*
2924.	Kenzaburô Ôé	*Une existence tranquille.*
2925.	Jean-Noël Pancrazi	*Madame Arnoul.*
2926.	Ernest Pépin	*L'Homme-au-Bâton.*
2927.	Antoine de Saint-Exupéry	*Lettres à sa mère.*
2928.	Mario Vargas Llosa	*Le poisson dans l'eau.*
2929.	Arthur de Gobineau	*Les Pléiades.*
2930.	Alex Abella	*Le Massacre des Saints.*
2932.	Thomas Bernhard	*Oui.*
2933.	Gérard Macé	*Le dernier des Égyptiens.*
2934.	Andreï Makine	*Le testament français.*
2935.	N. Scott Momaday	*Le Chemin de la Montagne de Pluie.*
2936.	Maurice Rheims	*Les forêts d'argent.*
2937.	Philip Roth	*Opération Shylock.*
2938.	Philippe Sollers	*Le Cavalier du Louvre. Vivant Denon.*
2939.	Giovanni Verga	*Les Malavoglia.*
2941.	Christophe Bourdin	*Le fil.*
2942.	Guy de Maupassant	*Yvette.*

2943.	Simone de Beauvoir	*L'Amérique au jour le jour, 1947.*
2944.	Victor Hugo	*Choses vues, 1830-1848.*
2945.	Victor Hugo	*Choses vues, 1849-1885.*
2946.	Carlos Fuentes	*L'oranger.*
2947.	Roger Grenier	*Regardez la neige qui tombe.*
2948.	Charles Juliet	*Lambeaux.*
2949.	J.M.G. Le Clézio	*Voyage à Rodrigues.*
2950.	Pierre Magnan	*La Folie Forcalquier.*
2951.	Amos Oz	*Toucher l'eau, toucher le vent.*
2952.	Jean-Marie Rouart	*Morny, un voluptueux au pouvoir.*
2953.	Pierre Salinger	*De mémoire.*
2954.	Shi Nai-an	*Au bord de l'eau I.*
2955.	Shi Nai-an	*Au bord de l'eau II.*
2956.	Marivaux	*La Vie de Marianne.*
2957.	Kent Anderson	*Sympathy for the Devil.*
2958.	André Malraux	*Espoir — Sierra de Teruel.*
2959.	Christian Bobin	*La folle allure.*
2960.	Nicolas Bréhal	*Le parfait amour.*
2961.	Serge Brussolo	*Hurlemort.*
2962.	Hervé Guibert	*La piqûre d'amour et autres textes.*
2963.	Ernest Hemingway	*Le chaud et le froid.*
2964.	James Joyce	*Finnegans Wake.*
2965.	Gilbert Sinoué	*Le Livre de saphir.*
2966.	Junichirô Tanizaki	*Quatre sœurs.*
2967.	Jeroen Brouwers	*Rouge décanté.*
2968.	Forrest Carter	*Pleure, Géronimo.*
2971.	Didier Daeninckx	*Métropolice.*
2972.	Franz-Olivier Giesbert	*Le vieil homme et la mort.*
2973.	Jean-Marie Laclavetine	*Demain la veille.*
2974.	J.M.G. Le Clézio	*La quarantaine.*
2975.	Régine Pernoud	*Jeanne d'Arc.*
2976.	Pascal Quignard	*Petits traités I.*
2977.	Pascal Quignard	*Petits traités II.*
2978.	Geneviève Brisac	*Les filles.*
2979.	Stendhal	*Promenades dans Rome.*
2980.	Virgile	*Bucoliques. Géorgiques.*
2981.	Milan Kundera	*La lenteur.*
2982.	Odon Vallet	*L'affaire Oscar Wilde.*

2983.	Marguerite Yourcenar	*Lettres à ses amis et quelques autres.*
2984.	Vassili Axionov	*Une saga moscovite I.*
2985.	Vassili Axionov	*Une saga moscovite II.*
2986.	Jean-Philippe Arrou-Vignod	*Le conseil d'indiscipline.*
2987.	Julian Barnes	*Metroland.*
2988.	Daniel Boulanger	*Caporal supérieur.*
2989.	Pierre Bourgeade	*Éros mécanique.*
2990.	Louis Calaferte	*Satori.*
2991.	Michel Del Castillo	*Mon frère l'Idiot.*
2992.	Jonathan Coe	*Testament à l'anglaise.*
2993.	Marguerite Duras	*Des journées entières dans les arbres.*
2994.	Nathalie Sarraute	*Ici.*
2995.	Isaac Bashevis Singer	*Meshugah.*
2996.	William Faulkner	*Parabole.*
2997.	André Malraux	*Les noyers de l'Altenburg.*
2998.	Collectif	*Théologiens et mystiques au Moyen Âge.*
2999.	Jean-Jacques Rousseau	*Les Confessions (Livres I à IV).*
3000.	Daniel Pennac	*Monsieur Malaussène.*
3001.	Louis Aragon	*Le mentir-vrai.*
3002.	Boileau-Narcejac	*Schuss.*
3003.	LeRoi Jones	*Le peuple du blues.*
3004.	Joseph Kessel	*Vent de sable.*
3005.	Patrick Modiano	*Du plus loin de l'oubli.*
3006.	Daniel Prévost	*Le pont de la Révolte.*
3007.	Pascal Quignard	*Rhétorique spéculative.*
3008.	Pascal Quignard	*La haine de la musique.*
3009.	Laurent de Wilde	*Monk.*
3010.	Paul Clément	*Exit.*
3011.	Léon Tolstoï	*La Mort d'Ivan Ilitch.*
3012.	Pierre Bergounioux	*La mort de Brune.*
3013.	Jean-Denis Bredin	*Encore un peu de temps.*
3014.	Régis Debray	*Contre Venise.*
3015.	Romain Gary	*Charge d'âme.*
3016.	Sylvie Germain	*Éclats de sel.*
3017.	Jean Lacouture	*Une adolescence du siècle : Jacques Rivière et la N.R.F.*
3018.	Richard Millet	*La gloire des Pythre.*

3019.	Raymond Queneau	*Les derniers jours.*
3020.	Mario Vargas Llosa	*Lituma dans les Andes.*
3021.	Pierre Gascar	*Les femmes.*
3022.	Penelope Lively	*La sœur de Cléopâtre.*
3023.	Alexandre Dumas	*Le Vicomte de Bragelonne I.*
3024.	Alexandre Dumas	*Le Vicomte de Bragelonne II.*
3025.	Alexandre Dumas	*Le Vicomte de Bragelonne III.*
3026.	Claude Lanzmann	*Shoah.*
3027.	Julian Barnes	*Lettres de Londres.*
3028.	Thomas Bernhard	*Des arbres à abattre.*
3029.	Hervé Jaouen	*L'allumeuse d'étoiles.*
3030.	Jean d'Ormesson	*Presque rien sur presque tout.*
3031.	Pierre Pelot	*Sous le vent du monde.*
3032.	Hugo Pratt	*Corto Maltese.*
3033.	Jacques Prévert	*Le crime de Monsieur Lange. Les portes de la nuit.*
3034.	René Reouven	*Souvenez-vous de Monte-Cristo.*
3035.	Mary Shelley	*Le dernier homme.*
3036.	Anne Wiazemsky	*Hymnes à l'amour.*
3037.	Rabelais	*Quart livre.*
3038.	François Bon	*L'enterrement.*
3039.	Albert Cohen	*Belle du Seigneur.*
3040.	James Crumley	*Le canard siffleur mexicain.*
3041.	Philippe Delerm	*Sundborn ou les jours de lumière.*
3042.	Shûzaku Endô	*La fille que j'ai abandonnée.*
3043.	Albert French	*Billy.*
3044.	Virgil Gheorghiu	*Les Immortels d'Agapia.*
3045.	Jean Giono	*Manosque-des-Plateaux suivi de Poème de l'olive.*
3046.	Philippe Labro	*La traversée.*
3047.	Bernard Pingaud	*Adieu Kafka ou l'imitation.*
3048.	Walter Scott	*Le Cœur du Mid-Lothian.*
3049.	Boileau-Narcejac	*Champ clos.*
3050.	Serge Brussolo	*La maison de l'aigle.*
3052.	Jean-François Deniau	*L'Atlantique est mon désert.*
3053.	Mavis Gallant	*Ciel vert, ciel d'eau.*
3054.	Mavis Gallant	*Poisson d'avril.*
3056.	Peter Handke	*Bienvenue au conseil d'administration.*

3057.	Anonyme	*Josefine Mutzenbacher. Histoire d'une fille de Vienne racontée par elle-même.*
3059.	Jacques Sternberg	*188 contes à régler.*
3060.	Gérard de Nerval	*Voyage en Orient.*
3061.	René de Ceccatty	*Aimer.*
3062.	Joseph Kessel	*Le tour du malheur I : La fontaine Médicis. L'affaire Bernan.*
3063.	Joseph Kessel	*Le tour du malheur II : Les lauriers roses. L'homme de plâtre.*
3064.	Pierre Assouline	*Hergé.*
3065.	Marie Darrieussecq	*Truismes.*
3066.	Henri Godard	*Céline scandale.*
3067.	Chester Himes	*Mamie Mason.*
3068.	Jack-Alain Léger	*L'autre Falstaff.*
3070.	Rachid O.	*Plusieurs vies.*
3071.	Ludmila Oulitskaïa	*Sonietchka.*
3072.	Philip Roth	*Le Théâtre de Sabbath.*
3073.	John Steinbeck	*La Coupe d'Or.*
3074.	Michel Tournier	*Éléazar ou La Source et le Buisson.*
3075.	Marguerite Yourcenar	*Un homme obscur — Une belle matinée.*
3076.	Loti	*Mon frère Yves.*
3078.	Jerome Charyn	*La belle ténébreuse de Biélorussie.*
3079.	Harry Crews	*Body.*
3080.	Michel Déon	*Pages grecques.*
3081.	René Depestre	*Le mât de cocagne.*
3082.	Anita Desai	*Où irons-nous cet été ?*
3083.	Jean-Paul Kauffmann	*La chambre noire de Longwood.*
3084.	Arto Paasilinna	*Prisonniers du paradis.*
3086.	Alain Veinstein	*L'accordeur.*
3087.	Jean Maillart	*Le Roman du comte d'Anjou.*
3088.	Jorge Amado	*Navigation de cabotage. Notes pour des mémoires que je n'écrirai jamais.*
3089.	Alphonse Boudard	*Madame... de Saint-Sulpice.*
3091.	William Faulkner	*Idylle au désert et autres nouvelles.*
3092.	Gilles Leroy	*Les maîtres du monde.*

3093.	Yukio Mishima	*Pèlerinage aux Trois Montagnes.*
3094.	Charles Dickens	*Les Grandes Espérances.*
3095.	Reiser	*La vie au grand air 3.*
3096.	Reiser	*Les oreilles rouges.*
3097.	Boris Schreiber	*Un silence d'environ une demi-heure I.*
3098.	Boris Schreiber	*Un silence d'environ une demi-heure II.*
3099.	Aragon	*La Semaine Sainte.*
3100.	Michel Mohrt	*La guerre civile.*
3101.	Anonyme	*Don Juan (scénario de Jacques Weber).*
3102.	Maupassant	*Clair de lune et autres nouvelles.*
3103.	Ferdinando Camon	*Jamais vu soleil ni lune.*
3104.	Laurence Cossé	*Le coin du voile.*
3105.	Michel del Castillo	*Le sortilège espagnol.*
3106.	Michel Déon	*La cour des grands.*
3107.	Régine Detambel	*La verrière.*

Composition Nord Compo
Impression Bussière Camedan Imprimeries
à Saint-Amand (Cher),
le 16 octobre 1998.
Dépôt légal : octobre 1998.
Numéro d'imprimeur : 984976/1.
ISBN 2-07-040694-6./Imprimé en France.

88515